소년을
위한
사랑의
해석

이응준 연작소설집
소년을 위한 사랑의 해석

펴낸날 2017년 6월 1일

지은이 이응준
펴낸이 우찬제 이광호
펴낸곳 ㈜문학과지성사
등록번호 제1993-000098호
주소 04034 서울 마포구 잔다리로7길 18 (서교동 377-20)
전화 02)338-7224
팩스 02)323-4180(편집) 02)338-7221(영업)
전자우편 moonji@moonji.com
홈페이지 www.moonji.com

ISBN 978-89-320-3009-8 03810

지은이는 2014년 아르코 문학창작기금을 수혜했습니다.

이 도서의 국립중앙도서관 출판예정도서목록(CIP)은 서지정보유통지원시스템 홈페이지
(http://seoji.nl.go.kr)와 국가자료공동목록시스템(http://www.nl.go.kr/kolisnet)에서
이용하실 수 있습니다. (CIP제어번호: CIP2017011843)

소년을
위한
사랑의
해석

이응준
연작소설집

문학과지성사

그들은 흥거워지자, "삼손을 불러내 희롱합시다"하고는 그를 감옥에서 끌어내어 괴롭히고 모독하며 즐거워한 뒤 두 기둥 사이에 세워 놓았다. 삼손은 자기 손을 붙들어주는 소년에게 부탁하였다. "이 집을 버티고 있는 기둥들을 만질 수 있는 곳으로 나를 데려가 다오. 거기에 좀 기대야겠다."

—「사사기」 17장 25-26절

차례

북극인
김철

1

북극인 김철이 파란 하늘을 올려다보았다. 산양 모양의 뭉게구름이 석양 위를 걸어가며 흩어지고 있었다. 북극인 김철은 생각했다. 저 파란 하늘 너머에는 검은 우주가 있겠지. 검은 우주 너머에는 천국이 있을까? 북극인 김철은 천국처럼 하얀 북극이 그리웠다. 산양보다 착한 북극곰의 소식이 궁금했다.

북극인 김철은 파란 강물을 내려다보았다. 하나님의 눈동자 같은 소용돌이가 일렁이고 있었다. 북극인 김철은 생각했다. 저 파란 강물 아래에는 어둠이 있다. 어둠은 모든 괴로움을 진정시킨다. 죽음도 편안하게 만들지. 그래서 사람들이 장례식장에서 검은 옷을 입는 거야. 북극인 김철은 산양과 북극곰과 하나님에게 검은 옷을 입히고 싶었다.

자살의 명소답게 한강철교의 여기저기에는 유언들이 적혀

있었다. 자살에 성공한 이의 유언과 자살에 성공하지 못한 이의 유언은 아무런 차이가 없었다. 자살에 성공하지 못한 이의 유언도 유언이라고 할 수가 있는 것일까? 그들은 그날 이후로는 잘 살고들 있을까? 자살에 성공하지 못한 이들도 언젠가는 반드시 죽는다. 인간의 모든 말들은 다 유언인 것이다.

북극인 김철의 오른편에서는 구두와 양말을 도로변에 가지런히 벗어둔 회색 양복 차림의 삐쩍 마른 한 중년 사내가 교각 모서리에 설치된 투신자살을 만류하기 위한 전화기의 수화기를 붙들고 언뜻 전위시처럼 들리는 하소연을 아까부터 계속 지껄여대는 중이었다.

쌩쌩 스쳐 가는 자동차들 안의 사람들은 전부 무표정했다. 대도시의 문명은 자기 연민을 추하게 여겼다.

북극인 김철은 볼에 묻은 강바람을 손등으로 훔쳐냈다. 왜 소금기가 묻어 있지? 왜 바다 냄새가 나지? 북극인 김철은 판판한 유빙(流氷) 위에 북극곰과 나란히 대자로 누워 둥둥 낮잠을 자고 싶었다. 북극곰의 두툼하고 강한 손바닥 위에 자신의 지치고 갈라진 손바닥을 포개어 올려놓고 싶었다.

경찰차와 구급차가 가까워지자 회색 양복 남자는 죽음을 배신하고 다시 삶의 포로가 되듯 수화기를 제자리에 가만히 내려놓았다.

북극인 김철은 이제 떨어져 내리기 위해 온몸을 바람 빠진 공처럼 웅크렸다. 그때였다. 군데군데에 줄지어 앉아 있던 새들이 한꺼번에 날아오르면서 회색 양복 남자도 함께 날아올랐다.

풍덩, 하는 소리에 이어 호루라기 소리가 울려 퍼졌다. 경찰과 구급대원 들이 너도 따라 뛰어내리라는 건지 제발 뛰어내리지 말라는 건지 마구 외쳐대며 달려오고 있었다. 회색 양복 남자는 물거품 속에서 겨우 몇 번 허우적거리다가 이내 쑥 가라앉아버렸다.

북극인 김철도 꺼버린 촛불처럼 난간에서 사라졌다. 경찰과 구급대원 들은 물보라 치는 한강을 내려다보았다.

틀렸어. 벌써 안 보여. 둘 다.

어차피 시체는 건져야 되잖아.

아휴, 미친놈들. 꼭 여기 와서 지랄이야.

사는 게 고달픈가 보지.

안 그런 사람 있어? 누군 행복해서 불구덩이에 들어가며 살아?

안타까우니까 그렇지, 이 양반아. 안타까우니까.

순사 그만두고 목사님을 하세요.

싫습니다. 내가 왜 찬송가 들고 지옥에 가야 됩니까?

사전이든 사후든 타인의 죽음을 수거하는 것이 전담 임무인 경찰과 구급대원 들이 등을 돌리려는데, 그들 중 행동이 가장 굼뜬 하나가 뭔가를 발견하고는 웅얼댔다.

어? 저거, 저거…… 저건 뭐지?

뭐가?

저기요, 저기.

어디?

에이, 저기요. 강 중간······

어? 어라?

믿기지 않는 일이 벌어지고 있었다. 북극인 김철이 혼절한 회색 양복 남자를 안은 채 헤엄쳐 강을 건너가고 있었다. 흡사 한강에 숨어 살고 있던 괴물이 갑자기 나타나 자신의 영역을 더럽히려는 인간을 물 밖으로 내다 버리려는 듯했다. 경찰과 구급대원 들 중 행동이 가장 민첩한 하나가 그 광경을 스마트폰으로 촬영하고 있었다.

이윽고 강둑에 회색 양복 남자를 끌어올린 북극인 김철은 빽빽한 수풀을 털썩털썩 지난 뒤, 텅 빈 아스팔트길을 따라 철퍼덕철퍼덕 점점 멀어져갔다.

산양 모양의 뭉게구름은 애초에 있기나 했던 것일까? 저 청명한 하늘 너머에는 죽음의 옷 같은 우주가 있고 그 너머에는 북극 같은 천국이 있을까? 북극곰은 어디서 뭘 하고 있는 것일까? 그런 생각들을 하고 있는 북극인 김철은 방금까지 파란 강물 아래 어둠 속에서 편안히 죽고 싶었으나 일면식도 없는 누군가를 예기치 않은 마음 때문에 살리느라 차마 괴로워 눈을 감지 못했다. 자살에 성공하지 못한 이의 유언도 유언인 것은 인간이라면 누구나 언젠가는 반드시 죽는 까닭이고, 세상은 이 일을 두고 재미있다며 재잘거리겠지만, 아무도 북극인 김철이 북극인 김철이라는 사실은 영원히 모를 것이었다. 북극인 김철은 그들이 알 수 있는 김철이 아니었다. 그는 북극인 김철이었다.

2

멧돼지는 무죄다. 멧돼지는 배가 고팠다. 멧돼지는 산에서 인간의 골목으로 내려와 인간의 마당과 주방을 뒤졌다. 할머니가 놀란 만큼 멧돼지도 놀랐다. 멧돼지는 천성대로 할머니를 들이받았고 할머니는 죽었다. 멧돼지는 거리에서 행인 몇을 더 해친 후 출동한 경찰과 엽사 들의 총탄 여덟 발을 맞고 죽었다. 할머니가 불쌍한 만큼 멧돼지도 불쌍하다.

그 멧돼지는 암컷으로, 갓 태어난 새끼 일곱 마리가 산속에서 울고 있었다. 19세기 유럽의 슬픈 동화 같은 이야기다. 멧돼지는 돌이라도 씹어 먹어서 젖을 만들어야 했다. 인간들이 멧돼지를 보기 싫어하듯 멧돼지라고 해서 인간들을 만나고 싶었던 것은 아니다. 그러나 만약 산속에 남겨진 새끼들 중에 단 한 마리라도 살아남는다면 녀석은 제 죽은 어미처럼 인간 앞에 나타날 것이다. 손 벌릴 곳이 악마밖에 남지 않는다면 인간이건 짐승이건 바로 그 순간 악마가 되고 마는 것이니까. 다만 명심할 것은, 짐승은 인간과는 달리 순리를 저버리지 않는다는 점이다. 인간이 이 세계의 순리를 망쳐버렸기에 짐승은 때때로 악마가 된다. 고로, 짐승의 악마도 인간이요 인간의 악마도 인간인 것이다.

북극인 김철은 몰려든 사람들 틈에서 멧돼지의 시체를 보고 있었다. 북극인 김철은 그 멧돼지가 혈육처럼 느껴졌다. 북극인 김철은 비명을 지르고 싶었지만 이를 악다물고 참아냈다. 북극인 김철은 죽은 멧돼지의 시뻘겋게 달아오른 눈을 보고는 북극곰이 더 보고 싶어졌다. 북극인 김철은 생각했다. 죽이고 잡아먹고 하는 것까지도 용서하겠다. 모욕하지만 않으면 좋겠어. 아니, 이러다간 다 죽을 거야. 다 죽어버리고 말 거야.

북극인 김철이 대로로 나가자 버스가 지나갔다. 북극인 김철은 양손으로 두 귀를 틀어막았다. 가슴속에서 총소리가 들렸기 때문이다. 북극인 김철은 너무 고통스러워 얼굴을 찌푸리며 아무도 뒤쫓아오지 않는데도 도망쳤다. 또 한 발의 총성. 가슴이 무너진다. 총소리가 파도 소리로 변한다. 북극인 김철은 강선을 휘저으며 통과해 날아가는 탄알의 이물감에 소름이 끼쳤다. 죽음에 뒤쫓기는 멧돼지가 떠올랐다. 얼음이 다 녹아버려 바다에 떠 있다가 지쳐 가라앉으며 익사하는 북극곰이 떠올랐다. 총소리에 쫓기는 북극곰이 저기 보였다. 얼음이 다 녹아버려 바다에 떠 있다가 지쳐 가라앉으며 익사하는 멧돼지가 떠올랐다.

북극인 김철은 고속버스터미널 화장실 칸살 안으로 들어가

문을 걸어 잠그고 주저앉아 벌벌 떨었다. 누런 타일 벽 사방에는 수입 정력제와 장기 매매 스티커들이 잔뜩 붙어 있었다. 기다린다고 오고 안 기다린다고 오지 않는 것도 아닐 것이다. 그렇다면 오고 가는 것은 나와는 아무 상관없는 것들이 아닌가. 아, 이 무정한 무의미를 어찌할 것인가. 아무것도 아냐. 네 고통은 아무것도 아냐. 어서 돌아가. 어서 가. 꺼져버려. 넌 쓰레기야. 북극인 김철의 귀에는 북극곰의 그런 두서없는 목소리가 들렸다. 북극곰 옆에는 북극성이 있을까? 북극인 김철은 스르륵 정신을 잃었다.

3

오재도 형사는 북극인 김철을 몰랐지만 김철에 대해서는 잘 알고 있었다. 그는 김철을 2년 남짓 뒤쫓고 있었다. 오재도에게 김철은 살인범이자 정신병자지만, 김철은 사실 그보다 훨씬 더 신산하고 복잡한 정체성으로 오재도를 지배하고 있었다. 오재도가 김철을 뒤쫓고 있는 명분은 이러했다.

창업주인 친조부로부터 삼 대째 이어오는 국내 유일의 종자 회사를 경영하고 있던 김철은 다국적 종자 기업의 문어발식 확장에 버틸 만큼 버티다가 결국 아무것도 건지지 못하고 인수 합병돼버렸다. 만약 그들이 내놓은 조건을 받아들였다면 비록 꿈과 가업은 접었을지언정 김철의 물질적 인생은 더없이 풍요로웠을 것이다. 그러나 김철은 그런 쪽으로는 바보였고, 다국적 종자 기업은 아프리카라든가 이라크 같은 곳에서 용병 군대 장사까지 하는 무시무시한 힘을 가지고 있었다. 저항하는 김철 하나 쥐도 새도 모르게 죽이는 것쯤은 변기 위에 앉아 졸고 있는 파리에게 살충제 뿌리는 것보다 간단하여, 그들은 그런 짓조차 하지 않고 몇 가지 빳빳한 서류들만으로 김철을 망하게 했다.

그것까지는 그렇다고 치자. 아직 법적 상태로는 부부지간임에도 불구하고 내연남과 동거에 들어간 아내의 집에서 김철은 그 둘을 망치로 때려죽이고 말았다. 김철은 현장에서 달아나 사회에서 자취를 감추었지만 CCTV와 목격자, 지문과 혈흔 등 김철이 살인범이라는 증거는 더 이상 수사를 진행하지 않아도 이미 차고 넘치는 지경이었다.

그것까지야 그렇다고 치자. 일본 이모 댁에 맡겨놓았던 열 살 고명딸이 해일에 마을과 함께 떠내려가 시신조차 찾을 수 없게 돼버렸다.

이 모든 일들이 지난 1년 안에 다 벌어졌다. 유서 깊은 종자 회사의 사장이자 무엇 하나 남부러울 것 없던 한 가장이 완전히 몰락하고, 아내의 살인범이 돼 베테랑 형사에게 뒤쫓기는 것도 모자라, 하나밖에 없는 자식까지 잃는 데에 겨우 1년이면 충분했던 것이다.

자기도 모르는 사이 오재도 형사는 김철에게 연민이 생겼다. 김철의 지인들과 직원들이 예외 없이 그가 매우 따뜻하고 답답할 정도로 정직했던 사람이라고 증언해서만은 아니었다.

오재도는 21년간 형사 생활을 하면서 김철 같은 타입의 인물들이 이런 식의 불행에 의외로 순식간에 불타버리는 것을 자주 보아온 터였다. 억울한 사업 실패, 석연치 않은 이혼, 가장 소중한 존재의 죽음, 상처받은 자의 광기 어린 살인, 괴물이 돼버린 선한 사마리아인…… 뭐, 빤한 스토리만큼이나 세상은 부조리했다.

그럼에도 불구하고 인생이라는 공포에 잘 적응되지 않는 것은 어쩔 수 없는 노릇이어서 오재도는 김철에게 감정이 이입되는 자신을 경계하지 않을 수 없었다. 김철의 흔한 비극은 흔하지 않은 디테일들을 내장하고 있었다. 국내 유일의 종자 회사라니. 다국적 종자 기업의 공격이라니. 일본 해일이라니…… 고약한 신의 똘똘한 장난 같은 운명의 냄새가 너무 짙었던 것이다.

김철은 정말 미친 것인가? 신경쇠약이라는 정신과 진단서 너머에서 오재도 형사는 김철이 온전한 정신에서는 절대 망치 같은 것으로 살아 움직이는 것을 가격할 만한 위인은 아니라고 보았다. 그렇다면 김철은 자신을 극단적으로 초월한 셈이고, 인간이 음으로든 양으로든 자신을 초월한다는 것은 결국 미친 것이나 마찬가지니까. 그리고 오재도가 알고 있는 김철은 체대에 다닐 당시까지 국가대표 철인 3종 경기 선수였다.

오재도는 이틀 전 밤 9시 뉴스에도 나왔던 영상을, 한 사내가 다른 사내를 구해 한강을 건너는 장면을 수십 번 되풀이해 보았다. 그것은 오재도에게 이상한 감회를 불러일으켰다.

오재도는 하루라도 빨리 그를 잡아야겠다는 초조함에 휩싸였다. 그를 재판에 넘기면 정신이상에 초범이니 형기가 무한대로는 잡히지 않을 것이라는 이상한 동정을 하고 있었다.

오재도는 마흔다섯 살로, 김철과 동갑이었다. 젊어서부터 이혼남으로 산 오재도는 이혼한 부인을 죽이고 싶지는 않았으나 어쩌면 죽일 수도 있을 만큼 증오했다. 오재도는 알코올과 도박 중독자였다. 그녀가 오재도를 버린 것은 당연했지만, 그래도 오재도는 부인을 증오하는 만큼 그리워했다. 그의 전 부인은 미국으로 가 재혼했다고 들었다. 그녀와 오재도 사이에 자식은 없었다. 딸을 자연재해로 잃는다는 것은 무엇일까? 신 말고는 아무도 원망할 수 없을 때의 고통이란 어떤 것일까? 오재도는 산다는 것이 끔찍했다. 오재도는 김철이 이를테면 불심검문 같은 것에 실없이 걸리기 전에 자신이 먼저 잡고 싶었다. 만약 김철이 다른 공권력에 의해 체포된다면 마치 오재도 자신이 악마와 협잡한 듯한 기분이 들 터였다.

대체 김철은 지금 어디에 있는 것일까? 무작정 감이 잡히는 한두 군데는 있고, 또 동선을 계산해 예측되는 지점도 없진 않았다. 그런데 꼭꼭 숨어 다녀야 할 김철이 별안간 한강 한복판에 나타나서 저런 희대의 쇼를 직접 연출하고 연기한 뒤 다시 표표히 사라지면서 그 양쪽의 가능성은 공히 혼돈에 물들어버렸다. 김철은 형사 입장에서는 절망에 가까운 범인이었다. 왜냐하면 전형에서 벗어난 정도가 아니라 아예 전형이 없는 범인이었기 때문이다. 만약 김철이 교활했다면 김철의 범죄에는 전형이 존재했을 것이나, 순수한 인간의 깊은 상처 속은 아무리 들여다보아도 도통 아무것도 보이지 않았다. 그래서 오재도는 김철이 교활하지 않고 순수한 인간이라는 것을 믿을 수밖에 없었다. 하지만 딱 거기까지였다.

형사 오재도는 김철이 아닌 북극인 김철에 대해서는 아무것도 몰랐다.

4

북극인 김철은 부산의 한 동물원 벤치에 앉아 편의점에서 산 도시락을 먹고 있다. 앞에는 북극곰 한 마리가 개방형 우리의 왼쪽 끝과 오른쪽 끝을 끝없이 왔다 갔다 하고 있다. 자유로운 짐승이 좁은 공간에 오래 갇혀 있으면 저런 현상을 보인다고 한다. 이른바 정형행동이다.

북극인 김철은 저 북극곰의 사연을 어느 잡지 한 귀퉁이에서 읽었다. 자신의 종자 회사가 다국적 종자 기업에 인수 합병되기 사흘 전이었다.

북극인 김철이 그날 한강에 갔던 이유는 북극곰이 보고 싶어서였다. 그러나 그곳에 거대한 빙산이 흘러가고 있는 북극은 당연히 없었다.

북극인 김철은 한국전쟁 당시 아버지가 건넜다는 겨울 대동강을 상상했다. 1·4후퇴 때였다. 차라리 더 추웠더라면 꽁꽁얼었을 텐데, 얼음이 둥둥 떠 있는 대동강은 생지옥과 다를 바 없었다. 와중에 처자식을 건네주느라 몇 번씩 도강을 거듭하던 한 사내가 결국엔 기력을 잃고 하류로 떠내려갔다. 추우면 미친다지 않는가. 사내는 얼굴에 웃음을 띤 채 강 아래로 멀어져 가고 있었다.

북극인 김철은 초봄 동물원의 따뜻한 햇살 안에서 미쳐버린 북극곰을 바라보고 있다.

저 북극곰은 열여덟 살 수컷이고 인간들이 붙여준 이름은 '행복이'다. 얼마 전 짝인 스물아홉 살 암컷 '사랑이'가 죽었다. 바다동물관의 어두컴컴한 내실에서 가슴이 터지도록 큰 숨을 삼키고 눈을 감았다.

수입 기록이 남아 있지 않은 사랑이가 어디서 태어났는지는 아무도 모른다. 북극의 얼음 바다에서 태어났든지 지구의 다른 어느 동물원에서 태어났든지 했을 것이다. 북극곰은 동물원에서의 번식률이 낮으므로 전자일 가능성이 높다. 대한민국이 멸종 위기에 처한 야생 동식물 국제 거래에 관한 협약에 가입하기 전이고, 그때만 해도 북극곰은 귀한 동물이 아니었다.

동물 보호 단체에서는 코끼리, 돌고래, 유인원과 함께 북극
곰을 동물원 전시 부적합 종으로 꼽는다. 야생 북극곰의 서식
영역은 2만에서 30만 제곱킬로미터다. 물범을 찾기 위해 최대
32킬로미터 밖의 냄새를 감지해 수백 킬로미터를 걷고 헤엄친
다. 그러나 돌고래와 달리 북극곰은 야생 방사가 본격적으로
거론된 적이 없다. 기후 변화로 북극의 얼음이 줄어드는 데다
가 사냥 습성이 남아 있는 북극곰은 동물원에 많지 않기 때문
이다.

어느 날부터인가, 관람객들이 동물원 측에 전화를 걸기 시작
했다. 사랑이가 저녁이 되어도 내실로 들어가지 않고 움직이지
않는다는 것. 사랑이가 계속 한 자리에 엎어져 있자 행복이는
그 주변을 맴돌았다. 사흘 동안 이런 상황이 계속되자 전시 공
간에는 오물이 쌓였다. 사육사들은 가림막을 치고 오물을 치운
뒤 사랑이를 내실로 옮겼고, 사랑이는 먹이를 받아먹긴 했지만
비틀거리며 주저앉았다. 결국 이틀 뒤, 하얀 북극곰 사랑이는
검은 바윗덩어리처럼 죽은 채 발견됐다. 사랑이는 스물아홉 살
생애 거의 전부를 감옥 같은 동물원에서 살았다.

그날 밤 늦게까지 행복이는 전시관 내실로 이어지는 철문을
쾅쾅 두들겼다. 물범을 잡기 위해 북극의 바다 얼음을 혼신의
힘으로 깰 듯이 쳤다. 행복이의 격한 숨소리가 사랑이가 떠난
곳을 슬프게 울렸다. 그 뒤로 행복이는 철문을 열어줘도 사랑

이가 죽어 나간 내실로 들어가지 않고 있다.

북극인 김철이 부산에 간 이유는 두 가지였다. 하나는 북극곰을 만나기 위해서고, 나머지 하나는 바다를 건너 일본으로 가서 딸을 만나려는 것이다. 물론 그의 딸 은지는 해일에 마을과 함께 쓸려가 죽은 지 오래였다. 그러나 북극인 김철의 기억과 의식은 왜곡되고 착종되었으며 계속 더 어두워져 꼬여가고 있었다. 감당할 수 없는 상처는 인간을 인간의 마음 밖 이상한 세계로 떠밀어버린다. 그리고 그런 곳에서 가령 김철은 북극인 김철이 된다.

5

오재도 형사는 또 다른 살인 현장, 김철의 종자 회사가 망하는 데에 가장 결정적인 역할을 했던 이홍섭의 사무실에 우두커니 서 있다. 그는 다국적 종자 기업의 강릉 지부를 인수해 사장을 맡고 있던 중 이곳에서 살해된 채 발견됐다. 이홍섭은 김철이 데리고 있던 상무였다.

김철의 특이한 점은 다른 범인들처럼 자신의 모습을 감춘다거나 하지 않는다는 것이다. 그는 마치 홀린 듯 나타나서 일을 벌이고 자기 자신이 아닌 것처럼 사라졌다. 그래서 일반적인 수사 기법이나 추리로는 그를 추적하기가 난감한 것이다.

오재도는 사실 직업상 죄책감이 들었다. 한심했다. 자신이 김철에게 가지고 있는 이 묘한 사적 감정이 정상적이고 치밀한 수사를 방해하여 그가 자꾸 이런 끔찍한 짓을 저지르고 다니는 걸 막지 못하는 것은 아닌가 해서. 이번에도 김철은 망치로 살인을 저질렀고, 민들레 씨앗이 담긴 작고 투명한 유리병을 훔쳐 달아났다. 민들레 씨앗이라니. 기껏해야 민들레 씨앗이 든 작고 투명한 유리병이라니. 오재도에게 김철은 혼돈이었다.

오재도는 김철의 동선을 어느 정도 파악하고 있었다. 그가 이홍섭의 신용카드로 일본행 여객선의 승선권을 끊었던 것이다. 그러나 김철은 승선 날짜를 어기고 나타나지 않았다.

김철은 일본에 가려는 것인가. 왜? 딸뿐만이 아니라 그곳의 친척들도 다 해일에 휩쓸려 죽어버렸다. 그런데 왜? 무지개의 그림자 같은 질문들이 꼬리에 꼬리를 물고 이어졌다.

오재도는 창가를 보았다. 바다가 있었다. 저 바다는 김철에게 어떤 의미일까? 인간에게는 어떤 의미일까? 오재도는 김철이 매우 가까이 있다는 것을 느끼고 있었다. 오재도는 피살자의 핏자국이 누워 있는 곳에 서서 김철이 서 있었을 만한 위치를 바라봤다.

거기 서 있는 김철이 이홍섭에게 말했다.

씨앗은 농부가 가지고 있어야 해.

이홍섭이 겁에 질린 표정으로 말했다.

뭐, 뭐요? 사장님, 이러지 맙시다.

씨앗만 주면 된다.

무슨 씨앗? 아! 다 가져가도 됩니다. 다 가져가요. 그거나, 그 망치나 좀 내려놓고. 좀!

아, 이거?

그래요, 그거. 나 사장님 다 이해해요. 사장님이 이러는 것도 다 이해해요.

고마워. 신은 괄호에 갇힌 인간이야.

네?

고마워. 날 이해해줘서.

네. 네, 그래요.

내가 북극곰 만나러 가는 것도 다 알지? 내가 북극을 그리워 한다는 것도 알지?

뭐요?

민들레 씨앗만 주면 돼. 난 은지한테 가야 돼. 은지한테 가져다 줄 거야.

은지? 은지요?

응. 내 딸 은지.

사장님, 은지 죽었잖아요.

뭐?

은지 해일에 죽었잖아요.

무슨 소리야?

기억 안 나요? 시신 없는 장례식장엔 나도 있었는데. 왜 그래요?

너 누구야?

네?

너 누군데 그런 소릴 하는 거야? 그런 말도 안 되는 소리를.

무슨 소리예요. 내 말이 맞잖아요.

망고는 뼈가 있다. 넓적한 뼈. 잘못 먹으면 이빨이 다 부러져.

네?

망고가 원래는 물고기였거든. 사람은 다 물고기에서 나왔고. 그래서 망고에는 뼈가 있는 거야. 은지?

아이고, 형님. 사장님, 은지 죽었잖아요!

김철은 갑자기 눈알이 터져 나올 듯 비명을 지르기 시작했다.

오재도는 뭔가를 깨달은 듯 어딘가로 전화를 걸며 급히 살인 현장을 떠났다.

6

북극인 김철은 딸 은지에게로 가기 위해 이 배에 탔다는 사실만을 되새겼다. 아빠가 딸에게 가는 것이다. 딸이 아빠를 기다리고 있는 것이다. 그것밖에는 북극인 김철의 머릿속에는 아무것도 없었다. 이 바다를 건너 일본으로 가면 예쁜 초등학생 김은지가 아빠에게 천천히 걸어와 볼을 만지며 안아줄 것이다. 북극인 김철은 대관절 그것이 무슨 죄가 되어서 저기 저 배의 갑판에 있는 자신을 닮은 한 사내가 그리고 그의 부하들이 자신을 잡으러 오는지 전혀 가늠할 수가 없었다. 북극인 김철에게는 언제부터인가 이 세상이 전부 하나의 물음표가 되어버렸다. 그러나 그에게 이 순간 중요한 것이 무엇이냐고 물어본다면 북극인 김철은 목숨을 던져서라도 딸에게 가는 것이라고 분명히 말했을 것이다. 북극인 김철은 자신을 괴롭히는 저 모든 사람들이 이해되지 않았다.

김철은 갑판에 서서 점점 다가오는 경찰 순시선을 멍하니 바라보고 있었다. 경찰 순시선의 갑판에서 오재도 형사 역시 그러한 김철을 멍하니 바라보고 있었다. 쫓는 자와 쫓기는 자의 모습이라는 것은 나중에는 차이가 없어지는 것인지도 모른다. 쫓는 자와 쫓기는 자는 실존적으로는 형제가 된다. 쫓는 자가 천사이고 쫓기는 자가 악마이든, 쫓는 자가 악마이고 쫓기는 자가 천사이든 간에. 또 모르지, 둘 다 다른 천사에게 상처 입은 천사이거나 천사에게 상처 입은 악마인지도. 김철과 오재도는 흔들리는 바다 위에서 멀리 서로를 바라보고 있었다.

경찰 순시선 갑판 위에서 담배를 피우던 오재도 형사는 김철이 타고 있는 배를 세우라는 방송을 하기 시작했다.

안타까운 사람을 잡으러 가는 일은 오재도 형사에게는 항상 괴로운 노릇이었다. 뒤에 있는 네 명의 순경들은 살인범 체포에 앞서 조금 긴장하고 있는 것 같았다. 하지만 범죄라는 것은 항상 무서운 것만이 아니다. 범죄는, 그리고 범죄인은 야릇한 페이소스를 세상에 던진다. 특히 그를 잡는 자에게는 더 그러하다. 오재도에게 김철은 정말 버거운 의미였다. 김철을 쫓는 지난 2년 남짓 동안 오재도는 항상 일그러진 자의식에 시달려야 했다. 그리고 그것은 일종의 동정을 넘어선 자책감이었다. 오재도는 오늘 그것을 마감하고 다시 원래대로의 감정을 찾아서 제대로 된 형사로 되돌아가고 싶었다. 오재도는 자신이 김철을 잡으면 오히려 다른 범죄자들보다 더 냉정하게 김철을 대하리란 걸 알고 있었다. 그러지 않고서는 이 상황을, 그리고 형사라는 직업 자체를, 자신의 이 모순으로 가득 찬 실존을 견디지 못할 것이기 때문이었다. 저 작은 배의 갑판에 서 있는 한 사내는 대체 무엇을 말하고 싶어서 계속 저렇게 나를 골똘히 바라보고 있는 것일까. 아까부터 오재도 형사는 그가 김철이라는 것을 금방 알아버렸다. 그는 자꾸 김철이 자신의 쌍둥이 같아서 괴로웠다. 오재도 형사는 잠시 고개를 돌려 낮게 날고 있는 갈매기를 보았다. 그리고 담배를 갑판에 떨어뜨려 구둣발로 비벼 끄고 나서 다시 정면을 보았다. 순간 오재도는 깜짝 놀랐다. 그사이 김철이 갑판에서 사라진 것이다. 그러나 다시 오재도는 생각했다. 사라지긴, 배 안으로 들어간 거겠지. 오재도는 헛웃음이 나오면서도 김철에게 과도하게 집착하고 있는 자신의 심리 상태가 씁쓸했다. 어차피 오재도가 탄 경찰 순시선은 점점 김철이 타고 있는 배 쪽으로 다가가고 있었다. 김철이 타고 있는 배는 서서히 숨을 죽이더니 이윽고 엔진이 꺼졌다.

바다 위 저녁이 저물어가며 가랑비가 내리고 있었다. 곧 밤이 오리라. 반나절을 헤엄쳐 나아가다 지친 북극인 김철은 목홍빛으로 물든 수평선 위에 둥둥 떠 있었다. 잔잔한 파도에 떨어지는 우주의 별보다 많은 빗방울들이 해면에 작은 구멍을 내며 튀어오를 적마다 물봉오리가 터져 투명한 꽃들이 망망대해를 뒤덮고 있었다.

북극인 김철은 점점 의식이 희미해지면서 조용히 졸음이 몰려들었다. ……어서 다시 헤엄쳐 나아가야 은지를 만날 수 있는데. 예쁜 내 딸. 이 아빠가 꼭 안아줄 수 있는데.

북극인 김철은 잠이 든 것 같으면서도 자기도 모르게 눈가에 눈물이 묻어났다. 은지의 목소리가 들렸다.

아빠, 망고에 왜 뼈가 있어? 넙적한 뼈가 있네!

북극인 김철은 불현듯 깨달았다. 아, 은지는 이 세상에 없구나. 비로소 딸의 죽음을 인식하면서, 북극인 김철은 자신의 현재와 과거가 다 선명해져버렸다.

그때였다. 물안개가 피어오르는 저쪽에서 무엇인가 희미한 것이 다가오고 있었다. ……아, 그것은 북극곰이었다. 북극곰은 조용히 밀려오듯 태연히 헤엄쳐 와 어느새 북극인 김철 앞에 둥둥 떠 있었다. 마주보고 있는 북극곰과 김철은 정말 오랜만이었다. 북극인 김철의 눈물은 빗물과 범벅이 되어 얼굴 안에서 지워졌다. 북극곰이 인사하기 위해 오른손을 살짝 들어올렸다. 그런데 그 손은 손목부터 잘려나가 있었다. 북극인 김철이 북극곰에게 물었다.

어떻게 된 거야?

배가 고파 사람들 마을에서 쓰레기통을 뒤지다가 전기에 감전됐어. 나는 발자국을 잃어버린 거야. 나는 병들었어. 아무리 먹어도 배가 더 고파. 인간들의 쓰레기를 먹었거든. 내 아이들도 다 죽었어. 지구가 뜨거워. 얼음 심장이 녹고 있어.

알아. 나도 그랬어.

북극인 김철은 오른손을 뻗어 북극곰의 가슴 왼편에 갖다 댔다. 심장이 뛰고 있지 않았다. 북극인 김철은 하나님에게 검은 옷을 입히고 싶었다.

북극곰이 북극인 김철에게 물었다.

이대로 흘러갈 거야?

아니.

어디로 가려고 그래?

그래. 맞아. 나는 갈 곳이 있어.

북극인 김철이 바지 호주머니를 뒤적여 물 밖으로 꺼낸 그것은 투명하고 작은 유리병이었다.

북극곰이 말했다.

민들레구나.

북극인 김철이 투명한 유리병의 뚜껑을 열자 하얀 민들레 꽃 씨들이 자우룩이 솟아올라 환하게 피어나더니 비가 부슬부슬 내리는 바다 위를 날아다니기 시작했다. 바다 위 물방울 꽃 천 지에 하얀 민들레꽃이 거대한 수를 놓으며 멀리멀리 퍼져 나가 고 있었다.

북극곰이 북극인 김철에게 물었다.

가려는 거야? 못 잊는 마음이 가장 나쁜 마음이야.

알아. 나 갈게.

그래.

북극인 김철은 바닷속으로 들어갔다. 북극인 김철은 더 깊이 깊이 내려갔다. 우주 같은 어둠 속으로. 북극인 김철은 북극곰 과 하얀 민들레꽃 들이 있는 뒤를 돌아다보지 않았다. 북극인 김철은 숨이 막혀왔다. 그러나 그것이 세상보다는 편했다. 북 극인 김철은 어둠에 몸과 영혼을 맡긴 채 천천히 눈을 감았다. 북극인 김철의 표정은 웃고 있었다. 사랑과 행복 같은 것은 고 통처럼 아무런 의미도 없는 과거였다.

북극인 김철은 스스로 하나의 어두운 소실점이 되어 사라지 고 있었다. 완전한 이별이었다.

소년은 어떻게
미로가 되는가

1

인간은 신의 지문이다. 신은 인간의 고통을 통해서 자신의 신원을 확인하려는가 보다. 쓸데없는 일이다. 하지만 어쩔 수 없는 일이지. 신은 누구일까? 어디에 숨어 있는 것일까? 진정 신의 손길이 원하는 바는 무엇일까? 왜 인간은 천사도 아닌 주제에 이런 난감한 질문들을 가지게 되는 것일까? 나는 너무 피곤하다. 어서 햇살 비치는 창가 침대 위에 가만히 누워 무덤처럼 눈을 감고 싶다. 붉은 꽃이 고요한 바람에 조금씩 흔들리는 것을 꿈속에서 멍하니 바라보고 싶다.

쓸데없는 일과 어쩔 수 없는 일에 휘말려 있을 때보다 더 괴로운 경우는 도저히 이해할 수 없는 일과 홀연 마주할 때이다. 신에게도 이해가 안 가는 일이란 게 있을까? 전지전능하다니 당연히 모르는 것도 없어야겠지. 도리어 신이란 인간으로서는 도저히 이해할 수 없는 일들을 노상 저지르는 존재가 아닌가. 인간의 무지는 신 안에 놓여 있다. 결국 신이란 하나의 물음표에 불과하므로, 인간은 갈고리 모양의 의문부호를 절대자로 섬기고 있는 셈이다. 고작 그것 때문에 같은 인간들끼리 차별하고 증오하는 것도 모자라 학살까지 일삼고 있다니. 고로 정말이지 신은 물음표의 생김새만큼이나 아무런 근거와 배경도 없이 잔혹하다. 하지만 신의 계획이 인간 말고 과연 어느 짐승의 살과 뼈에 스며 있을 수 있단 말인가. 만약 신이 기생하기에 인간이 악마와 천사보다 더 편한 숙주가 아니었던들, 미치지 않고서야 신이 인간을 창조했을 리가 없다.

나는 오랫동안 문장규, 그가 자살한 까닭은커녕 그의 자살 자체를 순순히 받아들일 수가 없었다. 절망은 유보되었지만 그것은 에누리 없는 지옥이었고, 이것은 신이 저지른 어떤 일에 대한 어떤 이야기일 뿐이다. 쓸데없는 일이자, 어쩔 수 없는 일이면서, 도저히 이해할 수 없는 일이기에, 도리어 절대 용서할 수 없는 인간의 일. 사랑하는 이가 문득 아무 근거와 배경도 없이 잔혹한 갈고리 모양의 물음표처럼 영원히 사라져버리는 것. 신이 우걱우걱 씹어 먹어버린 어느 짐승의 살과 뼈처럼 다시는 만나지 못하게 돼버리는 것.

왜 꼭 그래야만 했을까? 당시의 나로서는 문장규는 인간이고 신은 신이라는 사실밖에는 우길 수 있는 게 없었고, 혼돈의 기분이 들면 들수록 묘한 오기가 어두운 가슴의 저 밑바닥으로부터 울컥울컥 치밀어 오르는 것을 참을 수 없었다. 그것은 그때까지의 내 전력과 기질과는 한참 거리가 먼 태도와 반응이었다. 나는 단 한 번도 종교를 가져본 적이 없었다. 그런데도 나는 늘 신이 몹시 무서웠다. 기이한 노릇이다. 나는 도대체 언제 어디서 자신도 모르는 사이에 신을 배워버린 것일까? 그게 다 문장규, 그 사람 때문이었다. 신이라는 수수께끼가 문장규의 자살이라는 수수께끼를 환한 대낮의 길거리에 붕붕 떠다니는 블랙홀로 둔갑시켜버렸던 것이다. 술에 취하면 살며시 눈을 감고는 무엇인지 분간할 수 없는 노래를 나직이 흥얼거리던 문장규, 유명 건축가였던 그는 나의 유일한 외삼촌인 동시에 나와는 피 한 방울 섞이지 않은 외삼촌이기도 했다.

죽은 이는 누구든지 과거형 안에 갇히게 되고, 아득한 시간이 흘러가버린 지금, 나는 약간은 서글픈 괴물이 돼 여태 살아 있다. 진정 신의 손길이 만지려는 것은 무엇일까?

2

화창한 늦봄 정오 무렵, 문장규는 자신의 고급 고층 아파트 25층 베란다에서 빨래를 널고 있었다. 식탁에는 토스트와 커피가 남아 있었다. 서너 개의 조간신문들을 차례차례 읽고 있던 그는 제 임무를 완수한 세탁기가 연주하는 멜로디를 듣고는 스르륵 자리에서 일어났을 것이다. 문장규는 하얀 수건들만을 따로 모아서 건조대에 널었다. 태양은 뜨거울 정도는 아니지만 검은 아스팔트 위의 유리 파편처럼 반짝였을 것이다. 무엇이 전복돼 뒹굴고 부서져 흩어진 것일까? 그는 그러한 태양을 잔뜩 찡그리며 직시했을 수도 있다. 만약 그랬다면, 순간 그의 뇌리에는 어떤 생각이 차올랐던 것일까? 도대체 어떤 악령이 그의 곁에 찾아와 귓속말을 속삭였던 것일까? 그는 베란다에서 훌쩍 뛰어내려버렸다. 맨발이었고, 옷은 카키색 반바지에 베이지색 라운드 티를 입고 있었다. 그는 무정한 모든 사물들이 그러한 것처럼 지구 중력에 입각한 물리적 법칙을 정확히 따르면서 추락했다.

그가 죽어버린 현장은 끔찍하다는 무엇을 상상하든 그 이상이었다. 그는 날계란이 피사의 사탑 꼭대기에서 떨어져 눅진하게 터지는 것처럼 쌉쌀한 화약 한 줌 없이 이 세계에서 폭발해버렸던 것이다. 그 시각 한강변을 산책 중이던 나는 세 시간쯤 뒤 그의 자살 소식을 전하는 전화를 받고는 택시 뒷좌석에 혼자 앉아 병원으로 이동하면서 어안이 벙벙한 슬픔에 앞서 이런 엉뚱한 의문에 빠져들었다. 그는 왜 하필 그런 아찔한 방법을 택해 스스로 목숨을 끊은 것일까? 가령, 음독을 하거나 목을 맬 수도 있었을 텐데. 더구나 그에게는, 그에게는, 그는, 그것을 가지고 있지 않았던가…… 그것. ……그렇다면, 이것은 뭔가 우발적이고 몽롱한 상태에서 벌어진 비극이란 말인가?

천만에. 그는 단 한 방울의 술도 마신 상태가 아니었으며 마약을 비롯한 그 어떤 향정신성 물질의 흔적도 부검 소견에 기재되지 않았다. 또한 공적·사적 생활과 병원 진료 기록, 정치 성향과 재정 상태 등에서 그의 이성과 감정과 육체 중 그 어느 것 하나라도 요동치게 만들 만한 요인 따윈 일절 발견할 수 없었노라고 사후 수사는 결론 내려졌다. 요컨대 그의 자살은 순도가 매우 높은 미스터리였던 것이다.

문장규, 그는 칼라시니코프 소총, 즉 AK 소총 한 자루와 적잖은 양의 실탄을 모처에 감춰두고 있었고, 나는 그 살벌한 사실을 알고 있는 유일한 사람이었다. 그 무자비한 불법 무기가 어떤 미심쩍고 불량한 경로로 괴팍하기 그지없는 그에게까지 굴러들어가게 되었는지는 모르겠다. 워낙 발이 넓고 다사다난, 다재다능했던 그가 전 세계의 어느 뒷골목에서 무슨 신드바드의 모험을 즐겼는지 내가 어찌 알겠는가.

문장규, 그는 아파트 25층 베란다에서 몸을 던지는 것이 칼라시니코프 소총 탄환에 급소를 관통당하는 것보다 덜 고통스럽다고 판단한 것일까? 그런 세심한 자살 계획이 그의 머릿속에 있었다는 것인가? 그럼 아파트 25층 베란다에서 뛰어내리기 직전까지 하얀 수건들만 따로 모아서 건조대에 널고 있던 그 평온한 정황은 대체 뭐란 말인가?

그날, 그는 자신의 서재에서 AK 소총을 들어 보이며 내게 피식 웃었다. 뭐라고 하든지 그것은 그의 해맑은 자랑이었다. 만약 그가 서커스의 보아구렁이를 온몸에 칭칭 휘감고 있다고 해도 그것은 일종의 야릇한 제의(祭儀)의 색채를 띠었을 것이다. 그는 그런 사람이었다.

문장규와 나는 외삼촌과 조카 치고는 기껏 열 살밖에는 차이가 나질 않았고, 내가 성인이 되기 직전까지 한집에서 어머니까지 그렇게 셋이서 지냈기 때문에(차후 말하겠지만 내 아버지는 중간에 증발해버렸다) 피차 허물이 있다는 것은 사뭇 어색한 행위였다. 다만 우리들은 각자 본질적으로 무겁게 가라앉아 일제히 좀 비뚤어져 있었다. 정말이지, 그것은 누구의 탓도 아니었다.

문장규는 이윽고 AK 소총에 실탄까지 장전하면서 어느 할아범을 죽이러 미국에 건너갈까 한다는 괴상한 말을 툭, 내뱉었다. 진정이건 농담이건 간에, 어린 시절부터 줄곧 그의 흑마술 같은 분위기에 중독돼 있었던 나는 항상 그랬듯 그냥 심드렁히 듣고는 말았다. 그는 내 인생관의 상당 부분을 지배하고 있었고, 나는 그를 사랑했으나 그를 몰래 증오하고 있었다. 견디기 힘든 그 두 가지 감정의 모순은 기적처럼 아슬아슬한 균형을 유지하고 있었지만, 분명 나의 영혼은 그로부터의 독립을 간절히 원했다.

독신인 문장규는 마흔 살이었지만 워낙 스타일이 나이스한 미남형이었기 때문에 아무리 많이 봐도 얼추 삼십 대 중반 정도로밖에는 보이질 않았다. 세련된 시니컬함에 솔직한 유머 감각도 있고 돈까지 잘 버는 예술가이니만큼 '정해진 애인' 말고도 그의 주변에는 늘 여자들이 북적거렸다. 그는 '다양한' 섹스에서 어떤 철학을 탐구하는 것 같았는데, 아무래도 그에게서 풍겨 나오는 난센스가 여자들에게는 뭔가 굉장히 자극이 되는 모양이었다. 나는 그가 이상한 것인지 여자들이 이상한 것인지 가늠할 수가 없었다.

문장규의 '정해진 애인'은 유능한 변호사였는데, 대단한 미인으로서 나와는 동갑이었다. 서너 차례 둘 사이에 끼어 제법 긴 술자리를 가진 적은 있었지만 나와 그녀가 그다지 친한 것은 아니었고 굳이 그럴 만한 까닭도 없었다. 박현아, 그녀의 이름이다. 변호사 박현아와 건축가 문장규가 결혼까지 약속한 사이였는지는 모르겠다. 그녀는 문장규의 장례식장에 아주 잠시 머물렀을 뿐이고, 그 이후로 나는 그녀를 음으로든 양으로든 만나 보지 못하였다. 그녀가 슬픔을 넘어서 그를 원망했을 것이라는 데에까지 내 생각이 미친 것은 무심하게도 최근의 일이다.

희한했다. 새삼 나는 아무리 눈을 감아도 박현아의 얼굴이 잘 떠오르지 않았다. '지적인 미녀'라는 관념만이 상형적인 측면이라고는 완전 배제된 어떤 화학기호처럼 인식될 뿐이었다. 박현아는 문장규를 사랑했던 것일까? 사랑했다면, 그 사랑의 깊이와 견고함은 어느 정도였을까? 문장규는 박현아를 사랑했던 것일까? 사랑했다면, 어떻게 그 사랑하는 여인을 놔두고 그토록 오리무중의 자살을 감행할 수 있었단 말인가?

나는 어려서부터 내가 문장규처럼 변해갈까 봐 내심 두려워했던 것 같다. 어쩌면 그가 죽어버린 지 10년이 넘어가는 지금까지도 나는 그런 공포에서 벗어나지 못하고 있는지도 모른다. 그가 피사의 사탑 꼭대기에서 떨어져 눅진하게 터지는 날계란처럼 폭발한 것은 당연하다. 그는 인간이 아니라 지구 중력에 입각한 물리적 법칙을 정확히 따르는 무정한 사물이었기 때문이다. 그렇지 않고서야 어떻게 나만을 이곳에 이렇게 남겨두고 그럴 수 있었겠는가.

3

연애소설을 쓴다는 것은 쉬운 일이 아니다. 사랑 이야기는 아무리 복잡하게 엮어도 자칫 빤하다. 스토리는 답답하기가 쉽고 유행을 따라가다 보면 문장 자체가 치졸해지기 마련이다. 아무리 고수라도 이 난관을 가볍게 피해 갈 길이 없다. 왜 아니겠는가. 생각해보라. 이 지구상에서 남자와 여자가 만나 사랑을 해봤자, 그게 뭐가 그렇게 유별나고 대단할 수가 있겠는가 말이다. 어쩌면 그것은 사랑의 한계가 아니라 인간이라는 존재 자체의 한계일 수도 있겠다. 그런데 연애소설을 쓰는 소설가가 가장 황당한 경우는 분명 사랑 이야기를 쓰고 있었는데 그것이 점점 공포물로 변해가고 있음을 깨달았을 때이다.

이제 죽었을 당시의 문장규의 나이가 된 나는 3년 전 한 여자와 결혼했고, 겨우 1년 만에 이혼했다. 다행히 우리 사이에 아이는 없었다. 여기서 다행이라고 말하는 것은 그 편이 나와 그녀 각자와 서로에게, 그리고 세상에는 애초에 존재한 적도 없는 가상의 아이에게조차 덜 불행하고 덜 불편한 일이라 여기기 때문이다. 만약 나와 그녀 사이에서 아이가 태어났더라면, 그것은 신이 인간의 고통을 통해서 자신의 신원을 확인하려는 사악한 시도처럼 우리 인간들로서는 어쩔 수 없는 일이겠으나, 결국은 쓸데없는 일에 불과했을 것이다.

문장규와 박현아는 죽음을 경계로 헤어졌지만 나와 나의 전처는 아직 살아서 헤어져 있다. 전자와 후자 어느 쪽이 더 불행하고 더 불편한 노릇이지 나는 잘 모르겠다. 과연 신이 어느 쪽을 덜 불행하고 덜 불편하게 감각할지 역시 마찬가지다. 나는 신을 억지로 나쁘게 생각하고 싶지는 않다. 신은 미쳤다.

내게는 사귄 지 1년이 조금 지난 애인이 있다. 이름은 명은. 그녀는 나보다 열 살이 어리다. 과거 나와 문장규의 나이 차이, 과거 박현아와 문장규의 나이 차이다. 나는 명은과 아직 한 번도 섹스를 하지 않았다. 우리는 좋은 감정의 교류 속에서 충분히 그럴 수 있는 기회가 많았고 그녀 쪽에서 그럴 것을 적극 원했지만, 내가 일부러 피하는 바람에 여태 섹스리스 애인으로 지내고 있는 것이다. 아마도 그녀는 나와의 섹스가 필요한 것이 아니라 자신에 대한 내 사랑의 불통과 우유부단이 괴로운 것이리라. 물론 자존심도 무척 상하는 모양이어서 거의 인내심의 한계에 도달한 듯 보인다. 나는 사태가 더 심각해지기 전에서 그녀를 놓아주는 것이 온당하다고 생각하고 있다.

나는 문장규가 혼자 살다가 죽은 바로 그 아파트에서 혼자 산다. 어머니는 불길하다며 극구 말렸지만, 당시 그의 유산 중 부동산 처분에 여러 가지 문제들도 있고 해서 내가 자처해 들어가 줄곧 지내고 있는 것이다. 나는 정말 처음부터 아무렇지도 않았고 지금도 아무렇지 않다. 문장규, 그가 내 앞에서 AK 소총을 번쩍 들어올렸을 적에도 아무렇지 않았던 것처럼. 설마 내가 그를 흉내 내서 별 이유도 없이 25층 아파트 베란다에서 불쑥 뛰어내리겠는가?

구소련의 무기 개발자 미하일 티모페예비치 칼라시니코프는 1938년 러시아군에 징집돼 전차부대 기술병으로 제2차 세계대전에 참전했다. 1941년 서부 러시아의 브랸스크에서 나치 독일군과의 교전 중 부상을 입은 그는 약 2년간 병원에서 치료를 받는 와중에 전우들이 잦은 총기 고장 때문에 전장에서 고초가 심하다는 사실을 알게 되었다. 퇴원 후 무기 개발 관련 부대로 배속 받은 그는 1947년 AK-47 자동소총을 선보였는데, 많은 양의 탄환 장착이 가능하고 물에 젖거나 흙이 들어가도 고장이 잘 나지 않을뿐더러 분해와 조립이 간편한 것이 특징이었다. AK-47의 위력은 월남전에서 두드러졌다. 미군이 첨단 기술을 동원해 개발한 M-16 자동소총은 밀림의 진흙탕에서 말썽이 빈번했다. 반면 AK-47은 그 이상의 악조건 속에서도 발사에 별문제가 없었고 짧은 총신 탓에 휴대도 간편했다. 이 때문에 당시 미군들이 전리품으로 획득한 AK-47을 즐겨 사용하는 경우까지 있을 정도였다. AK-47은 냉전시대에 공산권 국가들은 물론 중남미와 발칸반도, 이라크와 아프리카 등지의 게릴라와 반군 들도 애용했다. 알 카에다의 오사마 빈 라덴은 종종 이 총을 들고 비디오 화면에 나타났고, 현재 북한군의 주력 화기도 AK 소총이다.

미하일 티모페예비치 칼라시니코프는 생전에 AK-47은 방어를 위한 것이지 공격을 위한 것이 아니라고 주장하며, 테러 단체나 소년 병사 들이 자신이 개발한 소총을 사용하는 것이, 자신의 위대한 작품이 국방용이 아닌 악당들의 주력 무기가 돼버린 현실이 안타까워 지난 삶에 회의가 든다고 고백했다. 그러나 무기는 방어 때문이건 공격 때문이건 어쨌거나 필요하고, 꼭 적이 아니라도 누군가는 가지고 있기 때문에 나 역시도 가지고는 있어야 한다. 참으로 풀기 힘든 철학적 문제가 아닐 수 없다. UN은 매년 소형 화기 공격으로 50만 명 이상이 숨지고 있다고 발표했는데, 그 사례들 가운데 상당수가 AK 소총에 의한 것으로 추정했다. 2000년대 초반까지 소말리아와 르완다 등지에서 한 자루에 30달러에서 125달러 선에서 밀매되던 AK-47은 무력 분쟁이 일상화되면서 가격이 더욱 떨어졌고, 나중에는 10달러 대에 팔리기까지 했다. AK 소총은 AKM, AK-47, AK-74M 등으로 발전되며 지금까지 1억 자루 이상 생산돼 널리널리 퍼져 나갔다.

　나는 특전사에서 제대했기 때문에 총기 다루는 법에 능숙하다. 내가 가지고 있는 문장규의 칼라시니코프 소총은 AK-101이다. 불법 무기는 인간에게 뭐라 설명하기 어려운 독특한 어둠의 자부심을 부여한다. 그리고 앞에서 밝혔던 것처럼, 나의 외삼촌인 문장규와 나는 피 한 방울 섞이지 않았다. 그것은 내 어머니와 나도 피 한 방울 섞이지 않았다는 소리다. 내 아버지는 내 나이 열 살 때 지금의 내 어머니와 재혼했다. 어머니는 초혼이었고, 가까운 가족이라고는 남동생 문장규, 오직 하나뿐이었다. 내 친모는 내 아버지와 이혼한 뒤 완전히 소식이 끊겨버렸다. 필경 그녀가 나를 버린 것이리라. 그녀는 아직 살아 있는 것일까? 내 나이 열세 살 때 아버지가 세상에서 불현듯 사라져버린 이후에도 어머니는, 그러니까 내 새어머니는, 나를 정말 자신이 배 아파 낳은 자식처럼 극진히 돌봐주었다. 내 새어머니는 내 유일한 진짜 어머니이자 하나님이 내게 보내준 천사이고, 나는 그저 고독하고 메마른 인간일 뿐이다. 어머니의 아버지에 대한 사랑은 다이아몬드처럼 단단히 빛나서 변질되지 않는 사랑이다. 왜냐하면 그것은 바로 나라는 낙엽 같은 한 소년을 통해 충분히 증명된 사랑이기 때문이다. 그녀는 내가 세상이라는 난로 속의 불쏘시개로 전락하지 않도록 보호해주었다.

나는 요즘 쓰고 있는 이 연애소설을 완성해야 한다. 인류 역사상 가장 악명 높은 불법 무기를 곁에 두고 쓰는 연애소설은 과연 어떤 연애소설이 될까? 사랑은 무기인가? 죽음 때문이건 삶 때문이건 어쨌거나 사랑은 사람에게 필요하고, 꼭 영원한 사랑은 아니어도 누군가는 사랑하고 있기 때문에 나 역시 누군가를 사랑해야만 하는 것인가?

16세기 프라하에서였다. 유대인들이 추방되거나 처형될 궁지에 몰리자 랍비인 유다 뢰브 벤 베자렐은 유대 신비교인 카발라의 힘을 빌려 흙으로 빚은 골렘의 이마에 'ERNET(진실)'이라는 큼지막한 단어를 하나 새긴다. 사람의 모습을 닮은 존재라는 의미의 '골렘'은 이 세상의 첫 인간인 아담의 본명이자 아직 영혼을 가지기 이전의 아담이기도 하다. '진실'을 통해 생명을 얻은 거대한 골렘은 천하무적이었기에 적병들을 모조리 무찌르고 유대인들을 환란으로부터 구해낸다. 이후 어느 날, 사람 같은 모습으로 사람들 사이에서 살지만 사람이 될 수는 없었던 골렘은 우연히 본 한 아름다운 소녀를 사랑하게 된다. 그러나 소녀는 골렘을 두려워했고, 실연에 상처를 입은 골렘은 세상을 파괴하기 시작한다. 결국 랍비 뢰브는 모든 것들을 원래대로 되돌리기로 결정하고는, 골렘의 이마에 있는 'ERNET'에서 'E'를 지워버렸다. 히브리어로 'RNET'는 '죽음'이라는 뜻이다. 이내 골렘은 다시 흙무더기로 변해버렸다.

요컨대, 나는 저러한 오래되고 불가사의한 이야기를 변주하여 슬프고도 아름다운 사랑 이야기를 쓰고 싶은 것이다. 밤이 깊다. 자판 두들기는 소리는 기차가 떠나는 소리 같다. 다만 나는 나의 연애소설이 공포물이 되지 않기를 바랄 뿐이다. 글을 쓰는 소리는 파도가 치는 소리처럼 내 영혼에 미지(未知)의 잔영을 남긴다. 나는 어디로 가고 있는가? 괜찮다. 어디로든 내가 가야 할 곳으로 가고 있는 것이다. 어차피 어디에 도착하든 그곳은 나의 집이 아니라 나의 길이다. 그 길은 외롭다. 저 떠나가는 기차처럼. 저 파도치는 미지의 잔영처럼. 내 영혼처럼. 나처럼. 사랑의 한계는 이 세계의 한계이다.

4

　사실 박현아를 찾아내는 것은 일도 아니었다. 인터넷 포털 사이트에서 그녀의 이름으로 검색만 하면 모 대형 로펌에 오래전부터 몸담고 있는 그녀의 단정한 사진과 화려한 경력이 제일 먼저 떴다. 그녀는 한류 연예인들의 저작권 관리와 그 소송에 있어서 대한민국 최고의 스페셜리스트가 돼 있었다. 그동안 내가 그녀의 소식을 어디서든 듣거나 보지 못했던 것은 어쩌면 내 무의식이 그렇게 되도록 치밀하게 조종한 것이 아니었을까, 하는 묘한 생각을 나는 잠깐 어쩔 수 없이 했다.
　세월이 박현아만을 비껴갈 리는 없었지만 그녀는 눈가의 미세한 주름마저 매력적이고, 또 여전히 독신이었다.

그녀는 아무런 맥락이 없는 내 연락에도 전혀 당황하는 기색이 없어, 나를 적잖이 당황케 했다. 더 나아가, 만나고 싶다는 내 아무런 맥락 없는 요청까지 순순히 받아들여줌으로써 나를 더욱 당황하게 했다. 하지만, 아니나 다를까.

"마지막으로 보러 온 거야. 거절하기가 좀 뭐해서. 이걸로 내 인생에서 그 사람과 관계된 모든 것들은 다 털어버린다고 생각하고."

좀 이상한 일이었다. 그녀와 나는 10년 전에도 별로 친한 사이가 아니었고 우리는 10년 만에 처음 만난 게 분명한데도, 그녀는 나를 만나자마자부터 줄곧 아주 자연스럽게 반말을 사용하고 있었다. 나는 혹시라도 그녀와 나 사이에 대한 나의 기억에 뭔가 왜곡이 있는 것은 아닌가 하여 그 부분을 애써 복기해보았으나 말짱 헛수고였다.

"문규 씨 떠올리게 되는 게 좋을 리가 없지, 내가. 그 사람 얘기는 하고 싶지 않아."

'문규'는 문장규의 작가명이다. 그는 건축가로서는 문규라는 이름으로 활동했던 것이다. 나는 자문했다. 지금 이 여자와 나는 왜 만나고 있는 것인가? 나는 왜 이 여자를 이리로 불러냈는가? 놀랍게도 나는 그것을 아예 모르고 있었다. 나는 그녀와 내가 지독한 부조리극의 남녀 주인공처럼 느껴졌다. 그렇다면 연출가는 누구일까? 신일까? 죽은 문장규일까? 우리가 그에 대해 이야기하지 않기로 결정해버린다면 우리는 도대체 어떤 이야기를 나눌 수 있다는 말인가? 나는 이런 어처구니없는 자리를 마련한 나 자신이 어처구니가 없었다. 그렇다고 박현아가 나를 경계하거나 불쾌하게 여기고 있는 것 같지는 않았다.

그녀가 그의 작가명을 상기시켜준 덕에 나는 문장규와 문규를 분리해 회상해보았다. 언젠가 문장규가 아닌 문규는 내게 말했다.

"탐미주의 예술가가 멋진 작품을 만들어내려면 절대적으로 필요한 자부심이라는 게 있다. 때로 그것이 주변을 좀 피곤하게 하거나 괴롭힐지라도 당장은 그야말로 어쩔 수가 없지. 인격을 함양할 시간에 작품을 잘못 만들어내는 것보다는 욕을 처먹을지라도 아름다운 작품을 토해내는 것이 예술가에게는 남는 장사이고 이 세계에도 훨씬 기여하는 일 아니겠어? 욕을 처먹는 장인이나 욕을 해대는 사람들이나 피차 어차피 죽으면 다 썩어 문드러지니까. 욕을 처먹는다고 죽는 것도 아니요 욕을 한다고 죽는 것도 아니다. 그러나 잘못 만든 작품은 이 세계에 두고두고 남아 사기를 치고 수백만 명의 영혼들을 썩어 문드러지게 만들잖아. 예술가의 진짜 범죄는 바로 그 지점에 있는 거야. 너, 사형수 본 적 있어? 붉은 꽃 본 적 있어?"

그는 나에게 너무 많은 영향을 끼쳤으나 아무것도 제대로 설명해주지는 않았다. 술에 취해 장광설을 마친 문장규는 무엇인지 분간할 수 없는 노래를 나직이 흥얼거렸다. 그의 해묵은 버룻이었다.

"우리는 사랑했었어. 그건 분명해."

뜻밖이었다. 박현아는 그렇게 통증을 호소하듯 말하면서 담배를 피워 물었다. '우리'라는 것은 문규와 박현아를 뜻하는 것이었을까, 아니면 문장규와 박현아를 뜻하는 것이었을까?

그녀는 대화 없이 급하게 마신 독주에 취기가 오르는지 소파에 등을 기댄 채 어떤 노래를 흥얼거렸다. 나는 처음에는 내 귀를 의심했다. 그녀가 흥얼거리고 있는 그 노래는 문장규가 술에 취하면 거의 어김없이 흥얼거리곤 하던, 무엇인지 분간할 수 없던 그 노래였던 것이다. 나는 알 수 있었다. 지금 그녀가 그러고 있는 것은 내 앞에서 일부러 하는 행동이 아니라 그녀의 뼈아픈 습관, 그리움의 상처 때문이라는 것을.

문장규가 미국으로 건너가서 AK 소총으로 쏴 죽여야겠다던 그 실없이 살벌한 농담 속의 영감은 프레드 펠프스라는 반(反)동성애 운동가 겸 침례교회 목사였다. 그는 여러 언론들을 통해 미국 사회에서 가장 증오스러운 인물로 꼽힌 바 있다. 캔자스 주 토피카의 독립교회 WBC를 이끌던 그가 일거에 전국적인 주목을 받은 건 1998년 동성애자라는 이유로 잔인한 고문을 당한 끝에 숨진 와이오밍 대 학생 매튜 셰퍼드의 장례식장에서 '신은 동성애자를 싫어하신다!' '지옥에서 불타라!'라는 등의 팻말을 들고 행패를 부리고서부터다. 그는 2006년 이라크 전쟁에서 전사한 매튜 스나이더 일병의 장례식장에서는 '신이 벌을

내린 것'이라고 외쳤다. 유족들은 그를 상대로 손해 배상 소송
을 냈지만 연방대법원은 8 대 1의 의견으로 펠프스 목사의 손
을 들어줬다. 종교단체의 장례식장 피켓 시위는 수정헌법 1조
가 보장한 '표현의 자유'에 해당한다는 이유에서였다. 펠프스
는 2011년 코네티컷 주에서 벌어진 초등학교 총기 난사 사건
때는 '미국을 심판하기 위해 신이 킬러를 보낸 것'이라고 말해
이번에는 그야말로 전 세계적인 비난이 쏟아졌다.

  펠프스의 말년은 평탄치 않았다. 그가 1955년 개척한 웨스트
버러 침례교회에는 전원 남성으로 구성된 장로회가 있는데, 그
의 아들 네 명이 장로로 재직 중이었고 이들을 중심으로 후계
를 둘러싼 권력 투쟁이 교회 내부에서 일어나면서 펠프스 목사
는 교회에서 축출되고 말았다. 그는 그 충격으로 의식을 잃고
쓰러져 이후 호스피스 병동에서 홀로 지내다 84세를 일기로 세
상을 떠났다. 그에게는 총 열세 명의 자녀가 있는데, 교회 사역
자로 활동 중인 아홉 명을 제외한 나머지는 아버지와 의절하고
교회를 떠난 것으로 알려졌다.

  인간은 자신의 악함을 봐야 자신의 선함도 보게 된다. 나는
잔잔한 악몽 곁에서 내 인생의 이면을 보았다. 내 인생의 이면
에는 문장규와 문규라는 한 몸의 두 악마가 있었는데, 그것은
한마디로 매혹이었다.

  매혹적인 악마 문규는 잔잔한 악몽의 달의 뒤편에서 내게 갈
파했다.

"가장 이상적인 예술은 전염병, 페스트야. 예술은 민주주의가 아니다. 가장 뛰어난 예술은 페스트처럼 세상을 물들인다. 그리고 역사마저 뒤바꿔버리지. 페스트가 쓸고 지나가면서 중세가 깨지고 르네상스가 일어났듯이."

세상에는 펠프스처럼 무식하고 추접한 악당들만 있는 게 아니다. 고상하고 지적인 악당들도 있다. 1933년 5월 27일, 독일 프라이부르크 대학의 신임 총장이 된 마르틴 하이데거는 군복 차림으로 취임 연설을 했다. 3주 전 나치당에 입당한 이 당대 최고의 석학은 "독일이라는 국가의 운명을 통해 독일의 역사를 표현하라는 정신적 명령을 주저 없이 우리의 길잡이로 삼아야 한다"고 선언했고, 학생 신문에는 "오직 총통 한 사람만이 독일의 현실이며 독일의 오늘, 독일의 미래입니다. 그리고 독일의 법입니다. 히틀러 만세!"라고 썼다. 하이데거는 그로부터 6년 전 『존재와 시간』을 출간해 세계적 명성을 얻었다. 그의 제자들인 한나 아렌트, 카를 뢰비트, 레오 슈트라우스, 헤르베르트 마르쿠제 등은 훗날 모두 세계적인 철학자로 성장했다. 제자 중 대다수는 유대인이었다. 하이데거가 총장 취임 후 가장 먼저 한 일은 유대인을 대학과 공장에서 추방하는 히틀러의 '바덴 칙령'을 성실히 집행하는 일이었다. 하이데거는 자신을 대학에 취직시켜주었던 스승 에드문트 후설마저도 대학에서 쫓아냈으며, 『존재와 시간』의 헌정 명단에서 이름을 빼버렸을 뿐만 아니라 1938년 그의 장례식에도 참석하지 않았다. 당대 최고 법학자 카를 슈미트도 나치당에 입당했다. 그는 "독일 지폐를 위조한다고 해서 독일 돈이 될 수 없듯이, 독일어로 글을 쓴다고 해서 유대인이 독일인이 될 수는 없다"고, "총통은 국가의 대리인이 아니라 국가의 최고 심판자이며 최고의 입법자"라고 주장했다. 더 나아가 슈미트는 유대 지식인들의 책을 불태우는 학생들의 행사를 지지했다. 아인슈타인의 것을 비롯한 2만 5천여 권의 저작들이 잿더미가 됐다. "책을 불태울 수 있는 사람은 결국 사람까지 불태울 것"이라고 했던 100년 전 유대계 시인 하이네의 책도 불탔다.

무식하고 추접한 악당의 악행과 고상하고 지적인 악당의 악행 중 어느 쪽이 더 역겨운 것일까? 문장규와 문규는 그 둘을 다 가지고 있었다. 그리고 그것은 선과 악의 잣대로는 결코 잴 수 없는 카리스마였다.

"어떻게 나를 두고 그런 짓을 할 수 있었을까? 나를 가장 괴롭힌 건 바로 그 질문이었어. 어떻게 그럴 수가 있지? 창피해. 제일 화나는 건 둘째 치고, 날 다른 사람들 앞에서 영원히 창피하게 만들었어."

그녀는 어느 순간부터 문장규에 대한 얘기를 혼자서 홀린 듯 늘어놓고 있었다. 따라서 그 부조리극의 연출자는 자연스레 드러났다. 제작자는 비겁하게 숨어 있는 신이고, 어리석은 배우인 그녀와 나를 지도하고 있는 것은 죽어버린 문장규였다. 하지만, 영원히 창피하게 만들었다니. 영원한 것은 세상 어디에도 없다. 탐미주의 예술가 문규의 독설처럼, 욕을 처먹는 장인이나 욕을 해대는 사람들이나 피차 어차피 죽으면 다 썩어 문드러지는 거 아니겠는가.

"분명히 나를 사랑하고 있었는데, 분명히. 그런데 어떻게 그럴 수가…… 절대 용서할 수 없어."

사랑이라. 사랑. 내게 사랑이라는 것은 무엇이었나. 나는 늘 외로운 소년이었다. 내가 처음으로 이성을 사랑한 것은 내 친구의 누나를 향한 오갈 데 없는 짝사랑이었고, 내 첫 수음의 대상도 그녀였다. 그녀는 상고를 나와 직장 생활을 한 지 얼마 안 되어 결혼을 하게 됐고, 당시 나는 육친의 어머니에게서 또다시 버림을 받는 기분이었다. 그즈음 나는 우리 가족이 살고 있던 지방 도시에 있는 어느 조그만 산 중턱의 평지에서 거대한 짐승의 발자국 화석 하나를 발견했다. 내가 온전히 드러누워 팔다리를 뻗쳐도 족히 들어갈 수 있을 만큼의 크기였다. 그녀가 다른 도시로 떠나간 날, 나는 그곳에 드러누워 하늘을 바라보았다. 그때 천국의 귀퉁이가 부서지고 있는 듯 함박눈이 내렸었다.

그녀가 양주잔을 탁자 위에 탁, 내려놓으며 내게 말했다.

"넌 왜, 이제 와서 뭐가 괴로운데?"

그녀는 내가 괴로워하고 있는 것을 어떻게 알았을까?

이제 보니 그녀는 나를 증오하고 있었다. 다시 찾아와 문장규를 되살리고 있는 나를 증오하고 있었다. 하지만 또한 그녀는 그러한 내가 필요했다. 나는 그것을 알고 있었다.

"……"

"……다시는 찾아오지 마."

그녀가 나를 칼날 위에 올려놓았을 때, 명은에게서 전화가 왔다. 나는 술기운이 한꺼번에 오르기 시작했고, 갑자기 명은이 보고 싶어졌다. 그것은 다름 아닌 성욕이었다. 나는 처음으로 명은과 섹스를 하고 싶었던 것이다. 나는 박현아를 직시했다. 문장규는 박현아와 섹스를 하며 어떤 표정을 지었을까? 박현아가 나를 직시했다. 나는 우리가 이 자리에서 일어섬과 동시에 정말 영원히 헤어질 것임을 잘 알고 있었다. 그리고 나는 내가 하고픈 모든 질문들을 그녀가 대신 해주었다는 것에 감사했다. 그녀는 나와 문장규와 문규에 대해 모르는 것이 너무 많았다.

5

나는 지옥으로부터 구원받고자 하는 심정으로 기도한다. 실존적인 것과 실증적인 것을 구분하자. 그래야 실존과 실증이 아름다운 조화를 이룬다. 그것이 우리가 존중해야 하는 진짜 현실이다. 실존이라는 것은 문학적이어서 상상력과 신비가 춤추고, 실증이라는 것은 과학적이어서 경험과 실험이 늠름하다.

실존만 있으면 영혼이 어두워지고, 실증만 있으면 육체가 고독해진다.

소년인 내가 거대한 짐승의 발자국 화석 위에 누워 있던 것은 실존이었을까, 실증이었을까. 지금 내가 이렇게 묻는 것은, 아직도 그것이 내 진짜 현실이었던 것 같지가 않아서이다.

나의 새어머니, 즉 내 어머니는 성공한 사업가답게 평생을 실증의 세계에서 살아온 여인이다. 그런데 그런 그녀가 내 아버지같이 무책임한 몽상가를 사랑했다는 것은 아무리 곱씹어봐도 정말 뜻밖의 비극이다. 아버지와 새어머니는 처음엔 불륜이었다고 한다. 고로 나는 그 불륜의 가장 중요한 근거 중 반을 차지하고 있었던 셈이다. 나머지 반이라 함은 당연히 나를 낳아준 그 여인일 터이다. 나는 내 소년 이후로 그녀를 단 한 번 만난 적도 그리워한 적도 없을 뿐 아니라, 죽었는지 살아 있는지조차 모른다.

그날은 아버지가 중국으로 가던 호화 유람선 갑판 위에서 실종된 일종의 기일 아닌 기일이었다.

나는 어머니의 눈을 들여다보았다. 그녀가 내 눈에게 말했다.

"오늘 아침에는 정원에서 차를 마시면서 이런 생각을 했어. 매번 반복되는 고통들을 일일이 기억했다면 우린 다 미치고 말았을 거라는. 그러니 은파야, 삶 앞에서 스스로가 늘 초보자 같아서, 음…… 그래서 가슴속에 깔깔한 모래가 가득 차 있는 듯 괴롭다면, 오히려 그것에 감사해야 해. 우리는 미쳐버리는 대신, 지난 고통을 다 잊어버린 어린애로 돌아가 다시 매일매일을 사는 거니까. 맞아, 그렇게 사는 게 옳아."

지난 고통을 다 잊는다고? 지난 고통을 다 잊어버린 어린애라고? 소년이 고통을 다 잊었다고? 내 안의 소년이? 아직도, 어쩌면 영원히 소년일 수밖에 없는 그 소년이?

새어머니는, 내 어머니는 얇은 담요를 목까지 끌어올렸다. 그녀와 내가 마주하고 있는 곳은 그녀가 벌써 반년이 넘게 항암 치료를 거부한 채 마지막 나날들을 보내고 있는 호스피스 수도원이었다. 그녀는 하루에 아침과 저녁 두 번, 자신처럼 죽어가는 사람들과 함께 신에게 미사를 올렸다.

어머니의 시간은 얼마나 남은 것일까? 나는 모래시계를 떠올려보았다. 모래가 거의 다 아래로 흘러내려 가버린 모래시계였다. 그 모래들은 사막에서 온 것일까? 바다에서 온 것일까? 그 모래가 사막이나 바다가 아니라 천국의 심장에서 옮겨진 것이라고 해도, 신은 어머니의 모래시계를 뒤집어놓진 않을 것 같았다. 그것은 너무도 분명해 그 자체가 실증으로 여겨졌다. 하찮은 인간이 숭고한 신의 뜻을 감히 알 수는 없다고들 하지만, 때론 신이 깊고 짙은 밤 메마른 들판에 악마의 혓바닥처럼 시뻘건 불을 질러 자신이 고집하는 바를 극구 드러내는 경우도 있다. 그리고 그것은 대부분 인간의 삶이 아니라 인간의 죽음과 관련이 있기 마련인 것이다. 모호한 신은 인간의 절망 앞에서만큼은 도저히 불가능할 만큼 단호하다.

"장규가 이상한 녀석이긴 했지. 어렸을 적에도 그랬어. ……어려서부터 그랬어."

"……"

우리 사이에서는 금기인 문장규의 이야기가 불쑥 튀어나온 것은, 전날 세상을 떠들썩하게 만들었던 요상한 사건 때문이었다. 한강철교에서 한 남자가 자살을 하려고 뛰어내렸는데, 똑같이 자살을 하려던 것으로 보이던 다른 남자가 바로 뒤따라 뛰어내려서 먼저 뛰어내린 남자를 구하고는 유유히 사라진 것이다. 그가 회색 양복 차림 그대로 혼절한 사내를 건너편 강둑에 부려놓고는 빽빽한 수풀을 털썩털썩 지난 뒤 텅 빈 아스팔트길을 따라 철퍼덕철퍼덕 점점이 멀어져 가는 것을 포함한 모든 광경은 한강철교 위에서 닭 쫓던 개 지붕 쳐다보던 경찰이 스마트폰을 가지고 촬영한 영상으로, 텔레비전 뉴스들마다 톱으로 소개됐다.

한강철교 아래로 뛰어내리는 것과 아파트 25층 베란다에서 뛰어내리는 것과 바다 위 호화 유람선 위에서 뛰어내리는 것은 뭐가 다를까? 왜 문장규와 아버지에겐 한 사내를 가장한 천사가 나타나 구해주지 않았던 것일까?

"……난 장규한테 항상 그랬어. 너는 그 어두운 자신감이 재앙이야."

"……"

"……그런데 참 이상한 건."

"……"

"……내가 그런 말을 개한테 왜 했는지 모르겠어. 기억이 안 나."

"……"

"하나도 기억이 안 나. 왜 그랬는지."

1919년 러시아 중남부 쿠리아에서 소작농의 아들로 태어난 칼라시니코프는 어린 시절 가족과 함께 시베리아로 이주했다. 병약했던 그는 외톨이로 기계를 만지며 노는 것을 좋아했다. 아버지의 사냥총도 그에겐 훌륭한 교재였다. 초등학교를 마친 후 고향에 돌아온 그는 농기구 수리점에 취직했고 틈틈이 무기류를 시험 삼아 만들기도 했다. 칼라시니코프는 AK 소총을 개발한 뒤 옛 소련 정부로부터 여러 차례 포상과 훈장을 받았지만 사회주의 국가에서 살았던 탓에 특허권은 물론 그 밖의 어떤 대단한 경제적 보상도 취하지 못했다. 그는 러시아 중부 우드무르트 자치공화국의 수도 이젭스크의 한 병원에서 장출혈로 치료를 받다가 94세로 숨을 거뒀다. 인류 역사상 가장 인기가 높은 살인 무기를 만든 사람치고는 굉장히 오래 산 셈이지만, 그것은 신의 아이러니일 뿐 그의 탓은 아니다.

내가 병들어 죽어가는 어머니를 찾아간 것은 당연한 도리였지만 그날만큼은 문장규에 대해 뭔가를 말하고 싶어서였을 것이다. 여기서 '싶어서였을 것이다'라고 말하는 것은 나조차 나의 마음을 잘 알지 못하기 때문이다. 그냥 딱딱하고 어두운 돌이 가슴 한복판에 못처럼 박혀 있는 듯한 느낌뿐이었다. 그것은 지옥의 돌이었을까, 천국의 돌이었을까. 사흘 뒤 나는 똑같은 이유에서 박현아를 찾아가게 된다. 그 알 수 없는 이유와 똑같은 이유로.

어머니는 죽음이 가까워질수록 정신만큼은 더욱 또렷해지는 것 같았다. 그것은 체념이 주는 평화의 힘이었을까, 아니면 분노가 주는 집중력이었을까.

"때로 비극처럼 보이는 희극이 지나치게 강렬할 수는 있어도 비극은 애초에 없다. 나는 그렇게 생각하기로 했어. 심각해지려고 애쓰지 마. 네가 애쓰지 않아도 어차피 인생은 장난 같지만 장난이 아니야. 자꾸 인생에 기대 같은 거 하지 마라. 불쌍한 사람들 많아서, 그거 죄야."

나는 창가의 어머니가 뒷머리를 매만지며 창밖 너머 햇살 속으로 시선을 옮길 때, 문득 언젠가 불 꺼진 호텔 방 안에서 벌거벗은 문장규가 담배를 피우며 내게 말했던 게 생각났다.

"나는 기술자야. 너 같은 관념 쓰레기가 아니라고. 작가란 천국에서도 반란을 꿈꾸는 자다. 그는 어디의 시민도 아니다. 작가는 만약 천국에 살고 있다고 하더라도 그 천국조차 비판하는 사람이다. 다만 지옥의 마귀 곁에서일지라도 천사인 척하지 않으면서. 사랑에 무슨 한계가 있겠어? 넌 날 증오하지?"

그렇다. 벌거벗은 나는 관념 쓰레기였을 것이다. 그를 사랑하는 관념 쓰레기였을 것이다. 그는 이마에 '진실'이라고 씌어진 거대한 괴물 같았다.

나는 3년 전인가, 내가 짝사랑했던 첫사랑의 남동생, 그러니까 내 소년 시절의 친구와 정말 30년 가까이 만에 해후했다. 녀석은 충정로의 한 인쇄소 사장이 돼 있었다. 나는 녀석과 소주를 마셨는데 차마 그녀에 대해서는 아무것도 물어볼 수가 없었다. 그러다 먼저 술에 취한 그가 누나에 대한 이야기를 불쑥 꺼냈다. 그녀가 오래전에 죽었다는 것이다. 양계장을 크게 하는 남자에게 시집을 갔는데, 전기 사고가 나 한밤중에 닭 5천여 마리가 한꺼번에 불에 타 죽는 지옥도를 목도하고는 그만 그 자리에서 미쳐버렸다는 것이다. 온갖 치료도 모자라 굿까지 해봤지만 아무 소용이 없었고, 어느 날 새벽 마을 저수지에 몸을 던졌다가 이틀 뒤에 시체로 떠올랐다고 하면서 녀석은 눈시울 한 번 적시지 않고 담담하게 술회했다. 나는 그날 대취해 녀석과 어떻게 헤어졌는지 전혀 기억이 나질 않고, 이후로 녀석에게 세 번이나 전화가 왔지만 일부러 피했다.

"신의 계획이 인간 안에 스며 있는 게 아니라, 신 자체가 인간 안에 살아 숨 쉬고 있어. 그래, 그게 옳아."

"……"

"은파야, 여기는 겨울이 아닌데도 꼭 북극 같아. 여기는. 북극을 알아? 가봤어?"

나는 그날 거의 처음으로 어머니의 물음에 답했다.

"아뇨."

믿기지 않겠지만, 그것이 그날 내가 그녀에게 한 말의 거의 전부였다. 알고 보면 우리는 늘 그렇게 지냈던 것 같다.

"사람들은 지옥엘 꼭 가본 것처럼 얘기해. 천국은 그렇지 않은데. 사실은 둘 다 가본 적 없으면서도. 참 이상하지?"

신은 그와 내가 똑같다고 생각하는지 모르지만, 문장규, 피한 방울 섞이지 않은 나의 외삼촌이자 나의 연인, 그는 내게서 도망친 것이 아니다.

나는 아름다운 호스피스 수도원을 나서면서 어머니를 뒤돌아보지 않았다. 그녀는 그날 내게 보리수 아래서 깨달음을 얻은 천사한테나 어울릴 법한 이야기들을 늘어놓았지만, 나는 그녀가 미쳤다고 생각했다. 닭 5천여 마리가 한꺼번에 불에 타 죽는 것을 보고 미쳐버린 나의 수줍은 짝사랑이자 첫사랑처럼.

그렇다면 나도 미쳤던 것일까? 인생에는 그럴 수 있는 시간이 아예 따로 존재하는가? 시체도 없는 아버지의 장례식을 치른 다음 날, 나는 홀로 나만의 비밀한 장소인 그 산 중턱의 평지로 찾아갔다. 그런데 아무리 찾아도 그 거대한 짐승의 발자국 화석은 없었다. 누가 와서 땅을 뒤엎어버린 것도 아닌데다가 주변의 지형지물은 그대로였다. 절대로 그곳이 아닐 수 없는 거였다. 나는 집으로 돌아와 일주일간 심한 몸살을 앓았다. 나는 죽음 같은 잠 속으로 빨려 들어가고 있었다.

6

내가 식은땀에 젖어 깨어났을 때 나는 명은과 함께 모텔 침대 위에 누워 있었다. 나는 박현아와 헤어진 뒤 명은을 만나 술을 더 마셨는데, 어느 순간부터 필름이 완전히 지워져버렸던 것이다. 나는 명은과 섹스를 했던 것 같다. 왜냐하면 내게 붙어 있는 그녀의 느낌과 행동이 그걸 증명하고 있었다. 그녀는 확실히 나의 개인적인 무엇이 되어 있었다. 명은의 아버지는 개신교 목사라고 했다. 그녀는 얼마 전 이근안이라는 희대의 고문기술자 이야기를 하면서 아무나 목사가 돼도 되는 거냐고 투덜거렸다. 이근안은 감옥에 있으면서 믿을 수 있는 나라, 배신 없는 나라를 찾다 보니 하나님 나라를 찾게 됐고, 그래서 예수쟁이가 됐다고 간증했다. 명은은 벌거벗은 목각인형 같았다. 그 목각인형이 내게 말했다. 어제 술 엄청 취해서 이상한 소리를 자꾸 했어. 여기 와서까지. 무슨 소리? 무슨 남자 이름을 부르는 거 같던데? 나는 아무 말도 하지 않았다.

나는 명은과 헤어져 한참을 걷다가, 아무도 없고 차도 다니지 않는 길 위에 벌러덩 드러누웠다. 얼마 전에 우연히 알게 되었다. 나의 전처가 다른 남자와 아이를 낳았다는 것을. 아들이라고 했다. 그 아이도 곧 소년이 되겠지. 그리고 어른이 되겠지. 그러나 그 어른 안에는 어른보다 삶을 훨씬 힘들어하는 한 소년이 영원히 웅크리고 있게 될는지도 모른다. 이제 죽었을 당시의 문장규의 나이가 된 나는 아직도 내가 혼돈 속의 소년 같았다. 나는 눈을 감았다. 거대한 짐승의 발자국 화석 위에 누워 있었으면 했다. 하늘에서 내려오는 그 오래전의 함박눈들을 바라볼 수 있기를 기도하고 있었다.

*

그로부터 한 시간쯤 뒤, 이은파가 아파트 현관문을 열자, 시큰한 어둠이 그의 온몸으로 확 끼쳐 들어왔다. 어제 이삿짐이 새집으로 옮겨진 실내는 마치 모든 것들이 다 팔려 나간 물류 창고 같은 느낌이 들었다. 은파의 등에 묻어 있는 모래와 흙 알갱이들이 매끈한 대리석 바닥으로 떨어지는 소리가 오독오독 예민하게 들린다.

그는 죽을 만큼 피곤하다. 하지만 햇살 비치는 창가의 침대처럼 아늑한 무덤은 세상 어디에도 없다. 그의 가슴은 상처들로 가득해 부글부글 끓어오르고 밤은 서서히 새벽으로 가고 있다.

죽음 이후는 평화로울까? 이은파는 자신의 서재였고 문장규의 서재였던 빈방에 구둣발 그대로 누워버렸다. 쓸데없는 일과 어쩔 수 없는 일에 휩싸여 있을 때보다 더 난감한 경우는 도저히 이해할 수 없는 일과 홀연 마주할 때이다. 지난 열흘 남짓 그는 그 세 가지와 동시에 싸우며 지냈다. 입안에서는 피 냄새가 나고 눈알은 썩어 문드러져가고 있는 듯했다. 그는 고독했다. 지구는 쓸데없는 사람들과 어쩔 수 없는 사람들과 이해할 수 없는 사람들로 가득 차 있고, 그는 자신이 그 세 가지 모두에 해당된다고 믿었다. 어른의 중턱에서 겪는 그러한 흑사병 같은 사춘기는 차라리 체념으로 치유가 가능한 무의미가 아니라 도무지 종잡을 수 없는 함정 같은 늪이어서, 한 사람의 의식과 육체를 완전히 탈진시킨 뒤에야 질식이라는 안식을 준다. 아무도 어둠 앞에서 자신만은 영원히 빛나리라고 장담할 수 없다. 우리 모두의 삶이란 어둠 속에 갇혀 있고, 내 곁에 있는 누군가의 빛이 사그라지면 그만큼 나의 세계는 어두워지고 마는 것이다.

문장규, 그는 왜 붉은 꽃을 보면 사형수가 생각난다고 은파에게 말했던 것일까? 그는 누구인가? 그는 식탁 위에 토스트와 커피를 남겨둔 채 아파트 25층 베란다에서 문득 뛰어내려 이 세계에서 눅진하게 바수어져버린 사람이다. 사랑하는 이들에게 아무런 메시지도 남기지 않고 말이다. 감히 누군들 신이 아니고서야 그가 누구인지를 말할 수 있단 말인가. 다만 은파는 확신하고 있었다. 문규가 사랑했던 여인은 박현아였는지 모르겠으나, 문장규와 문규가 함께 사랑했던 사람은 바로 자신이었다는 것을. 따라서 정말로 연인에게서 용서할 수 없는 배신을 당한 것은 그녀가 아니라 거대한 짐승의 발자국 화석 위에 덩그러니 누워 함박눈으로 강림하는 신을 맞이하던 그 소년의 영혼이었다는 것을. 사랑이란 무엇일까? 한 남자와 한 여인이 있

66

다. 열렬히 사랑하고 열렬히 미워했기에 결국 열렬히 사랑한 거였다. 그리고 어느 날 무슨 이유에서건 헤어지게 되었다. 시간이 흐르고 흘러, 둘은 굳이 애를 쓰지 않는 한 서로를 떠올리지 않게 되었다. 그는 그녀를 잊었고, 그녀는 그를 잊은 것이다. 자, 세상에 이처럼 흔하고 빤한 이야기가 어디 있겠나. 그러나 곰곰이 생각해보면 섬뜩, 이보다 더 이상한 이야기가 또 어디 있겠는가. 내가 어떻게 너를 잊고 네가 어떻게 나를 잊을 수 있단 말인가. 그런데 그런 일이 일어나버린 것이다. 은파는 신에게 적개심을 넘어선 살의를 품었고, 그것은 연인이 지옥에 있는 것을 구경하게 되는 지옥이었다.

은파는 일어나 벽장에서 꺼낸 칼라시니코프 소총에 실탄을 장전하고 머리에 댄 후 어색한 자세로 방아쇠에 손가락을 건다. 그때 바닥에 떨어져 있는 스마트폰이 어둠 속에서 울리며 반짝인다. 그의 고요히 죽어가는 어머니가 그를 부르고 있는 것이다. 순간, 스르륵, 이은파는 옆으로 쓰러져 시들어가는 식물처럼 잠든다.

은파는 꿈을 꾸었다. 한 사내가 노을 지는 여름 강변의 두 그루 사라나무 사이에 놓인 북쪽 침상에 누워 함박눈처럼 흩날리는 꽃송이들에 휩싸여 입멸(入滅)하고 있었다. 아름다운 소녀에게 실연당한 뒤 세상을 마구 파괴하다가, 자신을 창조한 자에 의해서 이마에 새겨진 '진실'이 '죽음'으로 뒤바뀌어 다시 진흙 무더기로 무너져버린 한 괴물이 저기 푸르른 언덕이 돼 있다. 꼭 한 번은 쓰고 싶었던 슬프지만 아름다운 사랑 이야기가 사막 위의 신기루 꽃이 되어 하늘거린다. 인간은 기껏해야 신의 지문이 아니다. 진정 신의 손길이 하고픈 일은 상처 받은 인간의 머리 위에 그 손을 얹고 위로하는 일일 것이다. 그런데 신은 무슨 까닭에서인지 그 가장 원하는 일을 절대로 인간 없이는 혼자서 이루지 않는다. 인간의 불행마저도 신의 숭고한 섭리라는 식의 애처로운 해석 따윈 이제 그에겐 필요 없었다. 사랑이여, 한 사람이 한 사람을 알게 되는 것은 한 인간이 신을 알게 되는 것처럼 어려운 일이로구나. 한 사람이 한 사람을 사랑하게 되는 것은 새로운 신앙을 가지게 되는 것과 같다. 질문이 아닌 신은 전지전능하기는커녕 가짜다. 거대한 짐승의 발자국 화석 위에 우뚝 선 소년은 앞으로 어른이 되어도 삶이든 사랑이든 당장 잘 보이지 않는다고 우울해하지는 않겠다는 다짐을 하고 있는 것 같았다. 소년은 아무 소리도 없이 눈물을 흘리고 있었지만, 그것은 앞으로의 인생이 두려워서가 아니었다. 보이지 않는 어떤 따뜻한 손길 하나가 소년의 머리를 쓰다듬는 것을 느끼고 있기 때문이었다. 소년은 과거형 안에 갇힐 수는 없었다. 소년은 사랑에 좌절한 인간이라는 서글픈 괴물이 되기도 싫었다. 소년은 도저히 알 수 없는 질문들 때문에 오히려 빛나는 자신의 인생을, 사랑보다 위대한 그 질문들을 악령으로 만들어버릴 수는 없었다. 소년은 자신의 미로 안에 누워 있었으나, 고개를 왼편으로 돌리니 저기 멀리 사막의 아침 위에서 붉은 꽃 한 송이가 고요한 바람에 조금씩 흔들리는 것이 죽을 만큼 슬프지만 너무 아름다웠다. 비로소 소년은 거대한 짐승의 발자국 화석 밖으로 벗어나 세상이라는 미로 속으로, 자신의 어두운 가슴 밖으로 걸어 나가기 시작했다.

은파가 눈을 뜨자 아침이다. 그의 앞에 탄환이 장전된 칼라시니코프 소총 한 자루가 아직도 곤히 잠들어 있다. 그는 어머니로부터의 전화를 받는다. 그러나 그것은 그의 새어머니이자 유일한 어머니의 목소리가 아니다. 호스피스 수도원의 한 수녀는 자신이 아침 기도 시간에 방으로 찾아가 보니, 그녀가 스마트폰을 양손으로 꼭 포개어 쥔 채 임종해 있었다고 담담히 전하였다. 사랑의 한계는 이 세계의 한계다. 그러나 그는 간밤 그가 죽음에 휩싸여 있을 적에 한 여인의 손길이 천사가 되어 그를 소중히 지켜주었다는 사실을 깨닫고 있었다.

북쪽 침상에

눕다

1

나는 사막 태생이다. 그리고 열세 살 가을, '불멸'과 처음 마주쳤다. 그것은 아버지의 낡고 색 바랜 노트 속 그늘진 문장 한 귀퉁이에 파라오의 미라처럼 누워 있었다. 방금, 결국 이렇게 되고 말기까지, 나는 어느 글에서든 불멸이라는 단어를 단 한 차례도 쓰지 않으며 살아왔다. 비웃지 마라. 감히 나 따위가 가질 수 있는 무엇이 아님을 나는 첫눈에 알아차렸을 뿐이다. 한 소년이 어른이 되어 아직도 소녀인 것만 같은 여인인 너를 처음 보았을 때처럼. 신이 아닌 이상 세상의 전부를 설명할 필요는 없겠지. 무저갱(無底坑) 속에서 별빛 바다를 바라보는 시절이 있었다.

나는 사막 태생이다. 꿈을 꾸지 못하는 것을 질병이나 장애로 여긴 적은 없다. 일생일대의 목표라든가 이런저런 소망들이 없다는 소리가 아니다. 말 그대로 나는 잠들어 있는 동안 꿈을 꾸지 않는다는 말이다. 과학적으로 꼬치꼬치 따지자면, 이 말은 애당초 말이 안 된다. 인간의 수면은 꿈을 꾸는 렘(REM) 수면과 꿈을 꾸지 않는 논렘(Non-REM) 수면으로 구성돼 있고, 누구라도 렘 수면이 평생 아예 없을 수는 없기 때문이다. 렘이란 'Rapid Eye Movement'의 약자로서, 렘 수면에서는 안구와 심장이 빠르게 움직여 숨이 가빠지고 혈압도 오르지만 근육은 의식으로부터 마비돼 이완되나 뇌는 활발하다. 이렇듯 잠든 사람의 꿈은 마치 요술의 올가미에 걸린 것과 같은 상태에서 생산되는 것이고, 필경 나는 꿈을 못 꾸는 게 아니라 꿈을 꿔놓고도 어떤 알 수 없는 원인에 의해 기억하지 못하고 있는 것일 게다. 하지만 내가 기억하지 못하는 내 꿈이라면, 타인이 수정 구슬에 비친 그것을 빤히 들여다보고 있기 전까지는 없는 꿈이나 마찬가지 아니겠는가.

이 '믿거나 말거나'를 이제껏 나는 어느 누구에게도 털어놓지 않았다. 신이 아닌 이상 세상의 전부를 설명할 필요는 없겠지. 게다가 나는 이로 인해 아무도 불편하게 만든 적이 없을뿐더러, 도리어 꿈이 없는 편이 숙면이라니 행여 스스로를 일부러 기이하게 몰아간들 그것이 질병이나 장애로 귀결될 리 없다. 다만, 가끔 이런 상념들에 잠기기는 한다. 주기적으로 반복되는 렘 수면은 대강 한 시간 삼십 분 내외라서, 꿈을 꾸지 않는 시간은 꿈을 꾸는 시간보다 길 수밖에 없다. 그렇다면 삶이란 죽음이 꾸고 있는 꿈일까? 누구나 자면서 꾸게 된다는 그 꿈이란 건 과연 어떤 느낌일까? 요술의 올가미에 걸려 허우적거리는 달콤하거나 괴로운 부조리극? 아님, 내가 어릴 적 멍하니 쳐다보던 모래 지평선 위 신기루 같은 것일까? 신은 세상의 전부는커녕 아무것도 설명해주질 않는다. 그래서 인간들이 신을 두려워하는 것이다. 나는 사막 태생이다.

2

정확히 십육 일 전 그날은 용인시 외곽의 한 침침한 숲에 처박혀 있는 폐공장으로 현장기술자 몇과 시찰을 갔다. 일제강점기 직물 관련 군수품을 생산하던 자리라는데, 오늘날까지 뼈대와 흔적이 남아 있다는 사실이 신기할 만큼이나 스산했다. 그 그로테스크한 광경에 매료된 한 국내 유명 영화감독이 산림청의 불허에 불복하고 도둑 촬영을 감행하는 바람에 영화 개봉 뒤 벌금형을 판결 받았다며 안내를 맡은 김 과장은 마치 제 무용담이라도 되는 양 떠벌렸다.

"흥행은 별로였죠. 평은 상당히 좋았다고들 하던데."

"김 과장님, 그 영화 보셨나요?"

"아, 남 부장님은 보셨어요?"

"전 영화 안 보고 산 지 한참 됐죠."

"저도 못 봤어요, 아직. 제가 안 봤으니 흥행에 실패한 거고, 또 훌륭한 평가를 받은 게 아닐까요? 딱 킬링 타임이 제 영화 보는 수준이거든요."

농담 같지 않은 농담에 김 과장 본인조차 웃지 않았다.

팔 개월 전에야 그린벨트에서 해제된 숲은 삐쭉빼쭉 거칠게 포화돼 있었다. 마치 거대한 유리병 속에서 자라다가 끝내는 그 유리병을 맨몸으로 부수고 튀어나온 나무들 같았다. 인간이 건설한 것들은 인간이 떠나버리고 나면 인간이 이해하기 힘든 것들이 돼버리고 만다. 그 폐공장에 대한 내 감상이 꼭 그러했다. 잿빛 돌계단이 족히 아파트 6층 높이는 될 법한 첨탑과 그 곁의 굴뚝까지 빙글빙글 감아 돌면서 이어져 있었다. 일제강점기에는 그 첨탑 위에서 관리인이 노역에 동원된 죄수들을 감시했다고 한다. 작은 구멍들이 숭숭 뚫렸거나 곳곳이 허물어진 벽돌 담장 안쪽의 본채는 귀신의 산발 같은 수풀과 관목들이 뒤덮고 있었다. 힘이 남아도는 자들은 없는 뜻도 만들어서 일들을 벌인다. 사장은 서둘러 매입한 거기에 새 연수원을 지으려는 계획을 추진하면서 내 의견을 직접 구했다. 나는 나의 임무가 맘에 들지 않았다. 새 연수원 건축에 대한 사장의 뜻이란 게 어째 석연치 않았기 때문이다. 사장은 없는 힘도 쥐어짜내면서 남아도는 음모들을 더욱 구체화하고 확장시키는 타입이었다.

멀리 고속도로에서 바라본다면, 검은 숲 위로 쓸쓸한 첨탑과 연기 없는 굴뚝이 하체가 없는 마네킹마냥 허공에 나란히 둥둥 떠 있는 비현실적인 풍경이 그려지리라. 왜였을까? 그때 나는 저 첨탑 모서리에 누워 있다가 홀연 뛰어내리는 한 사내를 상상했고, 그건 분명히 나 자신이었다. 만약 그런다면 날개가 달려 있지 않은 이상 박살이 나고 말 거였다.

나는 평소에도 자살 충동이 심각했다. 대로변 파라솔에 앉아 씽씽 달려대는 차들을 보고 있노라면 담배를 피워 물다가도 불쑥 그 속으로 뛰어들고 싶었다. 차를 운전해 한강철교를 건널 때는 난간을 들이받아 강물 속으로 추락해버릴까 하는 심정이 드물지 않게 들곤 했다. 주방의 파란 가스불을 보면 화장장의 화장로가 연상됐고, 믹서 안에서 분쇄돼 액체로 변해버린 야채들을 보면 나도 이렇게 되었으면 하면서 그것을 유리잔에 따라 마시곤 했다. 당연히 겁이 나 정신과 치료도 받았는데, 야심이 많은 추리소설가처럼 생긴 여의사는 내가 전반적으로는 아름다움에 취해 자신의 고통이건 타인의 고통이건 왜곡하고 착종하는 성향이 강하며 구체적으로는 아버지에 대한 어마어마한 증오를 가지고 있다는 소견을 내렸다. 무의식 속에 똬리를 틀고 있는 자신과 타인에 대한 불만과 섭섭함이 핍진한 복수심으로 발전해 급기야 자살해버림으로써 자아를 실현하고, 또한 이미 죽은 지 오래인 아버지에게 앙갚음하려 든다는 것이었다. 나는 그녀의 혀를 타고 줄줄 흘러나오는 황당무계한 말들을 전혀 납득할 수 없었다. 정신과 의사란 직업이 일종의 사기라고까지는 생각지 않았다. 다만 정신분석이라는 것은 의학이 아니라 문학에 가까운 것이 아닌가 하고 추측했을 뿐이다. 그리고 그날로 나는 정신과 치료를 중단했다.

이 지옥에 대한 공포에 찌들어 있는 수도사 같은 나무들에 둘러싸인 어두운 공간은 다시금 인간이 이해하기 쉬운 무엇으로 되돌아갈 수 있을 것인가? 이해하기 쉬운 인간들을 대량생산하기 위한 공장으로 둔갑할 수 있을까? 나는 일제강점기 직물 관련 군수품 생산에 동원되는 죄수들을 머릿속에 그려보면서 일행들과 본사로 귀환했다.

외부 행사에 참여 중인 사장은 바이어들과의 술자리로 곧장 이동할 예정이었기에 새 연수원 건축 부지 현장답사 보고는 자연히 미뤄졌으나, 나는 디지털 의수(義手) 오스트레일리아 수출 건으로 장시간 회의까지 마친 뒤에야 겨우 퇴근할 수 있었다. 핸들을 잡기조차 귀찮아 회사 지하주차장에 차를 그대로 놔두고 밤길을 터벅터벅 걷는데 입안에서 피 냄새가 다 날 지경이었다. 빡세고 예민한 업무도 업무려니와 이른 아침부터 소정의 전 남편 박규성으로부터 전화 협박을 받았던 것이 피곤을 백배 가중시켰던 것이다. 나는 긴 눈썹에 가려져 있는 낙타의 검고 깊은 눈동자를 떠올렸다. 나는 살아가기가 지독히 버거워지면 동물원으로 가서 낙타를 먼발치에서라도 바라봐야 평정심과 기운을 되찾곤 하였다. 이것은 기벽이 아니었다. 풀이 죽어 있다가도 그리운 고향의 음식을 먹으면 재충전되는 것과 마찬가지 이치랄까? 나는 사막 태생이다.

벌써 일주일째 계속되고 있는 박규성의 협박은 협박이라기보다는 차라리 우울한 자해공갈쯤이라고 해야 옳은지 몰랐다. 요컨대, 아무런 맥락이나 요구사항도 없이 "자살하겠다"고 일방적으로 통보하는 거였다. 난 하도 기가 막혀 대꾸를 하지 못했고, 박규성은 잠시 침묵을 지키다가 뚝, 전화를 끊어버리곤 하는 것이 정해진 시각 없이 하루에 한두 번씩 되풀이됐다. 그럼에도 불구하고 박규성에 대한 감정이 복잡한 경멸이나 단순한 연민이 아닌 것은 설마 나도 모르게 그를 이해하고 있어서였을까? 이해? 무슨 이해? 인간은 대답이 절망적이어서가 아니라 의문이 풀리지 않아서 자살이라는 카드를 만지작거리는지도 모른다. 박규성은 정말로 자살을 감행할 것인가? 그는 도대체 내게 뭘 원하고 있는 것인가? 박규성은 두 달 전쯤 자신을 악랄하게 괴롭히는 사채업자를 벌목 칼로 난자해 죽인 뒤 경찰에 쫓기는 중이었다.

나는 박규성이 내게 불합리하고도 위험천만한 전화를 걸어오고 있다는 사실을 경찰은 물론 소정에게조차 함구하고 있었다. 별다른 뜻이 있어서는 아니었다. 나는 내가 저지른 일이 아닌 것에는 상관할 필요가 없다고 믿는 편이고, 박규성의 저 협박 아닌 협박은 나 남승건의 일도 내 애인 허소정의 일도 살인자를 검거해야 하는 경찰의 일도 아니라고 여겼기 때문이다.

이러한 내 무책임은 오로지 나만이 감각하고 지키는 도덕이었다. 사실, 고통도 재산과 같은 것이 아니겠는가. 고로, 나는 박규성의 재산을 갈취할 수는 없었던 것이다. 나는 그의 불행에 관해 아무거라도 입 밖으로 꺼내버린다면 정말로 그를 덜컥 증오하게 돼버릴까 봐 무서웠다.

아까 회의에 들어가면서부터 꺼놓았던 핸드폰을 나는 다시 켜지 않고 있었다. 소정이 여러 번에 걸쳐 내게 전화를 넣었을 터였다. 나는 이 불안한 사랑에 지쳐가는 게 아니라 불가해한 스스로의 삶에 지쳐갔다. 나는 이별의 냄새를 맡고 있었다.

꿈 없는 잠은 내게 개인적인 수수께끼이자 비밀 아닌 비밀 이전에 생태이자 생리였다. 나는 촛불이 휙 꺼지듯 잠들 수 있게 어서 술에 취하고 싶었다. 하지만 그날 밤 그런 나의 바람은 종종 들르곤 하는 바에서 일면식도 없는 '그'를 어쩌다 만나고 나서 완전히 수포로 돌아갔다. 나는 그와 술을 많이 마셨지만 별로 취하지 않았고, 그와 헤어지고 난 다음에는 퀭한 뜬눈으로 꼬박 밤을 지새울 수밖에 없었던 것이다. 그와의 통음(痛飮)을 운명이라고 대우해줘야 할지 우연이라고 치부해야 할지 나는 여태 판단이 잘 서질 않는다. 그러나 인생에 잊을 수 있는 일과 잊을 수 없는 일이 있다면, 그것은 잊을 수 없는 일임에 틀림없었다. 우리의 대화는 시종 요술의 올가미에 걸려 허우적거리는 달콤하거나 괴로운 부조리극 같았다.

"……나는 사막 태생입니다."

"사막?"

"네. 사막."

어느새 나는 그 대단히 특별한 백인 노신사와 나란히 앉아 위스키 한 병을 거의 다 비워가고 있었다. 우리는 우리가 나누는 이야기에 몰입해 있었다. 게다가 그 대화가 영어로 이루어진 탓에 심드렁해진 바 여사장은 굳이 양해를 구하고는 다른 자리의 손님들에게로 가버렸다. 물론 이는 우리가 티 안 나게 바라던 바였다.

"열두 살 겨울에 처음 한국 땅을 밟았죠. 그때 눈송이라는 걸 난생처음 봤어요. 눈이 내리는 나라에 처음으로 왔던 겁니다. 하늘에서 흰 모래들이 내리는 것 같았어요."

그와 내가 졸지에 친밀해져 이상한 대화를 나누는 사이가 된 계기는 이상한 화장실 때문이었다. 그 바의 좁아터진 남자 화장실은 진정 멍청하고도 되게 나쁜 구조를 가지고 있었다. 문 바로 앞 왼편 벽에 붙어 있는 소변기에서 누군가 소변을 누고 있으면 세면대 쪽에서 손을 씻은 남자는 출로가 막혀서 화장실 밖으로 나갈 수 없었던 것이다. 그나마 다행이었다고 해야 하나? 그 화장실의 단 하나뿐인 소변기에 몸을 바싹 대고 서 있던 자는 내가 아니라 그였으니.

아무튼. 은발(銀髮)의 그는 전립선이 시원치 않은지 소변을 처리하는 시간이 너무 길어 계속 그 자세로 난감한 표정을 지어 보였고, 그 민망한 분위기를 무마시키느라 선량한 농담이

몇 번 오갔다. 그리고 그가 무슨 치료 같은 볼일을 마치고 먼저 화장실을 나간 뒤 누군가 또 들어올까 봐 내가 무슨 조간신문 돌리듯 얼른 볼일을 마치고 화장실을 나갔을 때, 다름 아닌 그가 소리 없이 환하게 웃으며 나를 기다리고 있었던 것이다.

아마도 그는 나를 매우 친절한 사람으로 인식했던 것 같다. 유독 연로한 백인 이방인에게 잘 대해주고 싶은 밤이었던가. 아니면 정신을 팔아버릴 수 있는 대상, 헛소리라도 마구 떠들어대고픈 대나무 숲이 필요했던 것일까. 이상한 나와 이상한 그는 금방 이상한 친구 사이가 돼 있었다. 아마도 나는 그를 매우 친절한 사람으로 인식했던 것 같다.

"……그러니까 ……나는 모래폭풍이 낯설지가 않았어요. 바닷가의 아이들이 태풍과 풍랑에 익숙한 것처럼. 물론 그런 거대한 모래폭풍은 그때가 처음이고 마지막이었지만. 히말라야를 오르는 산악인들은 눈사태에 휩쓸려 영원히 시신을 못 찾게 되는 경우가 드물지 않죠. 아버지의 경우는 모래폭풍이 눈사태였던 겁니다. ……아버지가 불장난으로 날 낳았던 것 같지는 않아요. 어떤 여자를 사랑하기는 한 게 분명해요. 그것도 아주 많이. 마음에 깊은 상처가 남았다는 사실이, 내가 아버지의 어린 아들이 아니라 모래폭풍 속으로 사라졌던 그때의 아버지보다 더 나이가 든 남자가 되고 나니, 서서히 부정할 수 없는 느낌으로 복기되더라고요."

"한국에 와서 어머니를 찾진 않았나?"

"어떤 인간은 어머니가 원래 없죠. 원래 없는 걸 어떻게 찾습니까?"

"무신론자는 사실 가장 강력한 유신론자야. 신이 애초에 없는 자에게 어떻게 신이 없다는 소리가 성립되겠나. 독한 부정은 독한 긍정이지. 하지만 '억지'는 아름다운 측면이 있어. 아니, 아름다워. 듣기 좋아."

"……"

"아버지가 모래폭풍에 사라져버리는 걸 빤히 지켜봤다? 그것도 마치 자살하는 것처럼 그 안으로 저벅저벅 걸어 들어가는 걸…… 저마다 현실을 지배하는 악몽이 한두 개쯤은 있기 마련이지. 나는 온 세상이 불바다가 되는 꿈을 자주 꿔."

살다 보면 누군가 너는 무슨 꿈을 꾸었느냐고 물어오는 경우가 있기 마련인데, 나는 그때마다 적당히 얼버무리면서 그 순간을 모면했던 것 같다. 대답을 해주려면, 거짓말을 지어내야 했기 때문이다. 아버지도 내가 꿈을 꾼다고 믿는 수많은 사람들 가운데 하나였다. 아버지는 내가 식은땀에 뒤척이며 깨어나면, 사막의 밤을 바라보며 이렇게 말하곤 했다.

— 나쁜 꿈을 꾸었니?

그럴 리가. 그저 뭔가 희미한 유령의 손길 같은 것이 내 이마나 가슴께를 스치고 지나간 듯한 이물감이 있었을 뿐이다.

— 승건아, 괜찮다. 여긴 꿈속이 아니야. 괜찮다. 꿈은 지워졌어.

그러며 아버지는 부처의 마지막 모습을 이야기하기 시작했다. 석양이 물드는 강가에서 입멸(入滅)하는 한 성인(聖人)의 이야기를.

아버지가 들려주는 그 이야기는 모래바람 소리와 함께 내 귓가에 아련하게 차올랐다. 35세에 깨달음을 얻어 장장 45년간 팔만대장경 분량의 가르침을 설파하고 다니던 석가모니는 80세의 노구로 자신이 영면에 들 때가 되었음을 스스로 알았다. 인도 쿠시나가르의 히란냐바티 강가에는 사라나무 두 그루가 서 있었다. 제자 아난다는 그것들 사이의 북쪽으로 침상을 준비해놓고 삶에 지친 스승을 가만히 뉘였다. 아직 꽃 필 때도 아닌데 주변의 모든 사라나무들은 활짝 꽃을 피워내 흰 꽃잎들이 눈보라처럼 천지에 휘날렸다. 제자들은 죽음이 임박한 스승 앞에서 하염없이 울었다. 이윽고 스승께서 말씀하셨다. 울지 마라. 내가 이르지 않았더냐. 누구든 언젠가는 헤어지기 마련이라고. 그것을 절대로 피할 수 없다고. 아난다여, 나의 죽음을 한탄하거나 슬퍼하지 마라. 내가 항상 말하지 않았느냐. 아무리 사랑하고 마음에 맞는 사람일지라도 마침내는 완전한 이별이 찾아오는 것이라고. 이 세상에 태어난 것은 반드시 죽지 않을 수가 없는 것이다. 어찌 피할 수가 있겠느냐. 아난다여! 무너져가는 것들에게 아무리 무너지지 말라고 만류한들 그것은 순리에 맞지 않는 일이다…… 이것이 스승의 마지막 가르침이셨다.

"자네와 나는 정반대의 직업을 가지고 있군. 자네는 의료보조기구를 만드는 회사에 다니고 있고, 나는 인간을 죽이거나 장애자로 만드는 무기상이고. 자네는 복구하고 나는 파괴하고. 묘한 만남이야."

그는 내게 명함을 건넸다. 거기에는 이런 것들이 씌어 있었다.

레이티온 인터내셔널코리아(Raytheon International Korea Inc.)

사장(President and Country Manager)

에릭 크립트리(Eric C. Clyptree)

그리고 뒷면에는,

100-747 서울시 중구 남대문로5가 45번지 서울상공회의소 9층

전화 : 02-794-8697

이메일 : eric-crabtree@Raytheon.com

전투 헬리콥터 아파치

나는 미합중국 굴지의 무기상과 단둘이서 술을 마시고 있었던 것이다. 갑자기 나는 내가 할리우드의 전쟁영화 속으로 들어와버린 기분이 들었다.

그는 자신이 위대한 뮤지션 에릭 클랩튼(Eric Clapton)이 아니라 사악한 전쟁 무기 로비스트 에릭 크립트리라며 피식, 웃

었다. 그는 에릭 클랩튼과 동갑인 1945년생이었다.

"무시무시한 직업을 가지고 계시군요."

"합리적인 직업이지. 시적인 직업이기도 하고."

"궤변이 아니라면, 무슨 뜻인지……"

"궤변일 리가 없지. 아름다운 모순일 순 있어도."

"……"

"오나미 아츠시라는 무기 학자가 이런 소릴 했어. 무기란 싸움의 도구다. 인간이나 살아 있는 생물에 상처를 주고 죽이기 위한 도구. 일격으로 목숨을 빼앗는 것, 조금씩 죽어가게 하는 것이다. 야생 동물에게는 발톱이나 이빨 등이 있다. 그러나 인간의 육신은 나약할 뿐이어서 어떤 무기를 지니고 있는지에 따라서 그 인간이 어떠한 사상을 가지고 있는지 알 수가 있다. 무기는 상대를 무찌르고 파괴하는 물건인 동시에 자기를 비추는 거울인 것이다. 인간은 무엇을 하고 싶은가에 따라 무기를 고르게 된다."

"……"

"무기가 없으면 인간의 비극은 계몽되질 않지. 무기가 없으면 인간은 위선에 빠지게 된다구. 이건 내 사상이야. 하하하."

에릭 클랩튼, 아니 에릭 크립트리는 광화문에 있는 한 호텔에서 묵고 다음 날 정오 무렵 인천국제공항에서 뉴욕으로 귀환한다고 했다. 그는 비행기 안에서 숙취에 시달리며 잠을 자는 것이 취미라고 노인답지 않은 농을 치며 깔깔거렸다. 나는 에릭 크립트리의 지적인 풍모 너머에 서려 있는 야릇한 귀기(鬼氣) 같은 것이 거슬려 혹시나 그에게 아시아계라든가 인디언의 피가 섞여 있는지 물어보고 싶었지만, 그의 너무나도 전형적인 앵글로 색슨 계통의 외모가 그런 엉뚱한 시도를 제풀에 꺾이게끔 만들었다. 그는 뉴올리언스 저지 출신이었고, 나는 미시시피 강과 함께 2005년도쯤인가 천여 명이 넘는 사상자와 백만여 명의 이재민을 발생시킨 카트리나라는 이름의 태풍을 떠올렸다.

"……미국 영토 중에는 드물게 프랑스의 식민지였지. 우주산업의 거점이고. 아폴로 우주선용 새턴 로켓의 제조공장이 있어."

"재즈의 발상지잖습니까."

"재즈 좋아해?"

나는 끄덕였다. 내 머릿속에서는 미시시피 강과 히란냐바티 강이 조용히 겹쳐지고 있었다. 우리는 저만치 있는 여사장에게 덱스터 고든의 색소폰 연주를 신청했다. 조금 뒤 「치즈 케이크」가 미시시피 강에 흐르기 시작했다. 아버지는 잠에서 깬 내게 왜 석가모니의 최후를 그려 보였던 것일까? 미시시피 강은 서서히 히란냐바티 강이 되었다.

"있는 걸 없다고 해서 없는 게 되나? 평화라는 것은 허울이야. 파괴를 해야 인간이지. 인간의 폭력이란, 말린다고 말릴 수 없는 노릇이야."

"그런 게 비극에 대한 계몽입니까?"

"비극을 인정해야 허황된 것들에게 휘말리지 않을 수 있다고. 나는 비극이 깃들어 있는 장소들을 찾아 전 세계를 돌아다니는 취미가 있어. 지난달에는 카틴 숲에 갔었지."

1943년 4월 13일, 독일군은 러시아의 스몰렌스크 근교에 있는 카틴 숲에서 소련 비밀경찰(NKVD)에 의하여 학살된 뒤 집단 매장된 4,100여 구의 시신을 발견했다. 희생자들은 소련의 폴란드 침공 때 포로로 잡혀간 폴란드군의 장교와 경찰·대학교수·예술가·성직자·의사 등이었다. 스탈린그라드 전투에서 소련군에게 대패한 뒤에도 독일 국민들에게 총력전을 호소하고 있던 나치의 선전상(宣傳相) 요제프 괴벨스는 카틴 숲 학살 현장을 반소(反蘇) 선전 자료로 이용해 연합군 측의 분열을 획책했다. 소련은 독일군이 1941년 가을에 자행한 만행이라고 우겼으나, 얼마 안 가 독일 측의 조사로 소련 측이 1940년 봄에 저지른 참상임이 입증되었다. 런던의 폴란드 망명정부는 독·소 양국에 의한 1939년의 폴란드 분할 결과로 소련 측에 억류된 폴란드군 포로들의 행방에 비상한 관심을 쏟고 있었으므로 국제적십자사에 사건의 진상을 규명해줄 것을 요청하였다. 이를 못마땅하게 여긴 소련은 폴란드 망명정부와의 관계를 단절했고, 영국과 미국은 한창 전쟁 중인 마당에 소련과의 분열이 두려워 진실을 회피했다. 또 폴란드 측도 아우슈비츠에서 대량학살을 계속하는 독일에 대한 저항을 늦추지 않음으로써 괴벨스의 음모는 결국 실패하고 말았다. 이 카틴 숲 학살 사건은 1951년과 1952년에 걸쳐 미국 의회에서도 조사한 일이 있으며, 1989년 소련은 당국 비밀경찰의 개입을 처음으로 인정하였다. 1992년 소련 붕괴 후 공개된 문서에 따르면, 학살은 스탈린의 지시로 이루어졌음이 드러났다. 폴란드가 다시는 소련에 대항할 수 없도록 엘리트들의 씨를 말렸던 것이다. 저주받은 땅이라는 게 존재하는지, 2010년 4월 10일에는 폴란드의 레흐 카친스키 대통령이 정부 주요 관리 등 유력 인사들과 함께 카틴 숲 대학살 70주년을 맞아 추모행사에 참석하러 가는 길에 비행기 사고로 몰살하고 말았다.

"그냥 걷고 있노라면 아름다운 숲일 뿐인데, 거기서 그런 지옥도(地獄圖)가 펼쳐졌다니 누구라도 선뜻 믿기지 않을 거야. 국가와 국가 사이에 정의로움이라는 것은 사실상 없다고 보아야 해. 그런데 한국인들은 그런 게 있다고 착각하기를 좋아하는 것 같아. 옳은 국가라는 것은 존재하지 않아. 강한 국가와 약한 국가가 있을 뿐이지."

"정의로운 국가라는 게 왜 없겠어요. 한 사람 한 사람이 모여서 국민들이 되는 것이니까요. 선한 국민들이 모여서 선한 국가를 이루는 거겠죠."

"이래서 비극에 대한 계몽이 필요하단 소리야. 보라구. 한 국가 안에는 수많은 사람들이 제각기 다양한 의견과 입장 들을 가지고 있어. 지도자가 어떤 결정을 내려서 전쟁을 한다고 했

을 적에, 그 수많은 사람들의 의견과 입장 들을 전부 수용할 수
는 없지. 그건 아예 불가능해. 따라서 국가는 정의라는 허울보
다는 그 구성원들의 이득과 행복을 추구하는 편이 가장 올바른
선택인 거야. 착한 국가라는 것은 인간들의 위선이 만들어낸
판타지일 뿐, 오히려 그런 것이 더 엄청난 비극을 부르는 거라
구. 정치란 평소에는 그렇게 순하고 공정하던 사람도 순식간에
폭력적이고 비열하게 만들어. 그걸 가장 잘 알고 있던 자가 괴
벨스 같은 인간이지."

하긴, 파울 요제프 괴벨스는 악마의 명언들을 많이 남겼다.
가령, 이런 것들. 거짓말은 처음에는 부정되고, 다음엔 의심 받
지만, 되풀이하면 결국 모두가 믿게 된다. 나에게 한 문장만 달
라, 누구든 범죄자로 만들 수 있다. 선동은 한 문장으로 가능
하지만, 그것을 반박하려면 수십 장의 증거와 문서 들이 필요
하다. 그리고 그것을 반박하려고 할 땐 이미 사람들은 선동되
어 있다. 아흔아홉 개의 거짓들과 한 개의 진실의 적절한 배합
이 백 퍼센트의 거짓보다 더 큰 효과를 낸다. 우리는 국민들에
게 강요하지 않았다. 그들이 우리에게 위임했다. 그들은 지금
그 대가를 치르고 있는 것이다. 언론은 정부의 손 안에 있는 피
아노가 돼야 한다. 민중은 단순하다. 빵 한 덩어리와 왜곡된 정
보만 준다면 국가에 충실한 사람들로 만들 수 있다. 승리한 자
는 진실을 말했느냐 따위를 추궁당하지 않는다. 분노와 증오는
대중을 열광시키는 가장 강력한 힘이다. 감사하는 마음은 개

나 않는 질병이다. 정직한 외교관은 나무로 만든 철이나 말라 버린 물과 같다. 인간에게 막역한 사이란 없다. 막연한 사이만이 있을 뿐이다. 열린 마음은 문지기 없는 성(城)과 같다. 피를 요구하는 투쟁에는 반드시 반대하는 자가 있게 마련임을 우리는 안다. 왜냐하면 완전한 의견일치는 무덤 속에서나 이루어질 수 있는 일이기에. 한 국가의 외무장관이 외국과의 평화회담에서 목숨을 걸고서라도 국제평화를 지킨다고 말한다면, 그 시각에 그의 본국 정부에서는 최신 함정과 전투기를 만들고 있다고 보면 된다. 한 명의 죽음은 비극이다. 하지만 백만 명의 죽음은 통계에 불과하다……

"괴벨스를 인간이라고 불러줘야 하나요?"

"천사의 날개나 악마의 꼬리나 흉측하긴 마찬가지야. 괴벨스가 인간이 아님 대체 뭔데? 히틀러는 인간이 아니었나? 인간이 아닌 괴물, 다른 어떤 사악한 생명체였나? 살인자는 인간이 아니란 말인가? 인간은 원래 살인자야. 현재도 살인자고, 미래에도 계속 살인자일 거고. 그게 인간이지. 인간을 사랑하고 세상을 건설하는 인간이 인간이 아니라 천사일 리 없듯, 인간을 도살하고 세상을 파괴하는 인간이 인간이 아닌 악마일 리 없지. 바로 이 순간에도 당신을 대신해서 누군가 파괴자가 돼주고 또 살인자가 돼주고 있기 때문에, 이 순간 당신이 내 앞에서 어떤 인간은 천사보다 더 천사고 어떤 인간은 인간이 아니라 괴물이니 악마니 하는 그 따위의 낭만적인 뻥을 뻥인지도 모르고 칠 수 있는 거라구. 괴벨스나 히틀러가 좋다는 게 아냐. 괴벨스나 히틀러가 되자는 소리도 아니고. 인간을 미화하지 말란 소리야. 세상을 위하는 척하지 말란 말이야."

"……무기를 판매하면서 죄책감을 느끼진 않나요?"

"말했잖아, 비극에도 계몽이 필요하다고. 누군가는 해야 할 일이야."

"돈이 모자랍니까?"

"돈?"

"네, 돈."

"……몇 해 전인가. 아흔 살이 넘은 미하일 티모페예비치 칼라시니코프를 만난 적이 있어. AK 소총의 창시자이자 개발자 말이야. 누가 먼저 죽게 되는 팔자든 간에 그저 생전에 꼭 한 번 만나보고 싶어서 내가 일부러 중부 러시아까지 찾아갔지. 그런데 말이야, 내참, 인류 역사상 가장 인기가 높은 살인 무기를 만든 사람이 특허권이란 게 없어서 빈털터리더라고. 망할 놈의 공산주의! 하지만 내가 살아가는 세계와 나는 달라. 내가 크렘린 궁전이나 백악관을 돈으로 사지 못해서 안 사고 있는 줄 아나? 조만간 파괴될 것들에게 미련을 갖기 싫어서 그냥 남의 것으로 내버려두는 거야."

"어차피 누군가 당신이 팔아치운 그 무기들로 세상을 파괴할 것이다?"

"일하는 틈틈이 이렇듯 홀로 인류의 비극이 깃든 장소들을 샅샅이 찾아 전 세계를 돌아다니면서 깨닫게 되는 점이 뭔 줄 아나? 비극이 머물지 않았던 곳은 어디에도 없다는 간단한 사실이야. 한번이 다 뭐야, 어디든 온갖 비극들이 아예 지층을 이루고 있지. 어떤 인간에게건 간에 어둠의 유전자가 대대로, 또 새롭게 서려 있는 것처럼."

"……"

이윽고 나는 콜택시를 불러서 술에 취해 비틀거리는 그를 광화문 소재의 한 호텔 객실 안까지 부축해주었다. 과연 나는 매우 친절한 사람이고, 유독 연로한 백인 이방인에게 잘 대해주고 싶은 밤이 아니었던가 싶다.

그는 침대에 누워 눈을 감으며 내게 고마움의 표시로 손을 살짝 들었다. 나는 객실을 나서며 그가 창 쪽으로 몸을 뒤척이는 것을 처연히 쳐다보았다. 그때 그가 내게 약간 갈라지는 목소리로 말했다.

"헤이, 미스터 남."

"……"

"당신만 그런 게 아냐. 인간은 다 사막 태생이지……"

"……"

그가 조금 전까지 그런 불가사의하고 잔인무도한 궤변들을 태연하고도 정교하게 일삼던 그인가 싶었다. 사람이라는 것도 촛불이 담겨 있는 쟁반처럼 어느 곳에 어떻게 놓이느냐에 따라 존재감이 달라지는가 싶었던 것이다. 어느덧 그는 불 꺼진 몽당초가 되어 구르는 쟁반 곁 어둠 속에 쓰러져 있었다. 나는 일흔 살의 백만장자인 그가 앞으로 얼마나 살지 가늠해보았다. 어떤 경우에도 백 살을 넘기지는 못할 게다. 석가모니 부처의 가르침처럼, 이 세상에 태어난 것은 반드시 죽지 않을 수가 없는 것이다. 어찌 피할 수가 있겠느냐. ……나는 에릭 크립트리에게 미학적 호감과 동시에 서글픈 적개심을 품게 되는 나 자신이 낯설었다.

나는 일부러 택시를 타지 않고 밤길을 한참 걸었다. 참으로 이상한 날이었다. 그로테스크한 숲에 처박혀 있는, 일제강점기에 직물 관련 군수품을 생산하던 그 이상한 폐공장이 떠올랐다. 그리고 문득, 내가 핸드폰을 계속 꺼두었다는 걸 알고는 다시 전원을 넣었다. 그간 나를 찾았을 법한 소정의 메시지가 전혀 없다는 것도 이상했다. 그날, 그러니까 정확히 십육 일 전의 낮과 밤의 모든 것들은 크든 작든 다 이상했고, 개중 나 자신이 가장 이상했다. 오직 그새 또다시 자살을 예고하는 음성메시지를 남긴 박규성의 음울함만이 일관성이 있어 이상하지 않았다. 나는 핸드폰의 전원을 다시 껐다.

깊은 밤 도시의 외곽은 죽은 듯 살아서 송곳니를 감추고 있는 야수 같았다. 가로수 길에서 지나가는 택시를 잡아탄 나는 차창을 내리고 미지근한 바람에 얼굴을 묻었다. 열세 살 가을, 나는 '불멸'이라는 단어와 처음 마주쳤다. 그것은 아버지의 낡고 색 바랜 노트 속 그늘진 문장 한 귀퉁이에 파라오의 미라처럼 누워 있었다.

不滅, 직접 눈으로 본 것만을 믿는 자는 누군가 가짜를 보여주면 믿게 될 것이다.

신을 믿는 것만이 신앙인 것은 아니다. 신이란 무엇인가를 끝없이 궁금해해야 그것이 신앙이다. 아무것도 설명해주질 않는 신을 향해 스스로 물음표로 남는 것, 그것이 곧 올바른 기도이며, 그래야 겨우 신은 인간을 끝까지 외면하지 못하는 법이다. 내가 장래에 살인자가 될지라도 여전히 인간은 인간이라고 하니, 나에게도 신은 있다. 나에게 신이란 사막의 모래폭풍이다. 나에게 신앙이란 저 모래폭풍이 휩쓸고 가는 모든 것들이 대체 무엇인지 도무지 모르겠노라고 속삭이듯 되뇌는 것일 뿐이다. 그렇다. 나는 직접 눈으로 본 것만을 믿고 싶고, 누군가 가짜를 보여주면 그것도 역시 믿고 싶은지도 모른다. 이제 내가 불멸이라는 낱말을 이토록 스스럼없이 쓰는 까닭은 신이 두렵기 이전에 세상이 너무 아프고 외로워서이다. 아직도 나는 무저갱 속에서 별빛 바다를 바라보며 나의 신, 모래폭풍에게 물어본다. 내 아버지는 왜 나를 사막 한복판에 내버려둔 채 당신 속으로 걸어 들어가 사라져버린 것인가? 그것은 자살이었나? 아니라면, 인간에 관해서는 아무런 죄책감도 가질 필요가 없는 당신이 내게서 빼앗아 가버린 것인가? 아버지는 어느 여인을 사랑했던 것일까? 사랑의 상처란 결국 어리석음의 상처일 것이다. 나는 사막 태생이다.

3

나는 사장에게 그 일제강점기의 직물 관련 군수품 폐공장 자리가 새로운 연수원 건축 부지로는 적절치 않아 보인다고 보고했다. 무엇보다 그곳의 어두운 기운이 마음에 걸린다고 무슨 무당 같은, 평소의 나라면 평생 절대 입에 담지 않았을 소리를 서슴없이 내뱉었을 때 사장은 어리둥절해하면서도 되레 흥미로워했다. 명백한 내 패착이었다. 나는 어쩔 수 없이 그 그로테스크한 광경에 매료된 한 국내 유명 영화감독이 산림청의 불허에 불복하고 도둑 촬영을 감행하는 바람에 영화 개봉 뒤 벌금형을 판결 받은 일화까지 말했다. 거기는 예술가들에게나 어울리는 장소지 교육 받는 장소는 아닌 것 같다고. 그러자 사장이물었다. 자네, 그 영화 봤나? 나는 대답했다. 네. 물론 그것은내 인생에서 보기 드문 거짓말이었다. 사실, 사장은 회사의 미래를 위해 그곳에 새로운 연수원을 지으려는 게 아니었다. 사장에게는 스물아홉 살이나 어린 정부(情婦)가 있다. 사장은 새로운 연수원의 권리와 운영을 그녀에게 사적으로 넘기려는 돼

먹지 않은 계획을 가지고 있었다. 나는 사장이 내게 주장하는 바대로 그녀가 유아교육학과 출신이라는 것이 이 일의 명분과 대체 무슨 연관성이 있는지에 대해 한동안 몹시 괴로워했다. 명백한 내 어리석음이었다. 사랑에 무슨 논리와 합리가 필요하겠는가. 사랑은 목적을 지닌 무기가 아니다. 폭발물 그 자체인 것이다. 불이 댕겨지면, 쾅 하고 터질 뿐이다. 나는 어쩔 수 없이 사장의 스물아홉 살이나 어린 정부가 유아교육학과 출신이라는 것과 그 일제강점기의 직물 관련 군수품 폐공장 자리가 새로운 연수원 건축 부지로 적절한 것이 연관성이 있어야만 한다고 받아들였다. 확실히, 오너들은 욕망이 있다. 일단 욕망이 있어야 선한 일이든 악한 일이든 가능하다. 조직원들이라는 것은 억지로 시키지 않으면 움직이지 않는 관료적 속성을 유전자로 품고 있다. 이는 아무리 아니라고 우겨도 궁극적으로는 진실이다. 그래서 매번 조직 개편이니 쇄신이니 하는 것들이 횡행하는 것이다. 선하지도 악하지도 않은 사장이 나를 총애하고 신뢰하는 이유는 내가 아부를 하지는 않지만 별다른 정의감이 없는 데 있을 것이다. 얼마 전까지 나는 아마도 내가 사장의 비밀을 '가장' 많이 알고 있기 때문일 거라고 추측했던 바, 이제는 그것이 과연 나의 덜떨어진 교만이라는 것을 인정하지 아니할 수가 없다. 내가 사장의 비밀을 '비교적' 많이 알게 된 것은 전적으로 사장의 치밀한 의도인 것이다. 사장은 어쨌든 일이 되게 하려면 자신의 비밀들 중 일부분을 회사 내부의 누군가는 알고 있어야 한다고 생각했고, 그러한 자로 나를 선택한 것뿐이다. 그렇다면 그것은 매우 존경할 만한 본능이자 재능이다. 내가 꿈을 꾸지 못한다는 것을 남에게 말하지 않는 것처럼, 나는 비밀을 말하는 것이 죽을 만큼 귀찮으며 하등 의미가 없다고 여기는 사람인 것이다. 만약 이 점까지 사장이 파악하고 있다면 사장은 사장이 아니라 나의 신이다. 나는 사장의 부탁으로 사장의 정부와 서너 번 식사와 술까지 한 적이 있고, 그녀가 번화가에 커다란 커피 전문점을 낼 당시 사장의 지시로 거의 모든 진행을 돌봐주기도 했다. 누가 알면 정말 큰일 날 소리지만, 술에 취한 그녀는 나를 딱 한 번 유혹했었다. 그녀는 결코 야하거나 부도덕한 여자가 아니었다. 도리어 소박하고 솔직한 편이다. 그녀는 다만 외롭고 불안했던 것이다. 그리고 자신과 사장의 관계를 빤히 들여다보며 이런저런 문제들을 수습해주는 점잖은 대왕 노총각 아저씨에게 그런 식의 혼돈으로 자존심을 세워보려고 했는지도 모른다. 그 밤 그녀를 얌전하게 집까지 바래다주고 돌아올 때 나는 내 슈트의 왼편 가슴께가 그녀의 눈물로 젖어 있음을 운전하면서야 알아차렸다. 장성한 자식이 아들 셋, 딸 하나, 합이 넷이나 되는 사장은 나더러 왜 결혼을 안 하는지 늘 묻고는 한다. 만약 내가 소정 같은 조건의 여인과 결혼하려는 것을 안다면, 필경 사장은 나를 불가사의하게 취급할 게 빤하다. 그는 나의 관리자고 나는 그의 조직원이지만, 때로는 신도 이해할 수 없는 일이 있어야 하지 않겠는가.

"어젯밤 꿈에 당신이 강물 속에 혼자 우두커니 서서 소리 없이 울고 있었어요. 승건 씨, 어디 아픈 데 없죠? 무슨 안 좋은 일이라도 있나요?"

"강물 속에서 울어? 내가?"

"강물 속에서 우는 사람은 울고 있어도 눈물이 안 보이더라고요. 얼굴은 분간할 수가 없었는데, 남자였으니 당연히 당신이겠죠, 뭐."

"없어. 아무 일 없어."

"나도 마음이 힘들지만, 승건 씨는 어떨까 싶어서 너무 미안하고 걱정돼요. 그래서 그런 꿈도 꾸게 되는 거겠지?"

"……"

"내가 원래 꿈도 자주 꾸고, 제법 꿈이 잘 맞아서 그래요. 그런 사람들이 있어."

"혼자 강물 속에 우두커니 서서 울고 있는 꿈이 나쁜 꿈인가?"

"잘은 모르겠지만, 당신이 너무 괴로워하고 있다는 게 생생하게 느껴졌어요."

"……"

내가 아닌, 누구나 자면서 꾸게 된다는 그 꿈이란 건 과연 어떤 느낌일까? 요술의 올가미에 걸려 허우적거리는 달콤하거나 괴로운 부조리극? 아님, 내가 어릴 적 멍하니 쳐다보던 모래 지평선 위 신기루 같은 것일까? 이 여인은 대체 어떤 경로로 내 영혼의 상태를 자신의 꿈속에서 느끼게 되는 것일까?

소정과 소정의 아들 민우, 그리고 나, 이렇게 셋은 동물원 낙타 우리 앞에 있었다. 네 살 사내아이는 놀다가 지쳐 제 엄마의 등에 업혀 있고, 그 어미는 그 아이의 새아버지가 될 남자와 나란히 서서 먼발치에서 서성이는 '사막의 배' 다섯 척을 바라보고 있는 것이다. 마음이 힘드냐고? 마음이 힘들지 않은 때에 낙타를 보러 온 경우는, 적어도 이 나라에 온 뒤로 내 인생에는 없었다. 민우 저 아이는 지금 제 친부의 처지를 모르니 자기의 운명 또한 모른다. 아는 거라고는 그저 어미의 포근한 가슴뿐이겠지. 인간은 무지 속에서도 아무런 불편 없이 살아갈 수 있을 때 가장 행복한 것인지 모른다. 허망한 바람이지만, 나는 저 아이가 앞으로도 영영 제 인생에 관해 아무것도 몰랐으면 했다. 그리고 순간 어처구니없게도, 소정에게 강한 성욕을 느꼈다. 이처럼 인간은 아무 논리가 없는 짐승이다. 광활한 사막을 가로질러 가야 하는데 도시 속 가두리 안에 갇혀 우울해하고 있는 낙타들보다 훨씬 더.

"좋은 사람이었어. 지금도 그렇다고 생각해요. 사람들은 흉악한 살인자라고 비난하겠지만, 나는 여전히 그 사람이 좋은 사람이라고 믿어요. 말이 안 되는 소리라고 나 역시 비난 받겠지만."

박규성이 사업에 실패하고 빚쟁이들에게 쫓기는 와중에 폭풍에 휩쓸리듯 이혼한 거라지만, 사실상 결혼하고 한 해도 못 가 이미 사랑이나 정이라는 것은 남아 있지 않았다고 소정은 내게 술회한 적이 있었다. 그런 사람들이 있다. 나이가 들어도 천진난만한 사람. 소정은 그런 잔인한 여인이다.

"그냥 조용한 사람이에요. 그저 너무 조용한 사람. 그것 말고는 뭐가 별로 없는 사람. 처음부터 우리는 우리가 사랑을 하고 있다고 착각했던 것 같아."

조용한 것 말고 별것 없는 사람이란 대체 어떤 사람일까? 그 조용한 것이 단점도 장점도 아닌 사람은 왜 살인자가 되어 왜 자살하겠다고 왜 내게만 자꾸 고백 같은 통보를 해오는 것일까? 지금 그는 얼마나 고독한 것일까? 얼마나 가슴이 아픈 것일까? 나는 앞으로도 소정에게 박규성에 대해서는 철저히 함구하리라 결심하고 있었다. 기묘한 예의였다. 요즘 소정은 정기적으로 암 환자들의 요양소 같은 곳에 들러 봉사하는 것으로써 자신의 불행을 행복으로 바꿔보려 안간힘을 쓰는 중이었다. 이것을 지혜라고 부른다면 사람이란 참으로 불쌍하지만, 그렇다고 한들 과연 함부로 경멸할 수 없는 짐승이었다.

"삶 앞에서 스스로가 늘 초보자 같아서, 그래서 가슴속에 깔깔한 모래가 가득 차 있는 듯 괴롭다면, 오히려 그것에 감사해야 해요. 우리는 미쳐버리는 대신, 지난 고통을 다 잊어버린 어린애로 돌아가 다시 매일매일을 사는 거니까. 때로 비극처럼 보이는 희극이 지나치게 강렬할 수는 있어도, 비극은 애초에 없으니까. ……그분이 내게 그랬어요."

나는 소정이 저런 무서운 결론을 대체 어디에서 전수 받은 것인지 참담했다.

"항암 치료를 거부하고 뜨개질만 많이 하는 아주머니가 계세요. 시중을 들어드리면서 대화를 나누다 보면, 오히려 내가 위로 받고 있다는 걸 알게 되죠."

성욕이 사그라지자, 나는 허소정과 박규성의 아들에게 좋은 아버지가 될 수 있을 것인가에 대해 새삼 겁이 났다. 사랑이 겁났던 게 아니다. 설혹 처음부터 우리가 서로 사랑을 하고 있다고 착각했던 거라고 해도 괜찮다. 다만 나는 나라는 불합리가, 그 혼돈이 겁났던 것이다. 만약 그런 게 사랑이라면, 사랑은 얼마나 조용한 것인가.

괜히 스스로가 몰래 멋쩍어진 나는, 이어폰을 귀에 꽂고 스마트폰으로 뉴스들을 검색했다. 지구 온난화로 북극의 얼음이 녹은 탓에 바다표범 사냥을 못해 삐쩍 말라 죽어가는 북극곰들이 보였다. 개중에는 유빙을 찾아 헤매며 수영을 하다가 지쳐 바다에 빠져 죽는 놈들도 있었다. 찬바람을 피하기 위한 작은 귀, 얼음을 부수기 위한 긴 주둥이. 북극곰은 두 살 때 어미 곁을 떠나 번식기에 잠시 짝짓기를 할 뿐 결코 가족을 이루는 법 없이 일생을 혼자 살아가는 지독한 단독자이다. 그런 북극곰들이 마을로 몰려와 쓰레기통을 뒤지다가 총에 맞고 감전돼 팔다리를 잃기도 하는 것이다. 인간 때문에 벌어진 짐승의 비극에 이어 뉴스는 인간이 인간에게 저지르는 비극을 전하고 있었다. 그것은 미국의 유명 무기상 에릭 크립트리가 화성처럼 붉은 사막 위에서 IS 소년 병사의 칼에 의해 처형당하는 장면이었다. 나의 영혼에 대해서는 감히 뭐라 표현 못하겠다. 나는 순간, 정말 물리적으로 가슴이 땅으로 툭 떨어지며 폭발해버릴 것만 같았다. 나는 도저히 이 무자비하고 가공할 세계의 무게를 더는 감당할 수 없었다. 나는 낙타 우리 안으로 훌쩍 뛰어넘어 들어가 두런두런 몰려 있는 다섯 마리의 낙타들에게로 저벅저벅 걸어갔다. 소정의 숨 막히는 듯한 비명이 울려 퍼졌다. 나는 제일 큰 낙타 앞에 섰다. 그 낙타와 나는 빤히 서로를 마주 보았다. 비극에 대한 계몽? 비극에 대한 계몽이라고? 낙타의 깜박이는 긴 눈썹 뒤의 검고 깊은 눈동자 안에는 모래폭풍 속으로 태연히 걸어 들어가는 내 아버지의 뒷모습이 있었다. 그리고 내 등 뒤에는 얼이 나간 소정과 나를 잡으려는 동물원 관리인들의 외침과 호루라기 소리, 소정의 등 위에서 깨어난 작은 사내아이가 있었다.

4

경찰서에서 정신병자 취급을 받으며 조사를 받은 뒤 풀려난 나는 심신이 피폐해질 대로 피폐해져 있었다. 나는 내가 사적으로 고용하고 있는 현직 베테랑 형사가 대신 운전해주는 내 차를 타고서 내가 살고 있는 아파트의 지하주차장까지 왔다. 동물원에서 간신히 달래 제 집으로 돌려보낸 소정에게서 자꾸 전화가 오기에 나는 핸드폰을 꺼버렸다.

오재도는 내게 도대체 왜 그런 괴상한 짓을 했는지 단 한 마디도 묻지 않았다. 이미 그가 나를 정신병자로 생각한 지 오래여서 그랬는지는 모르겠으나, 그 역시 정상이라고 보기는 적잖이 무리가 따르는 인물이었다. 지인의 소개를 받아 인연을 맺게 된 형사 오재도는 마흔다섯 살로, 이혼남이었고 알코올과 도박 중독자였다. 나는 지난 1년 남짓 그를 드문드문 만나며 내 생모를 찾고 있었다. 그는 큰 비용을 선뜻 지불하는 입이 무거운 고객들만을 대상으로 흥신소 직원이나 사립탐정이 맡을 만한 이런 종류의 얼굴이 안 서고 음습한 일들도 처리하고 있었다.

오재도가 담배를 운전석 재떨이에 비벼 끄며 말을 시작했다. 드디어 당신의 어머니를 찾아냈다. 호적상 결혼 경력이 없으니 당신의 아버지와 이혼했던 것은 당연히 아니다. 그저 둘은 서로 사랑했고 함께 사막으로 갔고 거기서 당신을 낳았으리라. 얼마 안 있어 그녀는 혼자 한국으로 들어와버렸으며, 이후 당신의 삶이 증명하듯 당신과 당신 아버지는 사막에서 계속 살았다. 본시 서울 여자인데 탁월한 사업가였으니 부도 꽤 축적했다. 그리고 어느 날 또다시 한 남자를 사랑하게 됐고, 그 남자는 사내아이가 있었다. 당신의 어머니는 그 소년을 자기 자식처럼 정성을 다해 잘 키웠다. 겉으로는 아무런 트러블이 없는 가정이었다. 아니, 꽤 행복했다고 평해야 옳다. 그런데 역시 어느 날, 항상 이 '어느 날'이 문제다. 당신 어머니의 남편은 중국으로 향하던 호화 유람선 갑판 위에서 홀연 실종됐다. 평온하고 차질 없던 당시의 모든 정황상 그가 바다로 뛰어들어 자살했다는 추측이 당연한 결론이 됐지만, 당신의 어머니는 이를 끝끝내 부정했다고 한다. 사랑을 위해서건 용서를 위해서건, 어떤 경우에든 그녀는 남편의 죽음이 죽음이 아니라 미제 사건이 되기를 바랐던 것 같다. 유별난 혈육으로는 문규라는 이름의 잘나가는 건축가 남동생이 하나 있었다. 여기서 '있었다'라고 말하는 것은, 그가 10년 전 화창한 늦봄 정오 무렵에 자신의 고급 고층 아파트 25층 베란다에서 빨래를 널다가 그냥 휙 뛰어내려버렸기 때문이다. 세상에는 자살하는 사람들 천지고, 곧잘 아주 높은 곳에서 제일 낮은 곳으로 뛰어내리는 것이다. 자, 이제 핵심이다. 당신의 어머니는 호스피스 수도원에서 자의에 의해 암을 방치하다가 지난달 숨을 거뒀다. 조용하다 못해 적막한 죽음이었다고 한다. 여기까지가, 도박 빚에 쫓기고 있는 알코올 중독자이자 이혼남인 오재도 형사가 나에게 인계해준 내 어머니라는 여인의 간명한 인생이었다.

나는 오재도에게 곧 입금이 될 거라고 했다. 수첩을 덮고 운전석에서 내리며 그는 내게, 이건 뭐 내가 참견할 일은 아니지만, 살인죄로 쫓기고 있는, 당신이 현재 만나고 있는 그 여자의 전 남편을 조심하라는 경고 끝에 이렇게 중얼거렸다.

"요즘 내 주변에 그런 인간들 많아, 착하긴 너무 착한데 졸지에 망해서 괴물로 변해버리는."

나는 차 밖에 서서 운전석 문을 닫으려는 그에게, 스스로 놀라듯 물었다.

"그 아이, 그 여자가 길렀다는 그 소년은 어떻게 됐습니까?"

"그 여자? ……누구? 선생의 어머니?"

"……지금 뭘 하는 사람입니까? 자기 자식처럼 키워줬다는 그 소년."

"……작가."

"작가요?"

"소설가랍디다. 골치 아프고 더럽게 안 팔리는 소설만 골라서 쓰는."

이윽고 오재도는 빼꼼 열려 있던 운전석 문을 닫고 떠났다.

나는 겨울 창틈에서 굳어 있는 매미를 본 적이 있다. 그것은 언젠가 화보로 본 파라오의 미라 같았다. 그리고 또한 그것은 아버지의 노트에서 열세 살 가을에 처음 마주쳤던 '불멸'이라는 단어와도 같았다. 대부분의 사람들에게 심장이 어디에 있는지를 물으면 왼쪽 가슴에 있다고 대답한다. 하지만 이것은 잘못된 상식이다. 왼쪽 가슴에는 심장이 없다. 실제로 사람의 심장은 왼쪽 가슴이 아니라 거의 가슴 한가운데에 있다. 심장은 왼쪽과 오른쪽 허파 사이의 가슴뼈 바로 아래에 있는 것이다. 이렇게 우리는 제대로 아는 것이 없다. 제대로 아는 것도 없으면서 심장 같은 마음을 빼앗고 빼앗기고, 결국 어디선가 뜻하지 않게 몸보다 먼저 마음을 잃는다.

— 不滅, 직접 눈으로 본 것만을 믿는 자는 가짜를 보여주면 믿게 될 것이다.

내가 비로소 어른이 된 것은 대학교를 졸업하던 해 겨울 첫눈이 내리는 공터에서 저 알 수 없는 문장이 담겨 있는 낡고 색 바랜 노트를 불태워버리고 나서부터이다.

우연찮게도 마구잡이로 틀어놓은 라디오에서는 어린 시절 가끔 듣던, 지금은 은퇴한 줄로만 알고 있던 늙은 DJ가 하나도 늙지 않은 목소리로 떠들어대고 있었다. 에릭 크립트리를 생각하니, 충격과 슬픔의 여운 사이로 그가 술자리에서 언급했던 파울 요제프 괴벨스가 뇌리에 끼어들었다. 괴벨스는 라디오에 주목했다. 그는 노동자들의 평균 주급인 35마르크만 있으면 라디오를 구입할 수 있게 했다. 국가보조금이 동원된 세계에서 가장 값싼 라디오였다. 그래서 독일 국민들은 라디오를 '괴벨스의 입'이라고 불렀다. 사실, 괴벨스가 악마의 말만 했던 것은 아니다. 윈스턴 처칠이 최초로 말했다고 알려져 있는 '철의 장막'이라는 말을 1945년 2월에 유럽의 볼셰비즘화를 경고하며 정말 최초로 말한 자는 다름 아닌 괴벨스였다. 그는 외쳤다. 지금 독일 국민이 총을 내려놓는다고 해도 동유럽에는 소련의 거대한 철의 장막이 드리워질 것이다, 라고. 괴벨스는 1945년 5월 1일, 베를린의 벙커 안에서 초창기 나치 지도자들 가운데 유일하게 히틀러를 보좌하다가 자신의 아내와 여섯 명의 아이들과 함께 권총 자살했다. '충격과 슬픔의 여운' 사이라고 했던가? 사람이란 엉뚱한 공상으로 심리적 위기를 모면하려는 경향이 있는가 보다. 나는 파울 요제프 괴벨스로도 모자라, 에릭 크립트리가 아파치 헬리콥터를 타고 날아다니는 것까지 상상하고 있었다. 그는 깔깔거리며 카틴 숲 같은 이 세상에 불벼락을 내리고 있었다. 「치즈 케이크」가 피로 물든 미시시피 강에 흐르기 시작했다. 그때, 누군가 내가 앉아 있는 조수석 차창을 똑똑 두들겼다. 나는 차마 놀라지도 못했다. 신이 아닌 이상 세상의 전부를 설명할 필요는 없겠지. 무저갱 속에 갇힌 듯한 그의 눈동자에서는 어둠이 희번덕거리고 있었다. 그것은 절망의 빛이었다. 그는 내 사랑하는 여인의 전 남편, 사람을 죽인 사람, 그래서 사람들에게 쫓기고 있는 한 사람, 나처럼 세상이 외롭고 아픈 사람더러 스스로 죽겠다고 자꾸 말하던 사람, 내 첫 아들이 될 사내아이의 첫 아버지, 박규성이었다.

5

　나는 박규성을 이끌고 17층의 내 아파트 안으로 들어갔다.

우리는 내내 아무 말이 없었다. 나는 무작정 그를 숨겨줘야겠다고 생각했고, 그는 무슨 까닭에선지 아무것도 묻지 않은 채 나를 순순히 따라왔을 뿐이다.

거실 한구석에 망연히 서 있던 박규성은 식탁 위에 벌목 칼을 덩그러니 올려놓았다. 그가 악질 사채업자의 목을 땄던 바로 그 칼일 거였다. 야생동물에게는 발톱이나 이빨 등이 있다. 그러나 인간의 육신은 나약할 뿐이어서 어떤 무기를 지니고 있는지에 따라서 그 인간이 어떠한 사상을 가지고 있는지 알 수 있다. 식탁 위에 놓여 있는 벌목 칼을 물끄러미 내려다보며, 나는 박규성이 어떤 사상을 가지고 있는지는 알 수 없어도 그가 어떠한 상처에 사로잡혀 있는지는 잘 알 수 있었다. 그는 너무도 나약하고, 그의 칼은 무기가 아니라 그의 거울이었다.

세상에는 살인자와 살인자가 아닌 사람이 있다. 나는 살인자를 처음으로 구경하고 있었다. 나는 위선자인가? 나는 나 대신 누군가를 죽였을지도 모를 살인자에게 물과 빵을 주었다. 그리고 장식장에서 위스키를 꺼내어 그에게 한 잔 따라 건네고 나의 잔도 채웠다. 그는 마시지 않고 술잔만을 내려다봤다. 나는 입안에 독주의 잔영(殘影)을 머금고 말했다.

"있고 싶을 때까지 있어요. 나는 돌아오지 않을 겁니다."

"……"

그는 소리 없이 우두커니 서 있을 뿐이었다. 나는 그가 눈물 없이 울고 있다고 생각했다.

때로는 신에게도 이해할 수 없는 일이 있다. 나는 그대로 내 아파트의 문을 닫고 17층부터 1층까지 걸어 내려갔다. 아무리 사랑한들 내게서 불현듯 사라져버리는 것들을 용서하기란 쉽지 않다. 그러면서도 우리는 또한 사랑하는 누군가로부터 아무 설명도 남기지 않은 채 사라진다. 나는 그저 너무 조용한 사람, 그것 말고는 무엇도 별로 없는 사람, 세상 모두가 흉악한 살인자라고 비난하더라도 한 여인만큼은 여전히 좋은 사람이라고 믿고 있는 그가 부디 자살하지 않기를 바라고 있었다.

*

남승건은 아파트 지하주차장에서 곧장 용인시 외곽의 그 침침한 숲에 처박혀 있는 폐공장을 향해 차를 몰아 갔다. 고통 또한 인간의 재산이 아니던가. 타인의 지옥을 책임지려 하는 것은 절도 행위다, 라고 그는 혼잣말을 되뇌었다.

귀신의 산발을 한 수풀과 관목들이 뒤덮고 있는 그곳에 도착한 뒤 승건은 밑동만 남아 있는 담벼락에 기대앉아 얼마 동안이나 어둠 속에 스미어 있었는지 몰랐다. 때로는 가만히 있는 것도 미친 짓이어서, 그는 한겨울 창틀에서 미라가 된 채로 발견된 매미 같았다. 승건은 자신이 미쳐 있음을 잘 알고 있었다. 그는 스스로가 마치 어떤 물건 같아서 누군가 힘껏 어딘가로 던져버리면 세상에서 완전히 없어져버릴 거라고 믿고 있었기 때문이다.

승건은 족히 아파트 6층 높이는 될 법한 첨탑과 그 곁의 굴뚝까지 밤의 나선형 계단들을 차곡차곡 밟아 올라갔다. 삶이란 죽음의 꿈일까? 내가 아닌 누구나 자면서 꾸게 된다는 그 꿈이란 건 과연 어떤 느낌일까? 요술의 올가미에 걸려 허우적거리는 달콤하거나 괴로운 부조리극? 그런 생각에 잠겨 있는 승건을 멀리서 누가 바라보았더라면 그림자의 숲 위로, 쓸쓸한 첨탑과 연기 없는 굴뚝 사이 그 달빛 허공에 한 사내가 둥둥 떠서 걸어 올라가고 있는 비현실적인 장면이 그려졌으리라. 승건은 자신의 등에 날개가 없다는 것에 안도했다. 이윽고 첨탑 위에 선 그는 칠흑 속으로 훌쩍 뛰어내리려는 한 사내가 되어 있었다.

남승건은 손을 조금만 내밀면 닿을 듯한 슈퍼문(Super moon)의 얼룩무늬가 이제껏 인생 동안 경험한 그 무엇보다 아름다웠다. 그는 사막에서 모래폭풍 속으로 사라지는 것과 달의 인력에 요동치는 바다 속으로 가라앉는 것과 거대한 강철의 세계를 건설하기 위해 활활 타오르는 용광로 속으로 사그라지는 것의 차이를 잘 알 수 없었다. 승건은 금방이라도 달 속으로 건너갈 것 같았다. 죽음이란 삶의 꿈일까? 꿈이란 모래 지평선 위의 신기루 같은 것일까?

승건은 첨탑 모서리에 오른손으로 턱을 괴고 가만히 모로 누워 달을 마주보았다. 달은 낙타의 눈동자가 되었다. 그리고 그 안에는 한 사내의 고독한 뒷모습이 있었다. 승건은 두 눈을 감았다. 아버지의 뒷모습이 승건에게 말한다. 나쁜 꿈을 꾸었니? 승건이 대답한다. 그럴 리가요. 뭔가 희미한 유령의 손길 같은 것이 다가와 내 이마를 짚고 또 내 가슴을 스치고 지나갔을 뿐이죠. 아버지의 뒷모습이 다시 묻는다. 괜찮다. 여긴 꿈속이 아니야. 괜찮다. 꿈은 지워졌어. 들려오는 그 목소리에 승건은 다시 대답한다. 아뇨, 아버지. 누군가 가짜를 보여준들 더 이상 눈으로는 세상을 보지 않겠어요. 승건은 죽음의 백척간두 위에서 난생처음 꿈이란 것을 꾸고 있었다. 그것은 요술의 올가미에 걸려 허우적거리는 달콤하거나 괴로운 부조리극도 아니고 모래 지평선 위의 신기루도 아니었다. 뭔가 희미한 유령의 손길 같은 것이 이마나 가슴께를 스치고 지나가는 이물감은 더더욱 아니었다. 다만 승건은 한 사내가 강물 속에 홀로 우두커니 서서 눈물을 보이지 않으며 소리 없이 울고 있는 그 강가, 사라나무 두 그루 사이의 북쪽 침상에 오른손으로 턱을 괸 채 모로 누워 있었다. 내가 항상 말하지 않았느냐. 아무리 사랑하고 마음에 맞는 사람일지라도 마침내는 완전한 이별이 찾아오는 것이라고. 소년은 울지 않았다. 아버지의 뒷모습이 천천히 걸어 들어가며 사라지고 있는 저 모래폭풍이 하얀 꽃잎들의 눈보라로 변해 온 천지에 흩날리는 것을 가만히 바라보고만 있을 뿐이었다.

소년을 위한
사랑의 해석

1

산양 모양의 뭉게구름 너머 태양이 뜨거웠다. 이 세계의 끝, 그 섬에서의 두번째 날 정오 무렵, 한승영은 망망대해 위로 머리만 내민 채 둥둥 떠 있었다. 그는 살아 있으나 시체 같았고, 혼자였다. 왜 신에게서는 소독약 냄새가 나는 것일까? 그는 그것이 괴롭고, 또 궁금했다.

문득…… 일렁이는 청록 물결 저만치서 뭔가 너무나 작고 애잔한 것이 빠르지도 느리지도 않게 떠내려오고 있었다. 승영은 까닭 모를 슬픔이 불안했다. 항상 이런 식이다. 알 수 없는 것은, 알 수가 없다. 나타나서, 나의 일부분이 되더라도, 나를 포함하는 전체를 뒤흔들고 사라질 뿐이지.

소년, 두 주먹을 단단히 쥐고 그렁그렁 눈물이 맺혀 지붕 위에 피뢰침처럼 서 있는 한 소년, 그런 익숙한 환영에 사로잡힌

승영은 흘러흘러 자신의 가슴께까지 다다른 그 '뭔가 너무나 작고 애잔한 것'을 왼손 바닥으로 건져 올렸다. ……민들레? ……분명, 한 송이 흰 민들레꽃이었다. 바닷물에 절어 축 늘어진 그것은 겨울 강 빙판 밑에서 미소를 머금은 채 얼어붙은 어느 여인의 얼굴 같았다. 필리핀 외딴섬 앞바다를 표류하는 민들레. 낙담한 인간의 어깨에 닿으면 녹아버리는 눈송이의 결정 같은 하얀 민들레. 소란스럽지는 않지만, 참으로 기이한 일이었다.

한동안 멍해 있던 승영은 다시금 하늘을 올려다봤다. 어느새 산양 모양의 뭉게구름은 형체를 규정할 수 없이 흩어져 있었고, 여전히 태양은 마주보면 눈이 멀어버릴 듯 빛났다. ……왜 신에게서는 소독약 냄새가 날까? 목소리가 없어 들을 수 없고, 보이지 않아 만질 수도 없는 신에게서는, 왜?

승영은 너무나 작고 애잔한 흰 민들레꽃을, 자신의 까닭 없이 불안한 슬픔을 왼손에 살포시 쥐고 해안까지 헤엄쳐 돌아와 백사장 위에 올라섰다. 항상 이런 식이지. 알 수 없는 것은, 알 수가 없다. 나타나서, 너의 일부분이 된 후에, 너를 포함하는 전체마저 물들인 채 사라져버리고 만다. 승영은 살아 있으나 시체 같았고, 혼자였다. 그리고 그것이 그에게는 이 세계의 끝, 그 섬에서의 두번째 날 정오 무렵이었다.

2

"……피리 부는 사나이 말이야."

침대에 드러누워 있는 조근상이 계속 미치광이의 혼잣말처럼 지껄여댔지만, 책상 앞에 앉아 『새로운 시대의 종말론』을 속으로 읽고 있는 한승영의 뒷모습은 일절 대꾸가 없었다. 독서에 집중한 탓이 아니었다. 또 무슨 개소리인가 싶어서였다. 조근상은 꼴에 어울리지도 않게 차이콥스키의 교향곡들을 블루투스 스피커로 온종일 작거나 크게 틀어놓고 있었다. 그가 무슨 짓을 하건 간에 반응을 최소화하는 편이 그나마 간섭받지 않는 상책임을 승영은 믿어 의심치 않았지만, 결과를 떠나서 좌우간 참기 힘든 걸 참는다는 건 그걸 안 참는 것보다 당장은 훨씬 힘든 노릇이었다.

"……피리 부는 사나이가 피리를 불면 방울뱀은 춤을 추지. 그럼 다들 이렇게 생각하잖아. 야아, 방울뱀이 피리 소리를 따라 잘도 춤을 추는구나. 고놈 참 용하네, 용해. 하, 근데 그게 아니지. 왜냐. 뱀이란 것들은 귀가 없거든. 귀를 대신하는, 귀 모양이 아닌 제2의 귀도 없고. 청각이 없단 얘기지, 뱀에게는. 그럼 뭐냐. 피리 소리의 진동 때문에 바구니 안에서 솟아올라 위협하는 모양을 두고서 사람들은 방울뱀이 피리 소리에 맞춰 춤을 춘다고 제멋대로 오해하고 있는 거지. 방울뱀은 겁이 나서, 화가 나서 그러고 있는 건데 말이야."

한승영은 차라리 뱀 팔자가 사람 팔자보다 낫겠다 싶었다. 인간의 개소리가 아예 안 들릴 테니까.

"뱀은 바람을 소리 없이 촉감으로만 느끼지. 시력도 제로에 가까워. 대신 뱀에게는 뛰어난 혀가 있지. 진동에 대한 정보들을 모으는 곳이 바로 혀라고. 뱀은 냄새도 혀로 맡아. 그래서 개들이 노상 혀를 날름날름하는 거야. 웃기지?"

천만에. 한승영은 조근상의 뱀에 대한 느닷없는 잡설이 조금도 웃기지 않았다. 그저 혀만 잘라버리면 뱀은 거의 완벽한 적막과 어둠 속에 갇히는 셈이겠구나, 하는 생각이 들었을 뿐이다. 종종 승영은 '거의'가 삭제된 완벽한 적막과 어둠에 갇혀버렸으면 했다. 이는 자살 심리와는 또 다른 자학의 경지였다.

"정치라는 것도 비슷해. 정치인이 피리를 불면 국민들은 괴로워 안절부절 흔들리지. 그런데 그걸 두고서 춤을 춘다고 착각들을 하는 거야, 국민들 스스로. 심지어는 역사의 과정이라고까지 부르면서…… 아아, 내가 국회의원 배지를 달고 있을 적에는 왜 이 막돼먹은 오묘한 이치를 몰랐을꼬?"

"……후우."

창가에 책상이 하나, 그 맞은편 벽으로는 두 개의 침대가 나란히 놓인 2인용 객실 안에서 한승영과 조근상이 합숙을 하게 된 지 벌써 칠 일째였다. 승영이 마닐라 국제공항에서 스튜어디스가 단 한 명 동승하는 경비행기를 타고 한 시간 삼십 분쯤 뒤 섬에 도착했을 때, 유일한 호텔—암만 후하게 불러줘도 고급 유스호스텔 수준밖에는 안 되는—에 남아 있는 방이라고는 이미 조근상이 보름 넘게 묵고 있던 이 방 말곤 없었던 것이다. 한국인이라는 인간과 아귀의 혼혈종자 들이 지긋지긋한 것을 넘어 끔찍해 떠난 여행의 끄트머리 그 필리핀의 외딴섬에서 한국인을, 그것도 정신이 온전치 못해 보이는 한국인을 룸메이트로 만났으니 한승영으로서는 절망도 그런 절망이 없었다.

"······정치 ······정치란 게 그래. 한번 맛을 들이면 그 판에서 빠져나오기란 불가능하지. 마약이야, 마약. 끊는다기보다는 퇴출되는 수밖에 없어. 근데 그런 마약이 세상에 어디 있겠어? 코카인을 못 구하면 문방구 본드라도 빨아대는 게 인간이지. 개보다 못한 개가 뭔 줄 알아? 전직 국회의원이야. 전직. 본래 지혜로운 사람이란 항시 제 삶의 정점에서 살짝 피해 있으면서 고귀한 수준과 영악한 영향력을 유지해야 하는 건데, 으이그, 뭐 그게 어디 쉽나? 정말 그러면 완전 도 튼 거지. 그래서 옛 말씀에 소년 출세가 가장 나쁜 거라잖아. 권력자에서 평범한 시민으로 되돌아오면 펜트하우스 주인에서 반지하 사글셋방살이로 떨어지는 셈이라고. 누가 알아보는 거 자체가 쪽팔려지는 거야. 남 얘기가 아니라 바로 나지, 나. 문방구 본드 빨아대는 개만도 못한 개. 아우, 쪽팔려."

저렇듯 조근상은 하루의 대부분을 술에 엷게 취해서, 한승영으로서는 도통 어디서 들어보지 못한 음식물 쓰레기 스타일의 궤변들을 꾸준히 늘어놓고 있었다. 게다가 이 운명적인 룸메이트는 그 자신의 표현을 빌리자면 개만도 못한 취급을 받는—집권 보수 여당 소속—'전직' 재선 국회의원이었던 것이다.

그럼에도 불구하고 한승영이 이틀마다 한 번씩 2회 운항하는 마닐라 국제공항 행 경비행기를 타고 이 상황에서 훨훨 탈출해 버리지 못하는 이유는 그가 이 섬에 도착한 지 두번째 날 밤에 찾아와서는 도무지 떠날 생각을 않는 저 '랜(Lan)'이라는 태풍 때문이었다.

"한 형, 랜이라는 이름 너무 예쁘지 않아? 근거리 통신망, 뭐 그런 뜻인가? 과연 그런 것인가? 근데, 아가씨 이름 같지 않아?"

반면 조근상은 이민이라도 온 작자마냥 천하태평으로, 애초에 3박 4일만 머물 요량이었던 한승영의 처지를 조롱하며 즐기기라도 하는 듯 보였다. 한승영이 그런 조근상을 경멸하는 것은 그가 순진한 악의로 가득 차 있는 피곤한 사람이어서가 아니었다. 별 가치 없이 위험한 사람으로 보여서였다.

"아주 섹시한 아가씨 말이야. 매독에 걸린. 깔깔깔."

"......"

"매독 하니까 말인데, 사실 레닌은 1917년 10월혁명 이전 서유럽에 있을 적에 이미 매독에 감염됐다고. 스탈린에게 독살당한 게 아니라."

조근상은 마치 옆집 새댁이 바람난 얘기를 귓속말로 전하는 시어머니처럼 말하고 있었다.

"매독이란 게 이래. 첨에는 뇌를 포함해 전신에 궤양이 생기고 열과 발진, 신경 장애, 위통, 근육통 등에 시달리게 되지만, 나중엔 꽤 오랫동안 별 증상 없이 지내기도 한단 말이지. 그러다 용케 이십 년 이상 버텨 말기에 이르면 우울증, 무기력증, 치매 같은 것이 수시로 번갈아 찾아오는 거야. 레닌은 광기에 시달리며 신체가 점점 쇠약해지는 병을 앓다가 숨졌거든. 틀림없이 스위스에서 초현실주의 시인들이랑 사창가에 드나들다가 그렇게 됐을 거야. 흐음. 방울뱀만 오해에 시달리는 게 아냐. ……그렇다면, 방울뱀은 혁명가인가? 실패한 혁명가?"

1924년 1월 21일, 본명 블라디미르 일리치 울리야노프, 공식명이자 필명 니콜라이 레닌은 네 차례 발작을 일으킨 끝에 뇌동맥 경화증으로 54세에 눈을 감았다. 1922년 겨울, 레닌은 자신의 죽음을 예감하고 '당 대회에 보내는 편지'라는 제목의 짧은 글을 구술해 사후 공산당 대회에서 이를 공개하도록 아내 크루프스카야에게 부탁했다. 내용은 다음과 같았다. "스탈린은 거칠고 포악하다. 이 결점은 우리 공산주의자들끼리는 어떻게든 눈감아줄 수 있지만, 서기장이란 직책에 있어서는 결코 용인될 수 없다. 그런 이유로 나는 스탈린을 그 지위에서 끌어내리고 다른 사람을 임명하도록 동지들에게 제안한다." 이 문건은 아무도 믿을 수 없었던 크루프스카야가 죽을 때까지 공개하지 않았으나, 1956년 스탈린 사후 격하 운동 중 발견돼 당시 소련 시민들에게 큰 충격을 안겨주었다. 원래 레닌의 후계자로는 트로츠키, 지노비예프, 카메네프가 유력했다. 그러나 일종의 행정가 정도로 과소평가 받던 스탈린은 먼저 지노비예프, 카메네프와 연합해 가장 강력한 적수였던 트로츠키를 물리친 뒤 나중에는 그 둘마저 제거했다. 조근상이 레닌의 매독 감염 사망설을 주장하고는 있지만, 스탈린이 레닌을 독살했다는 건 거의 정설이 되다시피 했다. 레닌은 트로츠키를 후계자로 점찍었던 것 같다. 영구혁명론자이며 일국 사회주의 혁명의 가능성을 부정하고 세계혁명론을 주장한 레온 트로츠키, 그는 멕시코에서 도피 생활 중 스탈린이 보낸 자객이 휘두른 등산용 얼음도끼인 피켈에 뒤통수가 찍혀 죽었다. 그리고 훗날, 이오시프 스탈린도 독살 당한 것으로 보인다. 뇌일혈을 가장한 와파린 중독이었다. 와파린의 주요 성분은 쥐약이다.

한승영은 『새로운 시대의 종말론』에서 눈을 떼고 창밖을 물끄러미 바라봤다. 태풍은 차이콥스키의 교향곡 제6번 「비창」에 맞추어 춤을 추고 있었다. ……태풍은 몸이 없다. 대신 태풍에 흔들리는 것들이 태풍의 몸인 것이다. 세상의 권력이 그러하듯. ……바다와 나무와 그 밖의 온갖 것들이 흔들리고 있었다. 세상의 권력에 그렇게 돼버리는 것들이 그러하듯. ……차이콥스키가 피리 부는 사나이였고 천지만물이 방울뱀이었다. 그 어떤 권력도 어느 날 어떤 식으로든 허무하게 사라지는 것처럼 저 태풍도 머잖아 분명 허무하게 사라질 거였다. ……피리 부는 사나이는 피리 소리로 아이들을 홀려 마을에서 종적을 감추고 방울뱀은 다시 바구니 속으로 들어가겠지.

랜…… 매독에 걸린 아름다운 여인의 이름, 랜. 저 여인이 나를 이 섬에서 못 떠나게 하는구나, 라고 생각하니 한승영은 기분이 처연해졌다.

열흘 전 한승영은 마닐라의 새벽길을 조금 취한 채로 혼자 걷고 있었다. 열대의 밤은 후덥지근했고 범죄의 기운이 흐르는 도시는 매혹적이었다. 그 길의 어느 모퉁이에서 한승영은 창녀를 만났다. 이국의 여인인지라 나이를 정확히 짐작하기는 힘들었으나 젊은 여인이었다. 자, 이제 그 여인을 랜이라 잠시 부르기로 정하고 승영은 회상한다. 승영은 랜과 스트립 바에서 간단히 술을 한잔 더한 뒤 자신이 묵고 있는 호텔로 함께 가 섹스를 했다. 특별히 좋고 말고는 없었다. 승영은 외로워서, 랜은 직업이라서 벌어진 일이었을 뿐이다. 객실은 승영과 랜이 나눠 피운 마리화나 연기로 자욱했다. 희뿌연 랜의 얼굴은 얼마 전 이혼한 아내도 되고 오래전 헤어진 안희언도 되었다. 그리고 그 셋이 차례차례 객실을 나가버렸을 때 승영은 앙상한 자신이 거대한 짐승의 발자국 화석 위에 누워 있는 것을 발견했다. 순간, 마리화나 연기는 뿌연 하늘로 변하고, 눈이 내리기 시작했다. 승영이 앙상하게 누워 있는 거대한 짐승의 발자국 화석 위로 눈이 덮이고 있었다. 그러면서도 승영은 그것이 환상이라는 사실을 자각하고는 있었다. 하지만 그것이 환상이라면, 환상은 현실보다 더 현실 같은 무엇이었다.

……한승영은 부디 저 태풍이 말끔히 잦아들고, 그래서 한 시라도 빨리 한국으로 되돌아가고 싶었다. 한 달 전쯤 인천국제공항에서 출발하기 직전까지는 상상조차 할 수 없던 바람이었다. ……안희언과의 이별, 얼추 6년 전이면 요즘 같은 세태에서야 전생처럼 먼 과거이고 어쩌다 아주 가끔 멍하게 만드는 정도의 아픈 추억이었는데, 정작 출국장을 나서고 나서 불과 반나절도 지나지 않아 그녀에 대한 상념이 머리를 압박해와 그야말로 미쳐버릴 지경이었던 것이다. 이것은 한승영이 조근상의 헛짓거리들 앞에서 의외로 너그러울 수 있는 한 가지 숨겨진 이유이기도 했다. 조근상이 주접을 떨어주고 귀찮게 해주니 그걸 견디느라 안희언에 대한 혼란스러운 감정을 조금이나마 누그러뜨릴 수 있었기 때문이다. ……그녀의 과거가 나의 과거가 아니라면 얼마나 좋을까. 그렇다면 이러한 고통도 없을 텐데. 그러나 그럴 수 있는 방법은, 요술은 없었다. 사랑을 핑계로 그녀를 기만하고 학대했던 것들이 생각이 난다면 있는 그대로 괴로워야만 했다. 그런데 문제는 계속 생각이 났다. 계속 슬퍼야만 했다. 뭔진 모르지만 뭔가가 아직 끝나지 않은 모양이었다. 사랑이건 사랑 비슷한 것이건 간에 상처는 남는다. 그리고 의문도 남는다. 안희언과의 사랑은 사랑 이전의 괴로움이었다. 사랑 이후의 슬픔이었다. 그러나 '다시 인생을 되돌려 살 수 있다면, 너는 그 사랑인지 사랑이 아닌지 모를 그 사랑을 하지 않을 자신이 있는가?'라고 스스로에게 묻는다면, 승영은

그렇다고 대답할 자신이 없었다. 대체 이것은 무슨 놈의 더러운 자의식이며 가증스러운 죄책감이란 말인가. 섬에 오니 이러한 현상은 새로운 배경을 얻어, 바다와 그녀에 관한 사연이 얽혀 부유했다. ……그녀의 왼 발바닥에는 어린 시절 바닷가에서 수영을 하다가 해초에 찔린 뒤 시간이 흘러도 지워지지 않은 푸른 자국이 있었다. 그것은 언뜻 멍으로 새겨진 아주 작은 꽃무늬 문신 같았다. 섹스를 마치고 나서 그 고운 데 입을 맞춰주면 승영은 신기하게도 파도 소리가 들리는 듯했다.

그렇게 지껄여대던 조근상은 어느새 곯아떨어져 있었다. 참 이상한 것이, 오십 대 초반의 저 사내는 평소 이미지와는 다르게 자는 모습이 매우 얌전하고 조용하다. 어찌 보면 수줍은 것 같기까지 하다. 그래서 방 안에는 창밖 태풍 소리와 차이콥스키의 교향곡만이 흐른다. ……『새로운 시대의 종말론』……정이섭. ……신선하기에는 다소 우울한 책 제목이다. "지금 우리에게 필요한 것은 비극이 아니라 비극에 대한 계몽이다. 게다가 비극은 언제나 충분하였다." 이런 첫 문장으로 서문을 시작해 정이섭은 사랑의 곤궁함보다는 이별의 축복에 대해 이야기하고 있었다. 그동안 어디서 뭘 하고 지냈는지 종종 궁금했는데, 이런 책을 쓰고 있었구나. 정이섭. 그는 언제부터인가 글을 발표하는 일이 아예 없어지면서 소위 말하는 문화계에서 잊힌 소장 철학자이자 전방위 비평가였다. 대학교에 전임으로 자리를 잡은 것도 아니었으니 쉽게 근황과 위치를 파악하려면 서로

친분이 있어야 했는데, 승영과 그 정도 사이는 아니었다. 뭐로든 티를 내는 법은 없지만 수줍은 정의감 너머로 언뜻언뜻 분노를 감추지 못하던 약한 사람. 한승영은 먼 친구이자『새로운 시대의 종말론』의 저자 정이섭을 그렇게 회고하며 정리했다. 이 여행을 떠나기 전날 광화문 교보문고에 들렀다가 신간 부문에서 발견하고는 온당한 호기심 반 언제 제대로 들춰보긴 하겠나 싶은 우려 반으로 사 들고 왔던 것인데, '랜' 저 여자 덕에 방에 갇혀 있는 동안 웬걸 구세주를 만난 듯 정독을 하는 중이었다. 그도 그럴 것이『새로운 시대의 종말론』은 한승영이 여행용 가이드북 말고는 유일하게 챙겨온 책이었던 것이다. 여행을 떠날 적에는 반드시 성경이나 불경을 지참할 것. 왜냐. 언제 태풍 때문에 만리타향 외딴섬에 갇히게 될지도 모르니까. 성경과 불경은 끝이 없는 읽을거리로서, 즉 천 번을 되풀이해 읽어도 지루함 없고 또 약발이 떨어지지 않을 테니까. 한승영은『새로운 시대의 종말론』앞에서 그러한 당부를 사람들에게 전하고 싶어 속으로 피식 웃었다.

한승영은 어느새 제6번이 끝나고 제4번의 1악장으로 넘어가 있는 차이콥스키의 교향곡을 중단시키려고 조근상의 스마트폰을 찾았다. 두리번두리번하다가, 입이 열린 그의 테니스 가방 안에서 뭔가를 발견하고는 양말과 라운드 티를 헤집자 블루투스 스피커를 원격 조정하고 있는 스마트폰이었다. 한승영이 그 스마트폰에서 뮤직 플레이어의 작동을 정지시켰을 때, 방 안에는 창문 밖 태풍의 소리만이 남았다. ……그런데 문득, 테니스 가방 안에서 눈에 걸리는 것이 있어 집어 들고 보니, 뭔가 석연치 않은 기운이 도는 감색 플라스틱 약병이었다. ……파라티온. ……이오시프 스탈린도 아닌 이자가 누굴 독살하려는 것도 아닐 테고. ……그럼 ……그렇다면, 이 먼 나라까지 와서, 하필 아무 관계도 없는 내 앞에서…… 유치찬란한 자살 쇼라도 벌이려는 것인가? 승영은 갑자기 머릿속이 복잡, 착잡해졌다.

제깟 놈이야 자살을 하건 말건 간에, 이 무슨 찌질하고 성가신 악연이란 말인가. 한승영은 스마트폰 뮤직 플레이어의 플레이 버튼을 눌렀다. 다시 차이콥스키의 교향곡 제4번이 흐른다. 한승영은 파라티온이 담긴 감색 플라스틱 병과 스마트폰을 꺼내 들던 것의 역순과 역동작으로 그것들이 있던 제자리로 가만히 돌려놓는다. 그러고 나서, 죽은 듯 잠들어 있는 조근상을 내려다보고 있자니 저절로 한숨이 새어 나오고 만다. 아아. …… 어서, 도망…… 도망쳐야 한다…… 이 어처구니없는 인간으로부터.

근거리 통신망인지 매독에 걸린 섹시한 창녀 이름인지는 잘 모르겠지만, 태풍의 이름이 붙여지는 과정에 대해서라면 승영은 좀 알고 있었다. 태풍 명은 태풍위원회의 회원국인 열네 개 나라가 각기 열 개씩 제출해 총 백사십 개가 차례로 붙여지고, 그것이 끝까지 다 쓰이면 맨 처음의 것으로 되돌아간다. 너무나 강력해서 기억하기조차 싫은 태풍 명은 그 국가의 요청에 따라 바꿀 수 있는데, 예를 들어 대표적인 것이 '나비'다. 북한 역시 태풍위원회 회원국인지라 당연히 열 개의 태풍 이름을 제출하는 바람에 한글로 지어진 것은 총 스무 개나 된다. 한 해에 대략 삼십 개의 태풍이 발생하므로, 그중 네 개가 한글 이름인 것이 보통이고 전체 태풍 이름들이 다 소모되는 데에는 대략 사오 년이 걸린다.

"……랜 양아, 어서 네 나라로 돌아가라. 나 좀 떠나자. 응?"

이 혼잣말이, 한승영이 그날 처음으로 입 밖에 낸 자신의 의지가 담긴 문장이었다. 그리고 뱀처럼 아예 청각이 없기까지는 않았지만, 한승영의 오른쪽 귀는 아주 오래전부터 아무런 감각이 없었다. 태풍의 소리건 차이콥스키의 교향곡이건 조근상의 혼란한 궤변이건, 그는 오직 왼쪽 귀 하나로 듣고 있었던 것이다. 승영은 혀가 잘린 뱀의 세계가 궁금했다. 삶이란 죽음이 꾸고 있는 꿈일까?

3

이 작은 호텔은 식사를 마당에 있는 파라솔 아래서 간단한 뷔페식으로 마련했다. 그리고 그 시간만큼은 한승영으로서도 조근상에게 더 이상 벽처럼 굴기에는 한계가 있는 시간이었다. 태풍은 멀리서는 태풍이지만, 가까운 곳에서는 멈추지 않는 빗

물과 바람일 뿐이었다.

"종교가 있나?"

조근상이 한승영의 왼쪽 손목에 차고 있는 십자가 묵주를 보며 말했다.

"없습니다. 돌아가신 아버지가 차고 계시던 겁니다."

"아, 귀한 거네."

"오래된 거죠. ……서글픈 습관? 뭐, 그런 거죠."

"서글픈 습관이라…… 역시 문학가라서 표현이 남다르시네. 잘난 척을 그런 식으로 하시고. 세련됐어. 하핫."

"서글픈 습관 대신에 모더니즘이라고 그랬으면 기절을 하실 뻔했네요. 일개 번역쟁이가 문학가는 무슨. 그런 생각 꿈에도 가진 적 없습니다, 전직 의원님."

"어머, 자기 화난 거야? 웬 세련된 자격지심?"

"……"

"나도 신 같은 건 안 믿지. 근데 짜증이 나는 건, 내가 믿지 않는데도 나한테 막강한 영향력을 미친다는 사실이야. 세상이 그런 거지. 내가 그러건 말건, 내가 그런 세상에서 살고 있으면, 나도 그렇게 되는 거야. 똥통에 빠져 있으면서 똥은 나랑 상관없는 거라고 허세를 떨어대봤자 꼴만 더 우스워지는 거라고."

"……"

"십자가가 천주교나 기독교의 전유물은 아니지. 십자가는 고

대 문명의 상징이자 숭배의 대상이었으니까."

"박학다식을 축하드립니다."

"그렇다고 날 숭배할 필요는 없고."

"……"

비꼰 것은 맞았지만, 조근상이 박학다식한 인물이라는 건 사실이었다. 과거 한승영은 지적 정치인 조근상의 활약상을 온갖 매스컴들을 통해 익히 보고 들어왔던 것이다. 그는 장관 후보로까지 거론되던 노련하되 참신한 스타 국회의원이었다. 물론 민주화 운동권 출신이 보수 여당에서 정치를 시작했다는 이유로 욕을 좀 얻어먹기는 했지만, 그거야 강고하고 잔인한 진영 논리 안에서는 손해이자 이득이어서 이리저리 굴려보면 이해타산이 대강 맞아떨어지는 사업이라고 보면 될 일이었고, 이것저것 다 떠나서 국회의원 조근상 개인의 의정 활동만큼은 워낙 탁월했던 것으로 기억한다. 그런데 어느 날 갑자기, 그런 그가 총선 공천을 스스로 반납하고 정계에서 사라져버렸다. 사람들은 당연히 어리둥절해했지만, 그것이 정치적 청렴으로 받아들여져 격려와 칭송의 분위기로 전환되는 데에는 채 하루도 걸리지 않았다. 그러니 한승영 입장에서는 조근상이 왜 저토록 냉소와 자기모멸의 노예가 돼 필리핀의 외딴섬에 틀어박혀 있는지 도무지 납득이 가질 않았던 것이고, 그것은 조근상 역시 위선으로 가득 찬 '여의도 국회의사당 속물자판기'일 뿐이라는 실망으로까지 귀결됐던 것이다. 게다가 그 감색 플라스틱 약병…… 파라티온은 대체 또 뭐란 말이냐.

"교회가 더 많은 이교도들을 전도한다는 명목으로 이교의 상징물들을 받아들인 거지. 그중 하나가 댁이 골고다 언덕의 예수도 아닌 주제에 마냥 영혼에 지고 다니는 그 십자가."

"난 무신론자라니까 그러시네……"

한승영은 찻잔을 쥐고 있는 자신의 왼 손목에 둘려 있는 십자가 묵주를 힐끔 쳐다봤다.

고대 바빌로니아에서는 봄과 곡물의 신 탐무즈(Tammuz)의 첫 글자 T를 십자가로 형상화하여 경배하였고, 이집트에서는 T자 모양의 타우 십자가와 앵크 십자가를 종교의식에 사용했다. 그 후 바빌로니아 문화가 이집트로 전파되면서 바빌로니아 종교의 상징물인 십자가도 이집트 종교에 영향을 주었다. 이집트의 고대 비석과 신전 벽화를 보면, 신이나 왕 들의 손에 십자가가 쥐여 있는 모습을 발견할 수 있다. 뿐만 아니라 아시리아인의 기념비에는 이집트와 대항해 싸우던 병사들의 목이나 옷깃에 십자가를 늘어뜨린 모습이 새겨져 있고, 기원전 46년에 만들어진 로마 주화에는 제우스가 십자가가 달린 긴 홀을 쥐고 있다. 그리고 무엇보다, 로마 시대에 십자가는 예수와 같은 중죄인을 죽이는 형틀이었다. 승영은 무교이면서도 신에게 시달리는 자들은 도대체 무신론자인지 유신론자인지 궁금했다. 그렇다면 자신은 무신론자이기보다는 정체불명의 이교도가 아닐까 하는, 어쩌면 이 세상 모든 무신론자들이 그런 것은 아닐까

하는 생각을 하고 있었다. 조근상의 말처럼, 똥통에 빠져 있으면서 똥은 나랑 상관없는 거라고 허세를 떨고 있는.

한승영은 어머니를 생각했다. 어머니는 광의의 철학적 이교도가 아니라 진짜 이교도였다. 승영의 친척들은 그녀가 남편을 일찍 여의고 나서부터 그렇게 됐다고들 안타까워했다. 승영이 일곱 살 무렵, 그녀는 하나밖에 없는 자식인 아들이 열병으로 죽을 고비를 넘기고 있는데도 병원에 데리고 가지 않고 자신이 다니고 있는 이단 교회의 목사를 불러와 무슨 주술행위 비슷한 안수기도를 처방했다. 소년, 두 주먹을 단단히 쥐고 그렁그렁 눈물이 맺혀 지붕 위에 피뢰침처럼 서 있는 한 소년, 이 소년은 천둥을 기다리는 것일까 벼락을 기다리는 것일까. 이러한 환상을 승영은 그때 처음 보았고, 하루 만에 열병이 기적처럼 내려 소생했다. 승영이 자신의 오른쪽 귀가 들리지 않게 돼버렸다는 것을 자각한 것은 몇 달이나 지나고 나서였다. 어머니는 추호의 반성도 없었다. 그녀의 신과 그 사도도 사과 한마디가 없었다. 철이 들어갈수록 이에 대해 승영은 적개심을 넘어 살의를 느꼈다. 어머니의 종교적 광기는 점점 도를 더해갔다. 그녀는 승영의 어머니이기보다는 신의 시녀가 되길 원하는 것도 모자라, 제 자식마저 신의 노예로 만들 작정이지 싶었다. 소년, 두 주먹을 단단히 쥐고 그렁그렁 눈물이 맺혀 지붕 위에 피뢰침처럼 서 있는 한 소년, ⋯⋯십자군의 소년병들은 비참했다. 프랑스 소년 십자군은 성지까지 공짜로 태워주겠다는 이탈리아 상인들의 꼬임에 넘어가 이집트 노예 시장에 팔려나갔다. 독일 소년 십자군은 알프스를 넘다가 태반이 버려지보다 못하게 죽었다. 아홉 차례나 진행된 십자군 원정길은 중세 유럽 역사상 가장 추악한 전쟁이었다. 약탈과 강간, 폭력과 학살 말고도 소년 십자군에 대한 야만은 악마까지 혀를 내두를 정도였고, 와중에 신은 돈을 벌었다. 신에게서는 왜 소독약 냄새가 날까? 승영은 IS의 소년 병사가 어른을 처형하는 모습이 떠올랐다. 목소리가 없어 들을 수 없고 보이지 않아 만질 수도 없는 신은 왜 인간의 곁을 떠나지 않는 것일까? 왜? 승영은 어머니를 멀리할 수 있는 나이가 되자, 그녀를 아주 멀리하였다. 모르긴 해도, 만약 살아 있다면 일흔다섯 살의 노파일 어머니는 정신병자들을 수용하는 어느 산속 기도원에서 그녀의 신과 함께 지내고 있을 거였다. 아직도 소년은 천둥을 기다리는 것일까 벼락을 기다리는 것일까. 천둥이 울리고, 벼락은 어머니와 그녀의 신을 불살라버려야만 했다. 목소리가 없어 들을 수 없고 보이지 않아 만질 수도 없는 신을 인간은 왜 내다 버리지 않는 것일까? 왜?

"……여기 바다에 민들레가 떠다닐 수 있나요?"

"왜? 민들레를 봤어?"

"아뇨. 뭐, 그냥. 만약 그렇다면."

"원양어선 같은 데서 떨어져 흘러 다닐 수는 있겠지."

"……그렇겠네요."

"국화 아냐? 누군가 조의를 표한다고 배 위에서 바다로 던졌을 수도 있잖아."

"민들레예요. 흰 민들레꽃 한 송이. 아주 작아요."

"……아니라며?"

"네?"

"본 게 아니라며? 만약 그렇다면, 이라며?"

"……그렇죠. 그냥 물어본 거 맞죠."

"웬 세련된 싱거움…… 응?"

"……"

"아, 비 정말 지겹다, 지겨워. 이쯤 되면 우리 노아의 방주 속으로 들어가야 되는 거 아냐?"

조근상의 넌더리난다는 표정을 보면서, 망가진 인생으로 치면 조근상보다는 자신일 거라고 한승영은 생각했다. 아내는 안희언의 존재를 어느 시점부터는 익히 알고 있었다. 그리고 안희언과 한승영이 헤어지고 나서 6년이 지난 몇 달 전 조용히 이혼을 요구했다. 한승영은 순순히 합의이혼 서류에 도장을 찍어주었다. 남매의 양육권을 포기하였으며 재산도 정리해 법적으로만 따진다면 지나치다 싶을 만큼 많이 건넸다. 그리고 십여 년간 봉직하고 있던 불문학과 전임교수 자리를 사직하고는 홀로 이 여행을 떠났다. 한승영은 안희언과 그야말로 최악의 상황에서 헤어지고 나서 자신이 사랑에 대한 능력을 아예 잃어버렸음을 서서히 깨달아갔다. 그것은 고통 말고는 다른 것일 수 없는 과정이었다. 정이섭의 『새로운 시대의 종말론』에는 이런 대목이 있다. "이별은 사랑보다 영적으로 훨씬 충만한 상태이다. 사랑보다는 이별이 더 공정하기 때문이다. 더 깨끗한 거울이기 때문이다." 한승영은 정이섭이 사랑과 이별로 멋을 부리고 있다고 생각했다. 그리고 『새로운 시대의 종말론』에서는 신을 이렇게 설명, 정의하고 있다. "소설 『프랑켄슈타인—근대의 프로메테우스』는 1818년 간행되었다. 1818년은 의미심장한 해이다. 칼 마르크스도 1818년도에 태어났다. 프랑켄슈타인은 괴물의 이름이 아니라 괴물을 만들어낸 박사의 이름이다. 이 소설을 읽지 않은 사람들이 프랑켄슈타인을 괴물이라고 많이들 착각하는 것은 이 소설을 원작으로 삼은 여러 영화들에서 괴물의 이름을 프랑켄슈타인으로 설정한 경우가 흔해서일 것이다. 제네바의 물리학자 빅토르 프랑켄슈타인은 신장 8피트(244센티미터)의 시체로 만든 인형에 생명을 불어넣는다. 이 괴물은 인간 이상의 힘을 발휘하고, 추한 자신을 만든 창조자에 대한 증오심에서 프랑켄슈타인의 동생을 죽인다. 나아가 괴물은 프랑켄슈타인에게 자신과 함께 살 여자를 만들어달라고 요구하고, 이 약속이 지켜지지 않자 프랑켄슈타인의 신부까지 죽인다. 이제 복수심만 남은 프랑켄슈타인은 괴물을 북극까지 쫓아가지만 탐험대의 배 안에서 비참하게 죽는다. 결국 괴물은 프랑켄슈타인의 죽음을 확인한 뒤에 스스로 몸을 불태우겠다는 말을 남기고 사라진다. 보라! 다 죽는다! 신은 인간이라는 프랑켄슈타인이 만든 시체 인형 괴물이다! 신이 모두를 죽인 것도 아니고 인간이 모두를 죽이려는 것도 아니다. 창조된 비극이 모두를 죽여왔고, 또 죽일 것이다."

한승영이 불쑥 조근상에게 물었다.

"언제부터 그렇게 차이콥스키를 좋아한 겁니까? 하루이틀도 아니고 온종일. 아주 지겨워서 그럽니다."

"……"

"……"

"……신이라는 게 원래 사람 잡아먹으려고 태어난 괴물이니까."

"……"

평범한 질문에는 어울리지 않는 유별난 대답이었다. 우연인지 필연인지, 조근상은 정이섭과 비슷한 얘기를 하고 있었다. 그렇다면 그것은 유별난 대답이 아니라 보편적인 견해일 수도 있었다. 그것도 아니라면, 조근상과 정이섭이 똑같이 유별난 부류이거나. 승영은 서울로 돌아가게 되면 정이섭을 만나보고 싶었다.

"사막 한복판에서 IS 소년의 손에 총과 칼을 쥐여주고 인질을 처형하게끔 하는 것까지 포함해서. 따지고 보면 차이콥스키의 경우도 마찬가지지. 그럼 어째서 신이 차이콥스키를 잡아먹었느냐. 이것이 문제로다."

차이콥스키의 교향곡 「비창」이 초연된 것은 1893년 10월

28일이었다. 그로부터 팔 일 후 차이콥스키는 사망했다. 사인은 콜레라였다. 차이콥스키는 평생 정서불안과 신경쇠약, 자기혐오와 우울증에 시달렸다. 선천적인 면도 작용했겠지만 후천적으로는 자신이 동성애자라는 사실이 외부로 알려질까 봐 노심초사했기 때문이다. 바로 그것이 그가 가진 어둠의 핵심이었다.

"당시 러시아에서 동성애는 최고의 죄악이었지. 러시아 정교에서 동성애는 신성모독이었거든."

"……"

차이콥스키는 1877년 7월, 열 살 연하의 음악학교 학생 미류코바의 끈질긴 구혼을 받아들여 그녀와 결혼했다. 하지만 미류코바는 정숙한 여인이 아니었다. 끝없이 다른 남자들과 바람을 피웠다.

"차이콥스키가 이혼을 강력히 주장 못한 건, 아내가 그의 동성애를 폭로할지 모른다는 두려움 때문이었지. 미류코바는 법률상으로라도 부부 관계가 유지되길 원했거든. 정말이지, 피차 사는 게 지옥이었겠지. 차이콥스키는 아내의 성관계 요구에 자살을 기도하기도 했으니까. 불행은 점점 파국으로 치닫더니, 결국 미류코바는 정신병에 걸려 헤매다가 죽어버렸어."

"……"

차이콥스키는 이후 스위스와 이탈리아에서 요양 생활을 하면서 오페라와 교향곡을 쓰기 시작했다. 이즈음 그의 팬인 폰

메크 부인이 그에게 경제적인 지원을 약속한 것이 큰 힘이 되었던 것이다. 그 뒤 14년 동안 둘은 편지 왕래로만 그야말로 정신적 교제를 이어 나갔고, 그녀와 연락이 끊어지자, 3년 뒤 차이콥스키는 쓸쓸히 세상을 떠났다. 사람들은 차이콥스키의 사인을 콜레라라고 여겼으나, 훗날 그건 그의 자살이 위장된 것이었음이 밝혀졌다.

"차이콥스키는 당시 권세가였던 어느 공작의 조카와 관계를 맺고 있었어. 이걸 눈치 챈 공작이 황제에게 편지를 썼지. 조카를 유혹한 차이콥스키를 고소하는 내용으로. 이 고소장은 검찰 부총장인 니콜라이 야코비의 손에 넘어갔고, 차이콥스키의 법률 학교 동창인 그는 차이콥스키의 명예를 배려해 자살을 권했던 거야."

"……전형적인 음모론 아닙니까? 그따위 황당한 배려가 어디 있습니까?"

"이 순수하다 못해 순진한 양반아. 거기서 한 발만 더 나아가면 무식한 양반이 돼버리는 거야. 역사라는 건 그 시대 상황 속으로 쑥 들어가서 살펴봐야 하는 거요. 역사책으로만 읽으면 1987년 6월 민주화항쟁 때 서울 시내 대학생들은 전부 데모한 줄로만 비쳐지게 되지. 당연히 개소리지. 그때 당구장에서 자장면 먹으면서 당구 치는 대학생들이 대부분이었어. 현재로 미래를 상상하는 것보다 현재로 과거를 재단하는 게 더 위험한 일이야. 지금이 이러니 그 시대도 이래야 된다고 생각하는 건

오류라기보다는 뇌 구조 때문인 거지. 인간이라는 꼴통의 뇌 구조."

"……"

"쌀뜨물 같은 설사는 차이콥스키가 콜레라로 사망했다는 가장 결정적인 소견으로 제시되곤 하지만, 비소와 같은 독극물을 마셨을 때도 이와 흡사한 증상이 나타나거든. 즉 표트르 일리치 차이콥스키는 비소가 들어간 독극물을 먹고 콜레라와 같은 증상을 보이다가 사망한 거지. 어때? 이 정도는 돼야 겁쟁이 예술가 팔자 아니겠나? 그래서 내가 차이콥스키를 사랑하는 거야. 지질해서."

승영은 "……지금 우리에게 필요한 것은 비극이 아니라 비극에 대한 계몽이다. 게다가 비극은 언제나 충분하였다……"라는 정이섭의 비극적인 논조가 상기됐다.

"맞아. 그런 거지. 방울뱀은 알을 낳는 것이 아니라 새끼를 낳지."

"……그건 또 뭔 소립니까?"

항상 이런 식이다. 알 수 없는 것은, 알 수가 없다. 다시금 승영은 조근상이 정말이지 알 수 없는 인간이라고 생각했다.

조근상은 더 이상 아무 말 없이 자리에서 일어나 복도 저 끝 그 감옥 같은 방으로 흥얼흥얼 걸어가고 있었다. 그의 뒷모습 안쪽에서 뭔가 키득대는 소리가 들렸던 것 같기도 하다.

4

한승영은 희언……이라는 이름을 중얼거리면서 잠에서 깨었다. 겨울 강 빙판 밑에서 웃음을 머금은 채 얼어붙은 한 여인의 얼굴, 그녀의 작고 예쁜 왼쪽 발바닥에 멍처럼 새겨진 푸른 꽃무늬 상처가 스쳐 지나갔다. 이미 서로가 다른 사람이 되어버렸기에 서로를 위해서라면 다시는 만나서는 안 될 그 사람. 승영은 온몸이 식은땀에 젖어 있었다. 사랑은 왜 악몽인가? 죄책감은 왜 공포인가? 어느 날 한순간부터 사랑하는 이가 잔혹한 갈고리 모양의 물음표가 돼버리는 것. 세상에 이처럼 흔하고 빤한 일이 어디 있겠나. 그러나 곰곰이 생각해보면 섬뜩, 이보다 더 희한한 일이 또 어디 있단 말인가.

조근상은 이 밤에 어디로 간 것일까? 창밖은 아직도 태풍이 육중한 몸을 서서히 뒤틀고 있었다. 승영은 스탠드의 불을 켜고 책상 앞에 앉았다. 분명 책상 위에 놓아두었던 『새로운 시대의 종말론』이 없기에 휘둘러보았더니, 엉뚱하게도 탁자 위에 펼쳐져 있었다. 조근상이 심심한 나머지 들춰보았던 것일 게다. "사랑을 무기로 사용하지 마라"라는 구절에 그가 허락도 없이 볼펜으로 밑줄을 그어놓은 것이 눈에 띄었다.

으슬으슬 오한이 난 승영은 태양이 쨍쨍한 바닷가를 회상이라도 하고 싶어 수첩을 펴서 그 안에 끼워둔 흰 민들레꽃을 보려다가, 다시금 희언에 대한 괴로운 잡념에 사로잡힐 것만 같아 관두었다.

그때 홀연 불길하게 뇌리를 때리는 것이 있어서, 승영은 조근상의 테니스 가방을 뒤져보았다. 아니나 다를까, 파라티온이 들어 있는 감색 플라스틱 약병이 없었다.

……이 한심한 작자가 기어이 나잇값을 못하고…… 승영은 자신을 자극하고 있는 그것이 진정한 걱정인지 아니면 무지막지하게 골치 아픈 일이 발생한 현장에 말려들기 싫은 심리인지 스스로도 아리송했다.

한승영은 우비를 쓴 채 손전등을 들고서 호텔 밖으로 나아갔다.

비바람은 잠시 어느 정도 잦아져 있었다.

호텔 얼마 앞은 한승영이 이 섬에 도착한 이튿날 혼자 수영을 하던 그 해안가였다. 승영은 한참을 여기저기 돌아다니다가 멀리 화산섬이 보이는 절벽까지 이르게 되었다. 거기 이름을 모르겠는 거대한 나무 아래 한 사내가 우두커니 서 있었다. 승영은 천천히 다가가며 손전등을 비추어 보았다. 비에 흠뻑 젖어 있는 조근상이었다. 그는 자신의 얼굴에 손전등 불빛이 머물거나 말거나 바다만을 바라보고 있었다.

"뭐 하는 겁니까?"

"……"

자신을 쳐다보는 조근상의 표정과 분위기가 너무나 평온해서 승영은 속으로 깜짝 놀랐다. 아! 이 사람, 정말 죽을 수도 있겠구나……

"죽으시려고?"

"……왜? 내가 그래 보이나?"

"약병이 없던데?"

"……"

"오해는 하지 마쇼. 일부러 본 게 아니니까. 꼭꼭 숨겨둔 것
도 아니었잖아요."

"이거?"

조근상은 바지 주머니에서 파라티온이 들어 있는 감색 플라
스틱 약병을 꺼내 보였다.

"내가 자살하려고 한다? 뭐, 그럴 수도 있겠지."

"그럼 모른 척하려고 합니다. 벌써 저질렀다면, 그랬을 거고
요."

"그럼 왜 여기까지 날 찾아왔지?"

"사건이 있다면 확인은 해야 되니까. 조 의원님, 당신 인생만
피곤한 게 아니야. 위선에, 엄살에, 삼류 강아지 쇼 좀 작작 부
리시라고. 실망도 아까워. 아주 가관이야. 환멸."

"……갑자기 너무 세게 나오는 거 아냐? 하하."

"부탁하는데, 죽더라도 제발 이 태풍이 끝나고, 그래서 내가
이 섬을 떠난 다음 날 꼭 유서를 남기고 죽어줘. 위선과 엄살이
세상에 통하지가 않아서 나는 먼저 농약 처먹고 죽는다고, 나
랑 어쩔 수 없이 한방을 썼던 그 남자는 내가 돼지는 것과는 아

무 상관이 없으니 절대 귀찮게 하지 말아달라고 꼭 쓰란 말이야. 당신 같은 개잔머리 새가슴 인간쓰레기가 적잖은 세월 대한민국 국회의원이었다는 게, 정말이지 국민의 한 사람으로서 쪽팔린다."

"방금 환멸이라고 그랬나? 내가 국가기밀 하나 알려줄까? 하하."

"……또 뭔 개수작이야?"

조근상의 이야기는 이런 거였다. 차이콥스키는 여러모로 나와 너무나 비슷하다. 그래서 차이콥스키가 좋다. 그의 음악을 듣고 있으면 내가 다 이해하고 있는 것만 같고, 날 다 이해하기에 저런 음악을 만든 게 아닌가 싶을 정도다. 나는 동성애자다. 대학 동기이자 유명 외과의사인 가장 친한 친구에게 협박을 받았다. 총선 지역구 공천을 자신에게 양보하라고. 그렇지 않으면 네가 동성애자라는 사실을 교묘한 방법으로 폭로하겠다고. 보수 여당의 정치인으로서 게이라는 사실과 이와 관련된 여러 사생활 장면들은 치명적 흠결이 될 것이다. 다 좋다. 신념을 가지고 하던 정치라지만, 어쩔 수 없이 안 하면 그만이라고 체념할 수도 있다. 그러나 형제보다 더 가깝다고 믿었던 벗으로부터 자신의 정체성을 약점 잡혀 배신당한다는 것은 상상을 초월하는 충격이었다. 게다가 이러한 위기 속에서 떳떳하게 맞서 싸우지 못하고 대중 몰래 방황을 일삼는 자신에게 절망하여 사랑하는 사람이 떠나버렸다. 나는 그런 놈이다, 라는.

"한 형, 뭐라고 비난해도 좋지만, 감기조차도 자신이 앓지 않는 한 그 아픔은 남의 물건이야."

"……"

……위기 속에서 맞서 싸우지 못하고 몰래 방황을 일삼는 자신에게 절망하여 사랑하는 사람이 떠나버렸다. ……나는 그런 놈이다…… 몇 글자만 떼어내면 그것은 다름 아닌 자신의 고백이어야 함에 승영은 가슴 한구석이 서늘해졌다.

"내가 방울뱀이었어. 피리를 부는 사내는 내 욕망이고."

"……"

"나 말이야, 너무 멀리 온 거 아닐까?"

"……돌아가면 됩니다. 다시 시작하면 됩니다."

태풍이 있으니 별이 보일 리 없었다. 그러나 한 남자가 한 남자에게 비밀을 이야기했다.

"의원님, 돌아갑시다."

"……"

"돌아갈 수 있습니다."

승영은 조근상의 어깨에 손을 얹었다. 눈송이가 닿으면 녹아버리는 낙담한 인간의 어깨에. 승영을 쳐다보는 조근상의 눈이 젖어 있었다. 거기서 승영은 소년, 두 주먹을 단단히 쥐고 그렁그렁 눈물이 맺혀 지붕 위에 피뢰침처럼 서 있는 한 소년을 보았다.

한승영과 조근상은 터벅터벅 모랫길을 걸어서 호텔로 돌아오고 있었다. 그때 저 해안도로 옆 콘크리트 바닥에 다 무너져 가는 농구대 하나를 놔두고 원주민 아이들 몇이 농구를 하고 있었다. 그중 한 아이가 조근상과 한승영에게로 달려오더니 게임을 하자고 했다. 윗옷을 벗은 모두가 내리는 비를 그대로 맞으면서 삼십 분 남짓 격렬한 농구를 끝마쳤을 때 한승영과 조근상은 파뿌리가 되어 콘크리트 바닥에 대자로 누워버렸고, 소년들은 뭐가 그렇게들 우스운지 한참을 깔깔거렸다. 다른 한 아이가 물방울 꽃이 파도치는 바다를 천진한 웃음이 묻은 손가락으로 가리키며 저리로 함께 뛰어들어가 놀자고 너무도 태연하게 말했다. 한승영과 조근상은 말문이 막혔다. 그리고 조금 뒤, 이번에는 한승영과 조근상이 함께 대체 뭐가 그렇게들 우스운지 한참을 깔깔거렸다.

5

호텔로 돌아온 한승영과 조근상은 샤워를 한 뒤 몸을 말리고 정원 파라솔에 마주 앉아 커피를 마셨다. 비는 여전히 주룩주룩 내리고 있었으나 바람은 좀 누그러진 듯했다.

승영은 담벼락에 시선을 고정하고 담배를 피우는 조근상을 보며, 삶이란 정답이 없을 뿐만 아니라 질문 자체가 모순으로 가득 차 있다는 감상에 젖었다.

꿈결처럼, 홀 쪽에서 무언가 이해하기 힘든 소음들이 간간히 들려왔다. 잠시 뒤 화장실에 다녀온 조근상이 이 섬 안 유일한 성당의 한 신부님이 와서 직접 미사를 드려주고 있는 거라고 일러주었다.

"아아, 이 섬에 성당이 딱 하나뿐이구나. 그렇겠지. 이 작은 섬에⋯⋯"

"⋯⋯한 형, 여기 직원 중에 누가 아픈가 봐. 안수기도 비슷한 거 아닐까?"

"⋯⋯"

그때였다. 신부복을 입은 한 젊은이가 마을 사람 서넛과 호텔 로비를 지나 걸어 나왔다.

불현듯, 승영은 가슴이 미어지듯 아파왔다.

승영이 일어나 신부 앞까지 걸어가 마주 섰을 때 어리둥절해하고 있는 것은 신부나 조근상이나 마을 사람들이나 마찬가지였다.

승영은 신부의 눈을 들여다보았다. 청년의 맑은 눈이었다.

신부는 무엇을 느꼈는지, 주변 사람들을 물렸다.

승영이 자신의 왼쪽 손목에 차고 있는 십자가 묵주를 빼서 신부에게 주며 말했다. 제가 알고 있는 어떤 여자가 있습니다. 이 십자가 묵주를 받아주시고, 이것을 그녀라고 생각하시어, 부디 그녀를 위해 기도해주십시오. 그녀의 평화를 위해 기도해주십시오. 승영은 진심을 다해 부탁하고 있었다. 자신의 어리석은 과거에게 공손히 머리를 조아리며 애원하고 있었다.

승영을 깊이 들여다보던 신부는, 무엇을 느꼈는지 말없이 고개를 끄덕여주었다. 그리고 승영의 오래된 서글픈 습관을, 그 이교도의 십자가 묵주를 왼손에 꼭 쥐고 돌아서서는 자전거에 올랐다.

승영은 골목 너머 해안가 쪽으로 자전거 페달을 밟으며 점점 멀어져가는 신부의 뒷모습을 물끄러미 바라보고 있었다. 마을 사람들과 조근상이 승영의 뒷모습을 바라보고 있는 것처럼.

다음 날 오전 열 시경, 한승영이 깨어났을 때 조근상의 침대는 텅 비어 있었다. 그의 짐들도 찾아볼 수가 없었다. 승영이 누운 채 인터폰으로 프런트 데스크에 어찌 된 노릇인지 물어보니 조근상은 아침 일찍 체크아웃을 마쳤으며 지금쯤은 마닐라 국제공항으로 향하는 경비행기 안에 앉아 있을 거라고 지배인이 말했다. 승영은 침대에서 화들짝 일어나 커튼을 활짝 열어젖혔다. 그토록 휘몰아치며 영원히 떠나지 않을 것만 같던 태풍이 애초에 없었던 듯 없었다. 산양 모양의 뭉게구름이 화산섬 위로 흘러가고 있고 태양은 무지개를 녹여버릴 듯 빛났다. 항상 이런 식이다. 알 수 없는 것은, 알 수가 없다. 문득 나타나서, 너와 나의 일부분이 되더라도, 너와 나를 포함하는 전체를 뒤흔들고 물들인 뒤 사라져버리고 만다.

……그리고 파라티온이 들어 있는 감색 플라스틱 약병 하나

가 탁자 위에 덩그러니 놓여 있었다. 승영은 자신이 혹시나 걱정하지 않을까 싶어 배려한 조근상의 마음이 고마웠다. 그는 가장 어두웠던 과거의 요점을 새로운 친구에게 우정의 징표로 맡기고 혼자 떠난 것이다.

승영은 조근상과 나눠 마신 몽골 독주에 머리가 지끈거렸다. 지난밤, 진실한 농담과 정겨운 궤변들이 낄낄, 깔깔, 둘 사이에서 환하게 피어오르던 것이 기억났다. 승영은 생수를 병째로 입에 대고 벌컥벌컥 마시며 아직 생각으로 자리 잡지 않은 생각들까지 정리해보려 했다. 그러나 결국 생각이란 행동 없이 깊어지는 일일 뿐이라는 깨달음에 승영은 탁자 앞 의자에 멍하니 오래 앉아 있을 수밖에 없었다. 승영은 감색 플라스틱 약병을 화장실로 들고 가 좌변기에 파라티온을 다 부어버린 다음 물을 내렸다. 작은 물 회오리에 휩쓸려 조근상의 가장 어두웠던 과거의 요점이 세상의 모든 담담한 과거 속으로 멀리 소멸되고 있었다. 승영은 그가 부디 부당한 시련을 이기고, 좋은 정치가가 되기를 바랐다.

승영도 짐을 꾸렸다. 체크아웃을 하고, 하루에 두 번 있는 경비행기 출발 시각까지는 아직 시간이 꽤 남아 있으므로 프런트 데스크에 트렁크를 부려두고 느긋하게 정말 오랜만에 환한 해안가를 걸었다. 원주민 아이들은 보이질 않았다. 한승영이 이 세계의 끝, 그 섬에서의 두번째 날 정오 무렵, 망망대해 위로 머리만 내민 채 둥둥 떠 있던 그 바다만이 그를 맞아주었다. 더 이상 신에게서는 소독약 냄새가 나질 않았다. 괴물이고 아니고를 따질 필요가 없었다. 신 자체가 승영의 인생에서 사라졌기 때문이었다. 대신 그에게는 조용한 기도만이 남은 것이다. 그것은 태풍에 휘말리고 떠밀리면서도 오염되지 않는 평화였다. 승영은『새로운 시대의 종말론』의 한 대목이 떠올랐다. "이별은 사랑보다 영적으로 훨씬 충만한 상태이다. 사랑보다는 이별이 더 공정하기 때문이다. 더 깨끗한 거울이기 때문이다. 사랑을 무기로 사용하지 마라. 이별이 아무리 지독한 괴로움이라 하더라도 사랑이 이별을 왜곡하고 모함할 수는 없다. 사랑이 때로는 감옥이 되듯 이별이 늘 아픔의 가치만을 가지고 있는 것은 아니다. 이별은 사람을 진정으로 사랑하게 한다"라고 했던 그 사랑의 말. 소년, 두 주먹을 단단히 쥐고 그렁그렁 눈물이 맺혀 지붕 위에 피뢰침처럼 서 있는 한 소년, 그런 익숙한 환영 따위 이제 승영의 상대가 못 되었다. 그리고 곧 그 소년은 태풍이 사라진 그 길을 따라, 그 섬에서 떠날 거였다. 소년은 더 이상 소년이 아니었다. 살아 있다면 당연히 시체가 아니다. 삶이란 죽음이 꾸고 있는 꿈이 아니다. 우리는 각자 처음부터 끝까지 혼자이지만 고독은 대자유의 또 다른 이름이다.

승영은 수평선 위를 올려다보았다. 어느새 산양 모양의 뭉게구름은 형체를 규정할 수 없이 흩어져 있었고, 여전히 태양은 마주보면 눈이 멀어버릴 듯 빛났다. 그는 바지 뒷주머니에서 수첩을 꺼내, 흰 민들레꽃을 꽂아놓았던 부분을 펼쳤다. 그런데…… 어디로 가버렸는지, 겨울 강 빙판 밑에서 웃음을 머금은 채 얼어붙은 한 여인의 얼굴, 그녀의 작고 예쁜 왼쪽 발바닥에 새겨진 푸른 꽃무늬 상처 같은 그 흰 민들레꽃은 애초에 없었던 듯 없었고, 다만 흰 종이 위에 바닷물 자국인지 눈물 자국인지 물 얼룩이 남아 있을 뿐이었다.

그리고 이것이 그에게는 그 세계의 끝, 그 섬에서의 마지막 날 정오 무렵이었다.

그림자를 위해
기도하라

1

"아직도 나는 새로운 나무를 보고 싶어요."

얼추 7년 남짓 만에 불쑥 정이섭 앞에 나타난 안희언은 그렇게 말했다. 새로운 나무를 보고 싶다…… 아직도 나는 새로운 나무를 보고 싶다고.

그녀는 식물학자가 아니었다. 그러니 역시 식물학자가 아닌 이섭으로서는 그야말로 낮술 취한 사탄이 주기도문 외는 소리가 아닐 수 없었다. 아니, 피차 식물학자이고 아니고를 떠나서, 누구라도 누군가로부터 그런 주파수 자체가 전혀 잡히지 않는 말을 듣고도 무슨 뜻인지 이해할 수 있다면, 그 말을 한 사람과 그 말을 들은 사람은 서로 다른 사람이 아니라 한몸에 한마음인 사람이어야 할 거였다. 또 모르지. 저도 제가 뭔 소릴 내뱉는지 모르면서 그런 건지도.

하지만 이섭은 안희언과 다른 몸에 다른 마음을 가진 사람으로서 그녀에게 이렇게 물었을 뿐이다.

"아직도 시를 쓰나 봐?"

그건 절대로 비아냥거림이 아니었다. 비록 이섭은 그녀가 하는 말은 모를지언정 그녀가 어떤 존재인지는 똑똑히 각인하고 있었던 것이다. 살다 보면 고작 한두 차례 스쳐 지나갔을 뿐인데도 무의식중에 상대의 핵심을 확 봐버리고 말았다는 느낌을 지울 수 없는 이가 드물게는 있다. 정이섭에게 안희언은 딱 그런 사람이었고, 행여나 자신도 그녀에게 그러한 경우는 아닌가 싶어 덜컥, 겁이 날 지경이었다.

"몰랐어요? 나 지지난해에 등단했어요. 2월에."

"……"

"눈이 너무 많이 내렸죠. 안 그래요?"

"……"

"나, 노력했어요. 천재만 시를 쓰는 건 아니라고 믿으면서. 노력이 재능이라고 생각하고 또 생각하면서. 한 만 번은 되새겼을 거야. 정말, 최소 만 번은."

"……"

"……그렇구나. 모르고 계셨구나. 하긴 홍보가 되는 성격의 일은 아니니깐."

"……"

요즘 같은 세태에서 신춘문예 당선이나 문예지 추천 등을 통해 시인으로 공인 받는다는 게 뭔 의미가 있을까. 더구나 그 누구도 아닌 안희언이 그랬다니, 그녀가 결코 짧지 않은 지난 세월 동안 급변하는 시대에 적응하는 건강하고 실용적인 삶에 매진했던 게 아니라 기어이 저 몽롱하고 구질구질한 글쟁이 바닥의 우스꽝스러운 자격증을 취득하고 말았다니, 이섭은 담백한 축하는커녕 심각한 위로라도 해줘야 되는 건 아닌가 싶었다.

"축하해."

"뭘요, 갈 길이 멀죠."

"……"

"문학이 그렇잖아요. 순수예술이잖아요."

"……"

"왜요? 뭐가 어색해요?"

"……"

"낯설어요?"

"아, 아니."

"……뭐가 아니라는 건지, 참."

"……"

그녀는 어딘지 모르게 뻔뻔해져 있었다. 여자 나이로 일곱 살을 더 먹은 편 치고는 늙은 티가 별로 안 났고, 옷차림이 세련된 점은 예전 그대로인데 화장은 좀 짙어져 전체적으로는 야하고 세진 분위기였다. 어색하냐고? 낯설으냐고? 이섭에게 그것은 사뭇 피곤한 이물감이었다.

그러나, ……그러나, 정작 이섭이 낮과 저녁 사이의 한적한 커피 전문점에 안희언과 단둘이 마주앉아 있는 것이 어질어질 한 주요 원인은 다른 데 있었다. 그는 그녀가 5년 전쯤 자살한 줄로 알고 있었던 것이다. 해서 이섭은 아까 자신이 강사로 있는 재수생 학원 출입문 앞에서 아무 사전 연락도 없이 덩그러니 서서 기다리고 있던 안희언과 맞닥뜨렸을 때 으아, 진짜 얼마나 놀랐는지 모른다!

본시 이섭이 이런 종류의 난제를 정공법으로 타개할 만한 깜냥이 못 된다지만, 제아무리 강심장에 직설적인 성격을 지닌 위인일지라도, 가령 ……너 자살한 지 꽤 됐다던데 이게 대체 어찌 된 일이냐? 유령인 게냐? 사람이라면 왜 자살에 실패했는지, 아님 어째서 그런 헛소문이 내 귀에까지 흘러 들어왔는지 당장 밝혀라, ……뭐 이런 노릇이 어디 쉽겠는가 말이다. 불의의 교통사고나 불치병에 의한 사망이 아니라 자살인 것이다, 자살. 이섭은 그저 어안이 벙벙할 뿐이었다.

이섭에게 안희언의 (이제는 가짜일 수밖에는 없는) 비극을 전해준 것은 이섭의 대학교 운동권 서클 동기이자 건축가인 황두성이었다. 작년 가을 어느 시답잖은 술자리에서였는데, 다닥다닥 붙어 있는 취객들 틈이 너무 소란스러운 나머지 황두성은 이섭의 귓속에 그 얘기를 꾸깃꾸깃 쑤셔 넣다시피 했던 것이다. ……왜 그 여자…… 한승영이랑 끝이 상당히 안 좋았던 모양이야…… 음독자살…… 이섭이 황두성에게 아무것도 캐묻지 않았던 것은, 황두성이 그 이상 뭘 파악하고 있지 않아 보였던 탓도 컸지만 이섭 스스로 야릇하고 음산한 부채감이 일었기 때문이다. 그녀의 극단적 불행에 대한 뒷말에 동참하기에는 그녀와 자신 사이에 어떤 비밀스러운 풍경이 자리하고 있다는 죄책감? 사실 그럴 필요까진 없었는지 모르지만, 좌우간 이섭은 그랬던 것이다.

"선생님은 결국 전임교수가 못 된 모양이에요? 저런 데서 애들을 다 가르치시고."

"내가 여기 있는 건 어떻게 알았지?"

"맘만 먹으면 뭐가 어렵겠어요. 이렇게 무서운 세상에서."

"……대학 강의는 안 나간 지 한참 됐지. ……내가 관둔 거야. 여러 가지 회의도 들고 해서. ……고등학교 후배가 저기 원장이야. 도와달라는데 거절하기도 뭣하고 그래서……"

이섭은 안희언과 헤어지고 나면 곧장 황두성에게 전화를 걸어 따져볼까 생각도 해보았지만 황두성의 근래 사정이 워낙 복잡범벅에 근심투성이인지라 도리어 욕 얻어먹기 딱 좋겠다 싶었다. 김동오라는 친구가 있다. 황두성과는 정이섭과 마찬가지로 대학교 운동권 서클 동기였으며, 철학과였던 정이섭과는 달리 황두성과 건축과 동기이기도 했다. 어려서부터 항상 다정다감하고 선량하기 그지없는 친구였다. 말수가 많지도 적지도 않은. 그런데 그 천사 김동오가 황두성을 포함한 건축계의 몇몇에게 사업상 돈을 떼어먹고 달아나 현재 경찰 수배 중이라는 것이다. 적게는 3천만 원에서 크게는 5억 원도 뜯겼다고 하는데, 유감스럽게도 황두성은 후자였다. 그런 그에게 전화를 걸어, 네가 내게 자살했다고 종알거렸던 개가 왜 멀쩡히 살아서 난데없이 나를 찾아온 것이냐고 묻기에는 아무래도 적잖이 무리가 따라 보였던 것이다. 안 그래도 이틀 전의 전화 통화에서 황두성은 몹시 피로한 음성으로 이렇게 말했더랬다. 동오 그 자식을 목동 어디서 우연히 봤다는 사람이 있어…… 얼른 잡아서 감옥에 처넣어야……

"이젠 글도 안 쓰시나요?"

"……요즘 같은 세상에 나 같은 철학자가 뭘 쓴다고 누가 읽나."

안희언의 얼굴이 갑자기 어두워졌다.

"안 읽어준다고 안 써요?"

"……"

"……"

"그치만, ……그렇지…… 음, 준비 중이라고 봐야지."

"그러시구나…… 준비 중이시구나."

"……"

별일이었다. 이 무슨 무례이며, 괜히 죄 지은 것 같은 이 기분은 또 뭐란 말인가. 정이섭은 얼른 자리를 뜨고 싶을 뿐이었다.

"시대의 축이 이동하는 거대한 곡선의 한 점 위에 서 있는 자들은 자신들이 직선 위에 서 있다고 착각하는 법이지. 나 같은 사람 입장에서 그렇게 되면, 그건 그렇지 않아도 비참한데 멍청하기까지 한 거잖아. 난 그러긴 싫어. 세상이 완전히 다른 차원으로 월경(越境)해버렸다는 걸 인정하지 않을 순 없지."

"……뭔 소린지……"

"……아니, 뭐."

"아니 뭐는 또 뭐람?"

"……사실은 새 책 하나를 거의 마무리하고 있어."

아, 마무리라니. 이섭은 저 괴이한 여인에게 떠밀려 거짓말을 일삼고 있는 자신이 역겨웠다. 포기한 것을 두고 마무리라니. 더 이상 쓸 수가 없어서 기껏 끝부분까지 거의 다 썼던 것을 포기한 게 아니었다. 사유와 수사학이 쓰레기통에 처박혀버린 세상에 대한 패배감이 허무로 고질화된 결과였을 뿐. 정이섭은 자신이 안희언의 시 등단을 무시하고 있듯 문화비평가이자 철학자로서의 자신을 멸시하고 있었다. 그것은 새 시대에 대한 열등의식이자 구토였고 궁극적으로는 일상화된 우울에 의한 자괴였다. ……그런데, 그의 그런 가증스러운 허위의 말을 들은 안희언의 표정이 홀연 활짝 피어나는 거였다.

"제목이 뭐예요?"

"……종말론."

"종말론? 그게 제목이에요?"

"아, 아니."

"뭔데요?"

"······일종의 종말론은 종말론인데······ 아직 정하진 못했어."

"그 책 내용이 뭔지는 모르겠지만, 시시껄렁한 '종말론'보다는 '새로운 시대의 종말론'이 더 멋질 거 같아요. 나 같으면 그렇게 붙일 텐데."

"······새로운 시대의 종말론."

"제목이랑 내용이 꼭 상관 있어야 하나? 상상력만 자극하면 되는 거 아닌가? 그게 훌륭한 제목 아닌가? 좋잖아요. 희망인 거 같기도 하고 절망인 거 같기도 하고. 사실은 그게 가짜가 아닌 진짜 희망인 거잖아요."

"······"

"선생님."

"응?"

"선생님은 조금 늙으신 거 말고는 예전 그대로인데, 절대 예전 그대로가 아니네요."

"······"

"······"

"······"

이섭은 잠시 숨이라도 돌리고 싶어, 안희언에게 양해를 구하고는 화장실로 들어갔다.

이섭은 세면대 거울에 비친, 조금 늙은 것 말고는 예전 그대로인데 절대 예전 그대로가 아닌 자신의 얼굴을 물끄러미 들여다보았다. 물론 안희언의 저 말은 덕담은커녕 신랄한 비난임을 이섭은 부인할 수 없었다. 패기와 자존감을 잃은 얼굴. 치욕이라는 것과 수모라는 것에 중독된 얼굴. 가만히 앉아서 무의미한 죽음을 기다리는 얼굴. 그저 숨쉬기 위해 살고 있는 얼굴. 그러나…… 그렇다고 해서 이섭이 저렇듯 은밀해 도리어 노골적인 야유를 안희언으로부터 면전에서 들을 까닭은 전혀 없었다.

티슈로 손에 묻은 물기를 닦으며, 어서 단호한 핑계로 저 악령보다 고약한 여자와 작별하겠노라 결심했다.

……어? 그런데 막상 화장실 밖으로 나가니 이섭의 가죽가방만이 그의 자리에 그대로 놓여 있을 뿐, 아무리 휘둘러봐도 안희언은 없었다.

일순 멍해진 이섭은 차라리 잘됐다 싶어 가죽가방을 챙겨 들고는 카운터로 갔다.

"저기 앉아 있던 여자분……"

점원 아가씨는 방긋 웃었다.

"좀 전에 먼저 나가셨어요."

이섭은 가로수 곁에 서서 담배를 피웠다. 농담이라고 하기엔 꽤 무거운 편이지만, 점원 아가씨의 증언과 커피 전문점의 CCTV도 있고 하니 그녀가 유령이 아니었다는 것과 이섭이 정신병자가 아니라는 것만큼은 분명해진 셈이었다.

자그마치 7년. 서른다섯 살의 이섭은 마흔두 살, 스물일곱 살이었던 안희언은 서른네 살이 돼버리는 시간이 흘렀다. 이섭은 이러한 봉변을 세월 탓으로 돌려버리고 평정심을 되찾을 만큼 자신이 충분히 망가졌노라 자부했다. 의미는 만사를 불쾌하게 만들 뿐이야. 특히 요즘 같은 세상에서는. 그렇게 대충 인생이라는 추접한 것의 한 조각을 정리하면서, 이섭은 거리를 걸어서 아무 상관도 없는 인파 속으로 스며들었다.

2

정이섭이 안희언을 우연히 처음 본 것은 7년 전 겨울, 그러니까 영화감독 A의 상업영화 입봉을 축하하는 지인들 간의 조촐한 술자리에서였다. 황두성과 열 명 남짓의 문화계 떨거지들이 있었던 것으로 기억한다. 선약이 있었던 이섭은 늦게 합류했는데 다들 이미 취기가 올라들 있었다. 특히 한승영이라는 모 사립대학교 불문학과 교수이자 문학평론가는 이미 맛이 가 고개를 푹 숙이고 있었는데, 안희언은 그가 데리고 온, 따지고 보면 불청객이었다.

그 한정식 주점 안에 들어서고 얼마 지나지 않아 이섭은 한승영과 안희언을 제외한 다른 모든 사람들이 안희언에 대한 부정적 의미로서의 관찰자라는 것을 직감했다. 그리고 그 부정적 의미로서의 관찰자들 안에 이섭 자신도—자신의 의도와는 별

개로―자연스레 속할 수밖에 없었음은 물론이다.

별로 친하지는 않았으되 이섭과 한승영은 익히 구면이었다. 익히 구면이면서도 친하지 않다는 것만큼 친하지 않은 사이는 없다. 당시 여러모로 잘나가던 한승영의 거만과 그늘이 이섭은 싫었다. 아니나 다를까, 얼굴이 벌겋게 달아오른 한승영은 드문드문 안희언에게 무안을 주어 분위기를 잘도 망치고 있는 참이었다. 도통 이해할 수 없는 행동이었다. 안희언은 그렇지 않아도 좌중에 녹아들지 못하는 마당에 거의 울상이 돼야 당연했지만 가히 초인적인 무표정으로 견디고 있었다. 정직하게 표현하자면, 그 밤 한승영은 개새끼였고 안희언은 꼬리가 쥐덫에 걸린 생쥐 같았다. 그러나 아무도 선뜻 나서서 한승영을 나무라거나 사려 깊은 재치를 발휘해 국면을 전환시키지 않았던 것은 남의 사생활에 관여하고 싶지 않은 심리도 있었겠으나, 참으로 묘한 비겁과 공범의식 때문이기도 했으리라.

이섭은 영화감독 A가 의문을 제기한 러시아 혁명의 날짜와 그 명칭에 관해 설명했다. 하긴, 그런 지적 허영이 제법 유통되던 시절이긴 하였나 보다.

"……1917년 3월과 11월의 혁명을 역사적 관습상 전자를 2월혁명 또는 2월 부르주아 민주주의혁명, 후자를 대(大)10월 사회주의혁명이라고 하잖아요. 혁명 전 러시아에서는 16세기까지 유럽에서 쓰이던 율리우스력을 사용했기 때문이죠. 러시아는 오늘날 우리가 일반적으로 쓰고 있는 태양력인 그레고리력을 혁명 이후에나 받아들여서 그럽니다. 율리우스력은 그레고리력보다 13일이 늦어요. 따라서 러시아 혁명이 일어난 날짜는 러시아 사람들에게는 1917년 2월 23일과 10월 24일이지만, 그레고리력으로는 각각 3월 8일과 11월 6일이 되죠. 러시아가 구력과 신력의 차이를 설명하면서까지 2월혁명, 10월혁명이란 표현을 고집한 것에는 자신들의 혁명에 대한 자부심이 담겨 있는 거예요."

그러고 있는 이섭을 안희언이 힐끔힐끔 유심히 훔쳐보았는데, 그것을 알아챈 이섭은 그러고 있는 안희언이 너무도 불쌍해 괴로웠다.

조금 뒤, 나란히 화장실 소변기 앞에 서서 황두성이 이섭에게 투덜거리듯 말했다.

"쟤 처음 봐?"

"누구?"

"아까부터 울고 싶어도 못 울고 있는 여자애."

"누군데?"

"한승영 깔다구잖아."

"……"

세면대 수도꼭지를 틀고 얼굴에 물을 묻히면서 황두성은 시니컬하게 분개했다.

"이런 경우, 각하가 다시 집권하셔야 된다고 봐, 나는. 삼청교육대에서 재교육시킬 놈들이 너무 많거든. 한승영 저 새끼 진짜 재수 없어. 알리지도 않고 애인을 데리고 왔으면 잘해주든지 말이야. 좋은 자리, 바쁜 사람들 앞에서 민망하게 뭐 하는 짓이야? 학대를 하고 싶으면 여관에서 채찍 가지고 지들끼리 놀든가 말이야. 말세다, 말세. 저런 씨발놈이 대학 교수라니. 안하무인이야, 안하무인. 양아치 새끼."

"……"

어째서였을까? 짐작을 못하고 있었다면 바보였겠지만 이섭은 황두성의 그 말을 듣는 순간 서글퍼졌다. 그리고 안희언의 존재 자체에서 배어 나오는 어떤 청승이 짜증났다. 아무도 선뜻 나서서 한승영을 나무라거나 사려 깊은 재치를 발휘해 국면을 전환시키지 않았던 것에는 사실 그런 이유도 한몫했을 것이다. 부정한 남자를 선택해 온당치 못한 대우를 뿌리치지 못하고 있는 멍청한 여자에 대한 조용한 질책. 그러나 이섭의 감정은 분명 그것을 넘어서는 아리송한 것이었다.

이섭과 황두성이 술자리로 되돌아왔을 때, 영화감독 A와 몇은 방구석에 토사물을 쏟고 있는 한승영을 수습하고 있었고, 안희언은 어디로 가버렸는지 아예 눈에 띄질 않았다. 이후의 풍경이야 누구나 쉽게 그려볼 수 있는 꿀꿀한 파장이었을 것이다. 이섭은 조용히 홀로 그 아수라장에서 벗어나 눈이 조금씩 내리기 시작하는 종로의 뒷골목을 걸었다.

그로부터 삼십 분도 채 지나 않아 이섭이 안희언의 뒷모습과 마주친 것은 광화문 교보문고 앞 버스정류장에서였다. 그녀는 등을 웅크린 채 긴 의자 중간에 앉아 있었다. 그녀는 버스를 기다리고 있는 게 아니었다. 왜냐하면 이미 버스 운행이 끊긴 시각이었으니까. 어디서 그런 용기 비슷한 오지랖이 생겼는지, 이섭은 그녀의 옆으로 가 앉고서 말했다.

"괜찮습니까?"

안희언은 이섭을 빤히 쳐다보았다. 눈물 자국에 화장이 조금 번져 있었다. 그리고 얼마의 침묵이 흘렀을까, 그녀의 대답은 뜻밖이었다.

"저, 선생님 책 두 권 읽었어요."

"……"

"어제도 가지고 다니면서 읽었거든요. 무슨 책인지는 말씀 안 드릴래요."

"……굉장히 드문 일인데."

"선생님, 저 술 사주세요. 이대로 그냥 집에 들어가면 너무 힘들 거 같아서 그래요."

이섭은 고개를 끄덕였고, 둘은 택시를 타고 혜화동으로 가 아담한 선술집에 마주 앉았다. 원래 여자라는 사람들이 유별난 것인지, 안희언은 아까 무슨 일이 있었는지 까맣게 잊은 듯 재잘재잘 즐거워 보였다.

"……선생님은 메리 셸리의 『프랑켄슈타인』 읽어 보셨나요?"

"……아뇨. 세세한 내용은 잘 모르지만, 프랑켄슈타인이라는 괴물이 주인공 아닙니까?"

"선생님처럼 프랑켄슈타인이 괴물 이름인 줄 오해하는 사람들이 많아요."

"아닌가요?"

"그건 괴물을 만들어낸 박사 이름이죠. 제네바의 물리학자 프랑켄슈타인. 그가 시체의 뼈로 신장 8피트의 인형을 만들어 생명을 불어넣죠."

"아, 그런 거였구나."

"수많은 영화들 속에서 괴물을 프랑켄슈타인이라고 잘못 부르고 있어서일 거예요. 괴물이 자신을 유일하게 친구로 대해주는 소녀와 꽃놀이를 하다가 안타까운 익사 사고가 일어나는 장면이 특히 유명하죠."

"……"

"……어려서 그 소설을 읽었는데요, 요즘도 우울할 적마다 습관처럼 자주 들춰 보죠. 늘 그 괴물이 불쌍하다고 생각했어요. 괴물을 창조한 사람조차 괴물을 보고는 경악해 도망가버리니까요. 제일 불쌍한 거 같아요. 아무도 사랑할 수 없으니까요. 사랑해주지 않으니까요. 괴물로 태어나고 싶어서 태어난 것도 아닌데 말이에요."

"……그런 책들이 있죠. 너무 유명한 나머지 읽지 않았는데도 읽은 것처럼 착각들을 하게 되는. 마르크스의 『자본론』처럼."

"저는 시를 쓰고 싶어요. 시인이 되고 싶어요. 새로운 나무에 대한 시가 아니라, 새로운 나무를 시로 쓰고 싶어요."

"……새로운 나무?"

"네. 새로운 나무요."

"새로운 나무가 뭡니까?"

"……모르겠어요. 그냥 저는 세상의 모든 나무들이 맘에 안 들어요. 꽃은 더 맘에 안 들고. 다 나를 잘 알지도 못하면서 쳐 다보는 것 같아. 그래서 저는 저만의 새로운 나무를 만들고 싶 어요. 그걸 시로 쓰고 싶어요. 뭔지는 모르지만, 새로운 나무 가, 그게 자꾸 내 가슴을 때려요. 쿵쿵쿵."

그녀는 정말로 가슴을 때리며 말했다. 쿵쿵쿵.

"……"

"저에게는 재능이 없어요. 누구는 제 시를 보고 험한 말만 해 요."

"누가요?"

"……"

"천재만 예술을 할 수 있는 건 아닙니다. 노력이 재능인 사람 들도 있죠. 그런 예술가들도 있죠. 재능에만 의지하는 예술가 는 절대 오래 못 가요."

"……"

"……"

"아빠는 고문 피해자였어요. 그것 때문에 장애인으로 고생하다가 돌아가셨죠. 얼마 전 희대의 고문 기술자가 목사가 됐데요. 감옥에 있으면서 믿을 수 있는 나라, 배신 없는 나라를 찾다 보니 하나님 나라를 찾게 됐고, 그래서 예수쟁이가 됐다고 하네요."

"······"

"아빠는 고문을 당하면서 신은 없다고 확신하게 됐대요. 참 이상하죠? 고문을 한 사람은 신을 믿게 되고, 고문당한 사람은 신을 잃게 되니. 너무 불공평한 거 아녜요? 아마 그 괴물도 그런 심정이었을 거야."

"······"

"······괴물 같아요. 저는 제가······ 괴물 같아요. 아무도 제대로 사랑할 수 없는."

정해진 수순이었을까. 그러나 그것은 너무도 태연하고 천박한 왜곡이다. ······정이섭과 안희언은 술집을 나와 나란히 걷다가 문득 키스했고, 함께 여관에 들어갔다. 그녀는 희미한 불빛 속에서 겉옷을 벗고 침대 위에 누워 이불을 덮었다. 그녀가 벽 쪽으로 돌아누우며 말했다. 미안해요······ 며칠 전에 낙태 수술을 했어요. 이섭은 누군가 그녀를 두고 유부남과 사귀고 그의 아이를 지웠다고 해서 비난한다면, 그건 온당치 못하다는 생각을 했다. 왜냐하면 그녀가 한 남자만을 사랑해서 괴로워하고 있다는 걸 느낄 수 있었기 때문이다. 그녀는 왜 이섭과 여관에 들어왔을까? 이유는 간단했다. 아무라도 좋으니 누군가와 함께 있고 싶었기 때문이다. 혼자 있으면 죽어버릴 것만 같았기 때문이다. 견디기 위해서, 누군가의 도움이 필요했기 때문이다. 그뿐이라는 것을, 이섭은 이 세상 어느 누구보다 잘 알고 있었다.

이섭은 이불 밖으로 빼꼼 나와 있는 맨발, 그녀의 작고 예쁜 왼편 발바닥의 푸른 꽃무늬 상처 같은 멍 자국을 멍하니 바라보고 있었다. 이윽고 그것은 조금씩 흔들리기 시작했다. 그녀가 조용히 흐느끼고 있었던 것이다. 이섭은 바다 위에 둥둥 떠 있는 민들레꽃 한 송이를 떠올렸다.

눈물을 머금은 목소리가 들리지 않을 만큼 말했다. ……저, 그 사람, 사랑해요. ……소파에 앉아 있던 이섭은 그녀가 잠들기를 기다렸다가, 혼자 거리로 나왔다. 여관에 들어갈 때는 그친 것 같았던 눈이 어느새 함박눈으로 변해 있었다. 폭설이었다.

3

……너, 그 사건 몰라? 얼마 전 한강철교에서 한 남자가 자살하려고 뛰어내렸는데 똑같이 자살을 하려던 것으로 보이는 다른 남자가 바로 뒤따라 뛰어내려서 먼저 뛰어내린 남자를 구하고는 유유히 사라진 거. 왜, 경찰이 스마트폰을 가지고 촬영

한 영상으로 TV 뉴스들마다 온통 톱으로 소개됐잖아. 암만 해도 나는 먼저 뛰어내린 그놈이 동오 그 새끼라는 생각이 자꾸 강하게 드는 거야. 아닐까? 하여간, 하여간…… 동오는 자살하면 안 돼. 내가 내 손으로 잡아서 그놈이 우리한테 사기 친 돈 10원 한 닢까지 다 갚게 하고 감옥에 처넣을 테니깐. 아냐. 다 필요 없어. 내가 죽여버릴 거야, 내가 직접…… 죽여버리겠어. ……선생님, 메리 셸리는 왜 하고 많은 이야기들 중에 하필 그토록 무섭고 끔찍한 이야기를 쓴 걸까요?『프랑켄슈타인』같은 걸 말이에요. 그녀는 다섯 자녀들 중 넷을 일찍 여의었고 남편은 익사했죠. 그런 사람은 오히려 행복한 이야기를 써야 하는 거 아닌가요? 그런데 왜, 왜 그런 건지……

이섭은 스마트폰이 울리는 소리에 버겁게 깨어났다. …… 이를 바득바득 갈며 김동오를 저주하는 황두성은 지난주 화요일 이섭하고만 단둘이 대작했던 황두성 그대로였고, 고통스럽고 어두운 인간이 어째서 더 고통스럽고 어두운 이야기에 탐닉하게 되는가를 끝도 없이 질문해대는 안희언은 그야말로 꿈속에서 처음이었다. 그 둘에게 연이어 시달리는 악몽. 온몸이 식은땀에 젖은 이섭은 섬광이 물결치는 스마트폰의 액정을 들여다보았다. 친구이자 출판사 사장인 T였다. 이섭은 통화 버튼을 눌렀다. T가 다짜고짜 다그쳤다. 정말 더 이상 책 안 낼 거냐고. 기껏 거의 다 써놓은 새 책은 왜 몇 년째 마무리 짓지 않는 거냐고. 이에 이섭은, 응, 안 낼 거야, 라는 대답 뒤에, 요즘 같은 세상에 내 글을 읽어줄 사람이 어디 있다고 그래, 라는 온당한 사족을 덧붙였다. 그래도 술 취한 T는 막무가내였다. 그것은 그의 완고한 우정이자 따뜻한 동지애였다. 자꾸 이러면 계약금까지 돌려주겠노라고 이섭이 협박 비슷한 사정을 하자, 그제야 겨우 T는 섭섭한 투로 쑤욱 누그러들더니, 그럼 다음 주에 넘기기로 한 영국 작가 제임스 개몬의 단편소설집 『소년혁명』의 번역 원고는 어찌 됐느냐고 물어왔다. 이섭은 그건 아무 걱정하지 말라고, 조심해서 집에나 잘 들어가라고 달래고는 간신히 전화 통화를 마쳤다. 이섭은 스마트폰 액정에 고여 있는 시각을 확인했다. 새벽 2시 40분이었다. 이섭은 T에게 더욱 미안한 마음이 일었다. 게을러서 타인을 곤란하게 만들고 있다면 차라리 나았을 것이다. 이섭은 허무와 무기력을 앓느라 벗을 괴롭히고 있는 자신이 창피했다.

7년 전 그 밤의 안희언 탓에 이섭은 그 후로 한 주가 채 지나지 않아 『프랑켄슈타인』을 읽었더랬다. 메리 셸리는 1797년 영국 런던에서 급진 정치사상가 윌리엄 고드윈과 『여성의 권리 옹호』의 저자로 유명한 페미니스트 메리 울스턴크래프트 사이에서 태어났다. 생후 며칠 만에 어머니가 영면하자 아버지는 재혼했고, 부녀의 각별한 사랑을 질시했던 계모 때문에 어린 메리는 제대로 된 교육을 받지 못했다. 대신 아버지의 서재에서 무수히 많은 장서들을 탐독했고, 당대 최고의 사상가들과 아버지가 나누는 대화를 어깨너머로 구경하며 지적 허기를 채 위 나갔다. 열다섯 살에는 아버지의 유부남 제자 퍼시 비시 셸리와 눈이 맞아 프랑스로 떠난 뒤 어언 8년 동안 낭만과 현실에 피폐해지는 유랑생활을 그와 함께했다. 1816년, 시인 바이런 경, 의사 존 폴리도리, 그리고 셸리 부부와의 모임에서 저마다 괴담을 하나씩 짓기로 약속했고, 그것이 드디어 1818년에『프랑켄슈타인』이라는 작품으로 출간됐던 것이다. 얼마 뒤 미망인이 되고 나서는 여러 남성 작가들의 구애를 받았건만 부친과 아들을 돌보며 독신 생활을 고수했다. 메리 셸리는 자신의 불행에 대한 근거 없는 죄책감에 시달리는 심각한 우울증 환자였다. 그리고 1851년, 53세의 나이로 부모 곁에 묻어달라는 유언을 남기고 죽었다. 뇌종양이었다. ……그런 그녀가 하고 많은 이야기들 중에 왜 하필『프랑켄슈타인』처럼 무섭고 끔찍한 이야기를 쓴 거냐고? 오히려 행복한 이야기를 써야 되는 것 아니냐고? 이섭은 꿈속의 안회언에게 이렇게 일러주고 싶었다. 그것은 전지전능한 신이 불완전한 인간을 창조한 게 아니라, 정처 없는 인간이 신이라는 괴물을 창조했기 때문이라고. 인간의 시체로 만든 프랑켄슈타인 같은 신을.

　아무튼 T에 대한 고마움을 되새김질하며, 정이섭은『소년혁명』의 번역 원고가 들어 있는 가죽가방을 뒤적였다. 어? ……그런데, ……거기에서 엉뚱한 것이 끼어 딸려 나왔다. 그것은, 이섭의 것이 아닌 어떤 책이었다. 이섭은 어리둥절했다. 왜냐하면 요 근래 이섭은 제 가죽가방 안에 책이란 물건 자체를 집어넣은 일이 없었기 때문이다. ……하물며 그것은 안희언의 책이었다. 안희언 소유의 책이 아니라, 안희언이 저자인 책. ……안희언 시집, 『그림자를 위해 기도하라』. 누가 누구에게 준다는 글귀와 서명 따윈 없었다. 다만 백지 포스트잇이 책갈피처럼 붙은 페이지에는 「새로운 나무」라는 시가 있었다. 이섭은 어제 낮과 저녁 사이 그 한적한 커피 전문점에서, 이섭 자신이 화장실에 가 있는 동안 안희언이 황당하게 사라져버린 상황을 천천히 복기했다. 결론적으로, 그녀가 이 시집을 정이섭의 가죽가방 안에 몰래 넣은 뒤 자리를 떴다는 것 말고 다른 가능성은 있을 수가 없었다. 그녀가 요술쟁이가 아니라면, 그녀가 잠시 이승으로 외출한 유령이 아니었다면.

　이섭은 안희언이 제 첫 시집에서 꼭 읽어주기를 바라고 있다고 여겨지는 그 시를 읽었다. 「새로운 나무」라는 제목의 시를.

　　나의 새로운 나무 한 그루가 오늘 눈보라에 휘어지는 것은
　　먼 바다에서 한 마리 물고기가 다른 모든 것들로부터 떠나
　　바다의 길에 휘어지고 있어서.

　　휘어진다는 것은
　　사랑에 이끌리는 것.

　　내가 슬프다, 라고 말하는 것은

당신의 거울에 나의 상처를 비추는 것.

나를 닮은 나의 새로운 나무는 말한다.
당신은 물고기다.

이 죽은 것 같은 겨울 거리에 혼자 서 있으면
잊고 있었던 당신 생각에 문득 저 아무도 없는 골목으로부터
바다가 찾아와
나의 새로운 나무를 휩쓸어가고

나는
물고기로 변해
깊은 어둠 속으로 헤엄쳐 나아간다.

사랑은, 당신을 바라보는 내 슬픔에
우주가 휘어지는 것.

그리고 다시 사랑이란,

나의 새로운 나무와
문득 찾아오는 바다와
아무도 없는 것만 같은 저 골목 너머에

누군가 소리 없이 눈물 흘리며 숨어 있다는 사실과

어둠 속에서도 오로지 혼자 있기에
혼자서 빛나는 물고기처럼,

아무리 잊으려 해도 아무리
잊고 있어도

당신의 거울에 내 일생이 비춰지는 것.

……새로운 나무. 새로운 나무? ……새로운 나무 ……아, 새로운 나무! 이섭은 7년 전 그녀와 단 하룻밤의 한 조각을 함께 보냈을 적에 식물학자가 아닌 그녀가 역시 식물학자가 아닌 이섭에게 '새로운 나무'를 언급했던 장면을 겨우 복원해냈다. ……그랬구나 ……그래서 ……그래서, 어제 그 자리에서, "아직도 나는 새로운 나무를 보고 싶어요"라는 말을 꺼냈던 거구나!

또한, "눈이 너무 많이 내렸죠. 안 그래요?" 그건 그녀가 문단에 데뷔했다는 지지난해 2월이 아니라, 7년 전의 그 밤과 그 새벽에 눈이 너무 많이 내리지 않았느냐는, 무뚝뚝함을 가장한 썩 애틋한 말이었음을 이섭은 뒤늦게야 알아차리고 말았다.

……아직도 나는 새로운 나무를 보고 싶어요.

으으. 그런 그녀 앞에서 식물학자가 어쩌고저쩌고 낮술 취한 사탄이 주기도문을 외니 마니 속으로 지껄여댔으니. 이섭은 얼굴이 화끈거렸다.

새로운 나무 ……「새로운 나무」……그래, 시라는 건 이런 거지, 멀쩡한 척하는 인간들에게 예외 없이 우리가 가슴이 무너지고 부서진 존재라는 것을, 그 점에 있어서만큼은 완벽히 평등하다는 사실을 증명해주는 거지. 그게 시고, 그렇게 만드는 과정이 시를 쓰는 일이겠지. 그렇다면 이 시는 좋은 시이며 안희언은 틀림없는 시인이라고 이섭은 생각했다. 더불어, 어제 저 낮과 저녁 사이에 이섭이 뻔뻔함을 넘어선 이물감으로 받아들였던 그녀의 '어떤 변화'는 비록 초라하지만 스스로에게만큼은 세상 그 무엇보다 빛나고 소중한 꿈을 이룬 당당함이었음을, 그녀가 그를 갑자기 찾아온 이유는 단순히 그를 만나기 위해서가 아니라 자신의 자존을 되찾기 위함이었음을, 그러한 자신을 자신의 가장 무섭고 어두웠던 그 눈 내리는 단 하룻밤의 옛 친구에게 보여주고 싶어서였다는 것을, 이섭은 서늘하게 깨닫고 있었다.

이섭은 희언의 시집을 덮었다. 그리고 이섭 자신의, 조금 늙은 것 말고는 예전 그대로인데 절대 예전 그대로가 아니게 극도로 한심해진 겉과 속 때문에 가슴이 무너지고 부서졌을, 그래서 아무 인사도 남기지 못하고 훌쩍 사라질 수밖에 없었을 그녀에게 사과와 감사의 인사를 기도하듯 마음으로 보냈다.

……그 책 내용이 뭔지는 모르겠지만, 그냥 '종말론'보다는 '새로운 시대의 종말론'이 더 좋을 거 같아요. 나 같으면 그렇게 쓰고 싶어…… 제목이랑 내용이 꼭 상관 있어야 하나? 상상력만 자극하면 되는 거 아닌가? 그게 더 멋진 제목 아닌가? 좋잖아요, 희망인 거 같기도 하고 절망인 거 같기도 하고. 사실은 그게 가짜가 아닌 진짜 희망인 거잖아요…… 이섭은 '가짜가 아닌 진짜 희망'이라는 그녀의 표현을 회상하며 『새로운 시대의 종말론』이라는 한 권의 책을 상상해보았다. 아마도 그 한 대목은 이런 게 아닐까. ……이별은 사랑보다 영적으로 훨씬 충만한 상태이다. 사랑보다는 이별이 더 공정하기 때문이다. 더 깨끗한 거울이기 때문이다. 사랑을 무기로 사용하지 마라. 이별이 아무리 지독한 괴로움이라 하더라도 사랑이 이별을 왜곡하고 모함할 수는 없다. 사랑이 때로는 감옥이 되듯 이별이 늘 아픔의 가치만을 가지고 있는 것은 아니다. 이별은 사람을 진정으로 사랑하게 한다…… 이섭은 이러한 문장들에 사로잡힌 채 옷을 대충 입고 오피스텔을 나왔다.

얼마를 서성이고 얼마나 돌아다녔을까. 깊디깊은 새벽의 도시는 텅 빈 상자 속 같은 느낌이었다. 잠이 오려면 어디서 술이라도 좀 마셔야 하는 건 아닌지, 이섭은 종잡을 수가 없었다. 그런데 그때…… 방송국 정문 쪽으로 한 사내가 고개를 푹 숙인 채 약간은 추워 보이는 어깨로 횡단보도를 건너가고 있었다. ……그는 ……동오였다! 이섭의 스무 살 무렵부터 불과

3년 전쯤 마지막으로 보았을 적에도 언제나 부드러운 미소를 잃지 않던 착하디착한 친구 김동오. 그러나 황두성과 건축계의 여러 인사들에게 십수 억 원을 떼어먹고 달아나 경찰이 수배 중인, 황두성이 제 손으로 잡아서 그 돈 다 갚게 하고 감옥에 처넣을 터라 자살하면 안 된다고 걱정까지 해주던, 아니, 이도저도 필요 없이 직접 죽여버리겠다고 이를 갈던 바로 그 김동오였다.

이미 신호등은 빨간불로 바뀌었지만 뭣에 홀리기라도 한 듯무단횡단을 감행하던 이섭은 하마터면 차에 치일 뻔하였다. 심장이 덜컹 내려앉는 푸닥거리 끝에 차창 밖으로 쌍욕을 해대는운전자에게 넘어진 아스팔트 바닥에서 겨우 일어나며 왼손을들어 용서를 구하고 결국 무사히 방송국 정문까지 이르렀으나, 벌써 김동오는 편의점 골목 안쪽으로 모습을 감춘 뒤였다. 급박해진 이섭은 김동오의 이름을 크게 소리 질러보려 했지만 이상하게도 입 밖으로는 목 멘 쉰소리만이 먹먹할 뿐이었다. 얼마나 그렇게 멍하니 그 자리에 서 있었을까. 이섭은 방금 전 다세대 주택이 늘어선 을씨년스런 골목 입구에 접어들었을 때부터 검은 고양이 한 마리가 서너 발치 앞에 화분마냥 자리를 잡고 자신을 올려다보고 있다는 걸 그제야 인식했다. ……고양이는 정말 기척이 없는 동물이구나. 어처구니없는 얘기겠지만, 이섭은 마치 김동오가 그 검은 고양이로 변해 있는 것만 같았다. 언제 어디서 뭣 때문에 다쳤는지 외눈박이였다. 길고양이…… 도둑고양이. 수모는 애달픈 것. 무정하게 버려져 죽음이 마구 뒤흔들었으나 기어이 살아남은 명예를 생각 없는 사람들은 함부로 도둑이라 모함하는구나. 이섭은 편의점으로 들어가 고양이 사료 캔 하나를 사 왔다. 그리고 검은 고양이가 그걸 먹는 모양을 그 앞에 쭈그려 앉아 구경하면서 조용히 담배를 피웠다. 와중에 이섭은 아무 까닭도 없이 눈물이 스르륵 맺혀, 스스로 놀랐다.

홀연 뭔가를 결심한 사람처럼, 정이섭은 스마트폰을 바지 호주머니에서 꺼내 예의 익숙한 전화번호를 눌렀다. 음악 없이 드르륵 드르륵 신호만 가는 소리가 투박했다. 황두성은 의외로 금방, 잠기지 않은 목소리로 이섭의 뇌리에 나타났다.

"……무슨 짓이냐, 이 시간에."

"……"

"여보세요?"

"설계사무실? 도면 그리고 있었나 봐?"

"먹고살려니까 그렇지 임마. 술 먹었어? 왜? 외로워?"

"……"

"너만 외롭냐? 무생물들은 어떤지 잘 모르겠고. 세상 생물들이 다 외로워. 고로 나도 외로워. 마누라에 자식새끼 둘씩이나 있으니까 더 외로워. 대학교 과 동기한테 5억 원 사기당해 날려 봐. 인간이 아니라 외로움의 신으로 등극하게 돼. 알겠어? 너 언제 철들래?"

"……"

"으이그, 늙어서 장가도 못 가는 부러운 새끼."

"……너 말이야……"

"반격하지 마. 넌 욕먹어도 싸."

"너 안희언이 죽었다고 했지?"

"누구?"

"안희언이 자살했다고 그랬었잖아."

"뭐? 누가 자살을 해?"

"……희언 ……안희언. 한승영이, 불문학자 한승영이 애인이었던."

"……아, 그 여자. 그런 여자, 있었지. 근데 뭐?"

"그 애가 자살했다고 그랬잖아. 약 먹고 그랬다고."

"……모르겠는데? ……뭔 소린지."

"……기억이 안 나?"

"내가 나도 모르는 걸 왜 기억해야 하는데?"

"……"

"야, 나 지금 힘들어. 삼 일 내내 서너 시간도 못 자고 있어. 개소리 자꾸 하려면 끊어."

"……하긴. 나도 그랬으니까…… 새로운 나무…… 나도 그런 거지, 사실은……"

"너도 잠 못 잤어? 넌 왜?"

"……"

"……여보세요?"

"……그렇지. 기억할 이유란 없는지도 모르지. 그렇지……"

"야, 뭐야?"

"그러네. 듣고 보니 그러네."

"아니, 이 자식이 정말 돌았나?"

"계속 돈 되는 그림 그려라."

"……"

이섭은 전화를 끊었다. ……그렇지. 기억할 까닭이란 없을지도 모르지. 누군가를 기억하건 안 하건 간에, 누군가 기억해주건 안 해주건 간에, 우리 각자는 남모르게 자살 중인지도 모른다. 남모르게 누군가를 죽이고 있는지도 모른다. 그러고 나서도 까맣게 잊고 살아가는 거지. 누군가는 죽은 채 살아가는지도 모르면서. 자신이 죽은 채 살아가는 바로 그 사람인지도 모르면서. 그렇지. 누구에게나 서글픈 한 시절은 있는 거지. 어둠 속에 버려져 상처 입고 병들고 주린 짐승처럼 문득 바람결에 드러났다가 원래 아무것도 없었다는 듯 지워지는 거지. 지금 누구라도 누군가로부터 이런 알 수 없는 말을 듣고는 무슨 뜻인지 이해할 수 있다면, 그 말을 한 사람과 그 말을 들은 사람은 서로 다른 사람이 아니라 한몸에 한마음인 사람일 테니, 우리는 아무리 멀리 떨어져 있어도 이렇게 가끔 한사람이 된다. 이섭은 그런 생각을 하고 있었다.

어느새 날이 밝았다. 이섭 앞에는, 외눈박이 검은 고양이는 온데간데없이 텅 빈 알루미늄 캔 하나만이 덩그러니 놓여 있었다.

인파들이 서서히 거리로 흘러나왔다. 그들 사이를 지나 정이섭은 비로소 잠들러 걸어가고 있었다. 그는 꿈속에서라도 새로운 나무를 보고 싶을 뿐이었다. 새로운 나무, 그것이 과연 무엇을 뜻하는지 영원히 모를지라도, 앞으로는 그렇게 살아보리라 다짐하고 있었다.

그들은 저
북극부엉이에게
아무것도
해준 것이 없다

누군가의 자살을 가로막는 것과 누군가를 자살로 몰아가는 것의 차이는 무엇일까? 자살에 성공하는 사람은 마지막 순간, 무슨 생각을 하게 될까? 뭐가 그렇게 괴롭고 뭐가 그렇게 두려웠을까, 이깟 아무 의미도 없는 인생이. 뭐 대충 이런 허무개그 같은 회한을 품게 되진 않을까? ……북극부엉이. 오늘 밤도 저 세계의 가장 춥고 혹독한 어둠의 끝으로부터 날아와 여기 흰 벚꽃 흐드러지게 핀 한적한 동네의 어느 지붕에인가 앉아서 울고 있구나. 은상길은 낡은 침대 위에 천장을 마주보고 드러누워 그러한 상념들에 젖어 있었다.

2년 남짓 전 어느 날, 상길은 구두와 양말을 한강철교 도로변에 가지런히 벗어둔 채 교각 모서리에 설치된 '위로의 전화기' 수화기를 붙들고 언뜻 전위시 낭송처럼 들릴 법한 하소연을 한참 지껄여대는 중이었다. 평소 그는 겁쟁이라고는 볼 수 없는 타입이었다. 그러나 과연 자살하려면 용기가 필요한 건지, 아니면 겁쟁이여서 자살하는 건지는 장담할 수 없는 문제. 용기 있는 자도 자살하고 용기가 없는 자도 자살할 수 있을 테니까. 물과 얼음은 본래 동일한 존재이지만, 다른 상황 속에서 상태가 다르기에 다른 존재로서 존재한다. 물을 얼음으로 냉각시키거나 얼음을 물로 녹이기 전에 물과 얼음에게 똑같은 질문을 던져서는 안 된다는 것이다. 물은 얼음이 되기 전에는 자신이 얼음이 될 수 있다는 사실을 인지하지 못하고 얼음은 물로 되돌아간들 얼음이었다는 전생을 기억하지 못한다. 물에게는 물에 대한 질문을, 얼음에게는 얼음에 대한 질문을 던져야 한다. 물은 물이고 얼음은 얼음인 것. 삶과 죽음이 엄연히 서로에게 그러하듯. 게다가 천하의 겁쟁이들이 백수(白壽)를 누리다 자연사하는 걸 용기라고 부른다면 자살과 용기는 애초에 아무런 연관이 없다. 백 번을 양보해 누군가에게 저 잘난 용기란 게 차고 넘친다 해도, 그 인간이란 결국 용기 있는 기생충 한 마리 정도에 비견될 뿐인 것. 그저 타인의 아픔에 대해서는 함부로 지껄이지 않는 게 참다운 용기인지도 모르지. 용기에 대한 질문으로 삶을 오염시키지 마라. 누군가에게 너는 용기가 있느냐고 추궁할 수 있는 이는 문을 안으로 걸어 잠그고 홀로 만나는 신밖에는 없다. 용기에 대한 질문 때문에 죽음을 거짓으로 강등시키지도 마라. 죽음이 한 인간에게 접근했다는 것은 논리

자체가 성립 안 될 만큼 대단히 복잡한 사안이어서…… 그리고 그때, 난간에 줄지어 앉아 있던 새들이 화들짝 놀라며 한꺼번에 날아올랐다. 회색 양복 차림의 삐쩍 마른 중년 사내 은상길이 갑자기 허공으로 튀어올랐기 때문이다.

풍덩, 하는 소리에 이어 호루라기 소리가 울려 퍼졌다. 허우적거리는 자신을 발견했을 때 은상길은 어떤 사내가 자신을 이끌고 강물을 빠져나가려는 것을 알았다. 은상길의 생명을 부여잡고 있는 퀭한 그의 두 눈은 동공이 텅 비어 있었다. 용기 있는 자의 눈동자도 겁쟁이의 눈동자도 아니었으되, 한없이 가라앉으며 먹먹한 눈동자. 그 눈동자는 어두운 사연을 가지고 은상길에게 무언가를 말하고 있었다. 모두가 찰나에 감각된 경황이었다. 물이 코와 입으로 연신 밀려들어오면서 은상길은 정신을 잃었다.

이후는 그날 밤 TV 9시 뉴스에 보도된 스토리 그대로다. 경찰과 구급대원 들은 물보라 치는 한강을 내려다보았다. 믿기지 않는 일이 벌어지고 있었다. 북극인 김철은 혼절한 회색 양복 차림의 한 남자를 안은 채 꾸역꾸역 헤엄쳐 나아가고 있었다. 흡사 한강에 전설로 서식하는 괴물이 홀연 나타나 자신의 영역을 더럽히려는 한 인간을 물 밖으로 내다 버리려는 듯했다. 경찰들 중 행동이 민첩한 풋내기 막내가 일체의 광경을 스마트폰으로 촬영했다. 이윽고 혼절한 은상길을 강둑으로 끌어올린 북극인 김철은 빽빽한 수풀을 털썩털썩 지난 뒤 텅 빈 아스팔트

길을 따라 철퍼덕철퍼덕 점점이 멀어져갔다. 이것이 저 요상한 사건의 개요요. 그 정체불명의 사나이는 은상길의 수호천사였을까, 아님 그에게 이 알 수 없는 인생의 쓴맛을 더 누리라고 부추기는 악마였을까? 분명한 건, 은상길을 포함한 세상 모든 사람들은 그가 북극인 김철이라는 걸 몰랐다는 것이다. 그건 북극인 김철 자신도 마찬가지였다. 김철이 북극인 김철이라는 사실을 아는 건 양떼 모양의 뭉게구름처럼 생겨먹은 하나님뿐이었으니까.

……그리고, 저 북극부엉이가 밤마다 은상길의 주변을 맴돌기 시작한 것은 그 일이 있은 후 얼마 지나지 않아서부터였다. 아무리 기이한 현상일지라도 규칙적으로 반복되다 보면 당연하다고 착각하게 되는 법이다. 인근 편의점 직원에게도 물어보고 심지어는 경찰에 신고도 해보았지만, 그런 신비롭고도 우렁찬 새소리를 들은 사람은 은상길 말고는 아무도 없어서, 은상길은 더 이상 미친놈 취급을 받느니 차라리 침묵하기로 하였다.

거의 모든—'거의 모든'은 아닐 것 같은데 막상 대놓고 보면 정말 '거의 모든'이다—사람들이 상길에게 추궁한다.

—너는 왜 자살하려고 했느냐?

이 문장을 정확하게 보완하면 대충 이런 식이 될 터이다.

—너는 왜 자살하려고 했느냐? 이 나약한 놈아. 이 무책임한 쪼다야. 너보다 더 어려운 사람들 앞에서 부끄럽지도 않느냐?

양심이 없으면 양식이라도 있어야지, 응? 이 나약한 놈아. 등신아. 죄인아. 쓰레기야.

　은상길은 자신의 자살을 망쳐놓은 그 수수께끼의 사내가 자꾸 생각난다. 은상길은 그날 입고 있었던 회색 양복을 클리닝하지 않은 채 방 안에 걸어두었는데, 거기서 왜 더러운 한강물이 아니라 시퍼런 바다 냄새가 나는 건지 도무지 이해할 수 없었다. 뭣 땜에 자살하려 했느냐고? 만약 북극인 김철이 다가와 물어온다고 해도 은상길의 대답은 같을 거였다. ……별 이유가 없다. 변명도 아니고 궤변도 아니다. 진심이다. 그냥 사는 게 싫었다. 사랑하는 아내와 딸이 있고 안정된 직장이 있었다. 그런데 삼십 대 중반으로 접어들면서, 겉으로는 만사가 멀쩡한데 극도의 허무와 우울에 시달렸다. 노력을 안 했다는 개소리랑 집어치워라. 정신병원에 꾸준히 다니다 못해 용하다는 무당도 찾아가보고 도통한 스님의 설법도 들어보았다. 교회에 가서 '아멘'을 외치지 않았던 것도 아니고, 주말에는 기를 쓰고 높은 산에 올랐다. 그런데 전부 완전한 헛수고였다. 단지 죽고만 싶었다. 이윽고 은상길은 아내에게 이별의 편지를 남기고 집을 나왔다. 곤히 잠든 네 살배기 딸아이의 이마에 입을 맞추고 일어서던 그 새벽에는 자신이 무슨 출가하는 고타마 싯다르타처럼 여겨질 지경이었다. 2년 남짓 전, 그 황당한 토픽의 공동 주연이 돼 경찰서에서 몇 가지 조사를 받은 직후 다시 사라졌기 때문에 가족은 물론이고 그 누구도 은상길의 근황을 수소문할 수 없었다. 은상길은 언젠가 유치원으로 들어가는 딸아이와 아내를 멀리 숨어서 바라본 적이 있다. 그러나 아무런 감흥이 일지 않았다. 가엽다는 생각도 미안한 마음도 들지 않았다. 은상길은 과거로 되돌아가지 않으며 내내 혼자 살았다. 이 거대한 무력증을 누구에게 호소해야 할지 막막할 뿐이었다. 이제는 자살할 의지조차 남아 있질 않았다. 은상길은 자신에게 한심하다고 손가락질할 사람들의 쇠로 만든 귀에다가 속삭이고 싶었다. 네가 뭘 아는데? 뭘 느꼈는데? 나였으면 더할 놈들이 가증스런 잘난 척들은. 나니까 내 지옥을 이만큼이라도 견디고 있는 거야. 알아? 어디 내 지옥 한번 하루만 대여해줘볼까? 응? 은상길은 이 세상이, 그리고 그 안에 갇혀 있는 자신이 오직 헛것처럼 여겨졌다.

저 북극부엉이의 울음소리를 따라 밤길을 걸으며, 은상길은 궁금했다. 그는 지금 어디서 무엇을 하고 있을까? 그는 왜 한 강에 투신한 자를 구해줄 정도의 수영 실력을 지니고 있으면서도 한강철교 위에 서 있었던 것일까? 그가 자살을 하려고 그 자리에 있었던 것 같지는 않다. 그렇다면 자살하는 사람들을 구경하려고 거기에 왔던 것일까? 왜 그날 이후부터 저 북극부엉이는 밤마다 나를 주시하고 있는 것일까? 어째서 다른 사람들에게는 저 북극부엉이의 울음소리가 들리지 않는 것일까? 물음표로만 등장하고, 명백한 것은 하나도 없는 세상의 모든 것들이 은상길은 날이 갈수록 끔찍했다. 세상이 오로지 악의로만 가득 차 있다면, 오히려 세상이 망할 때를 기다리며 참아볼 만도 할 것이다. 하지만 은상길에게는 꼭 그런 것 같지도 않았다. 이 세상은 쓸데없는 선의들이 득실거리는 바람에 혼란과 고통만 가중되는 형국이었다. 종말은 제자리에 있지 아니하고, 인간을 유인하면서 도주하다가 증폭돼 연명하였다. 절대불행 앞에서 악의와 선의란 무의미하다. 그저 동화(童話)를 가장한 부조리극일 뿐인 것이다. 가령, 그림 형제의 대표작「늑대와 일곱 마리 새끼 양들」의 원래 스토리는 이렇다.

옛날에 아빠 늑대와 엄마 늑대, 그리고 일곱 마리 쌍둥이 늑대들이 살고 있었다. 어느 날, 아빠 늑대는 일하러 나가고 엄마 늑대는 새 이불을 사기 위해 동굴을 나섰다. 엄마 늑대는 일곱 마리 새끼 늑대들에게 누가 와도 동굴 밖으로 나가지 말라고 신신당부한다. 엄마 늑대가 자리를 비운 뒤 동굴 밖에서 새끼 늑대들을 유혹하는 목소리가 들려온다. 양이었다. 그러나 새끼 늑대들은 엄마 늑대가 아닌 것을 알아차리고 동굴 속에서 꼼짝도 하지 않는다. 화가 난 양은 숲 속에서 가장 현명하다고 소문이 난 부엉이를 찾아가서 목소리 수업을 받는다. 그리고 다시 동굴로 찾아가 엄마 늑대의 목소리를 내며 새끼 늑대들을 기어이 밖으로 끌어낸 다음 일일이 뿔로 들이받아 죽였다. 이후로는 우리가 흔히 알고 있는「늑대와 일곱 마리 새끼 양들」그대로이다. 늑대가 자신을 엄마 양이라 속이고 일곱 마리 새끼 양들을 모두 잡아먹지만, 엄마 양은 잠이 든 늑대의 배를 갈라 새끼 양들을 모두 구하고 대신 그 안에 돌멩이들을 가득 집어넣었는데, 잠에서 깬 늑대가 물을 마시려다가 몸이 무거워 그만 우물에 빠져 죽었다……

왜 양은 아무런 죄도 없는 새끼 늑대들을 괴롭혔을까? 부엉이는 무엇일까? 이딴 미친 잔혹동화를 해석한들 무슨 삶의 까닭이 풀리고 한줌의 교훈을 얻게 된다는 말인가? 은상길에게는 오직 한 마리 북극부엉이만이 의미가 있는 것 같았다. 모습은 보여주지 않는, 그리고 은상길 외에는 아무도 들을 수 없는 소리로 울어주고 있는 저 북극부엉이 한 마리. 어느덧 은상길은 달빛 아래 환한 흰 벚꽃나무 앞에 우두커니 서 있었다. 흰 민들레 꽃잎 같은 벚꽃잎들이 은은한 바람을 타고서 밤공기 사이로 달콤한 독약처럼 퍼져 나가고 있었다. 그때 불현듯, 은상길은 온몸이 얼어붙어버렸다. 북극부엉이는 저 세계의 가장 춥고 혹독한 어둠의 끝으로부터 날아와 어느 지붕에인가 앉아서 울고 있는 게 아니었다. 북극부엉이는 거대한 벚꽃나무가 되어 순백의 꽃잎들을 흩날리며 울부짖기 시작했다. 분명 봄인데 눈이 내려, 한 사내의 어깨와 머리 위에는 조용히 하얀 재가 덮이고 있었다.

전갈(Scorpion)의

전문(電文)

어둠 속에서 에메랄드처럼 반짝이는 단 한 개의 눈, 다세대 주택이 늘어선 골목 안쪽에서 강해선은 자신을 올려다보고 있는 검은 도둑고양이와 조용히 마주보았다. 또 그 녀석이다. 지난해 늦가을 무렵, 왼쪽 눈에 쇠꼬챙이를 갈아서 만든 화살이 박힌 채 상가 건물 배수구 위에 쓰러져 울고 있길래 동물병원으로 안고 가 수술을 시켜주었는데, 퇴원 후 집으로 데려온 지 이틀 만에 나가버려서는 저렇게 종종 홀연 나타나곤 하는 것이다. 다가가면 달아나고, 다가가면 달아나고. 고심 끝에 고양이 사료를 그릇에 담아 내놓기도 했으나 정작 녀석은 입에 대지도 않았고, 다른 도둑고양이들이 몰려들어 먹어치우는 것을 한 역겨운 여편네가 그 위에 독극물을 뿌려대는 바람에 그마저도 못하고 있는 형편이었다. 검은 도둑고양이의 왼쪽 눈이 저 지경이 된 것이 누구의 소행인지는 더 이상 궁금해할 필요가 없었다. 해선은 적절한 기회가 잡히는 대로 그 지옥의 포주 같은 년의 두꺼운 목을 칼로 따버리기로 결정했다. 그리고 그것은 그녀가 저지르는 다섯번째 살인이 될 터였다. 해선은 검은 도둑고양이를 바라보며 약속했다.

"걱정 마. 복수해줄게. 죽이기 전에는, 그년의 왼쪽 눈깔을 파내버릴게. 그럼, 네가 와서 씹어 먹으럼."

아무튼, 녀석은 이번에도 다가가면 휙 달아나버릴 게 분명했다. ……인간이라는 악마가 너무나 저주스러운 나머지 자신을 구해준 나조차 믿지 못하는 것일까? 그런데 왜 잊을 만하면 굳이 찾아오는 걸까? ……해선이 현관문을 열고 나서 뒤돌아보니, 원래 그 자리에 있지도 않았던 듯, 역시나 사라지고 없었다. 해선은 그 외눈박이 검은 도둑고양이에게서 자신의 모습을 보았다. 하지만, 누구든 태어나는 그 순간부터 외눈박이 검은 도둑고양이였던 것은 아니다.

3층까지 계단을 걸어 올라 혼자 살고 있는 자신의 집으로 들어온 해선은 가방을 거실 바닥에 내려놓고 덱스터 고든의 색소폰 연주「Body and Soul」을 반복해 들으며 라면을 끓여 먹었다. ……키 크고 옷 잘 입었던 멋쟁이 덱스터 고든. 죽기 3년 전에는 버드 파월의 말년을 영화화한「Round Midnight」의 주인공을 맡아 아카데미 남우주연상 후보에까지 올랐었지. 연주 중에도 항상 말보로 연기에 가려져 있었던 사나이…… 해선은 냄비를 싱크대 개수통에 내버려둔 채 식탁에 앉아 오른손으로 라이터를 집었다. 담배를 끼고 있는 해선의 왼손은 의수(義手)였다. 1992년 봄, 부산의 한 전자제품 하청공장에 위장 취업 중 유압 프레스에 왼손이 말려들어가버리는 사고가 났던 것이다. 친하게 지내던 어린 동료의 실수였다. 공업고등학교를 자퇴하고 가족의 생계를 위해 사 년째 먹을 거 안 먹고 입을 거 안 입으며 열심히 일만 하던 그 착한 스물두 살 청년은 해선이 단 한마디 원망조차 건네지 않았음에도 불구하고 죄책감을 이기지 못해 음독자살하고 말았다. 그 아이는 해선을 그저 흔한 운동권 정도로만, 그것도 나중에야 어렴풋이 감지했을 뿐, 정말로 이 사회를 완전히 뒤엎어버리기 위해 목숨을 바치는 극단의 혁명가라는 사실을 눈치 채지 못했다. 해선은 가끔 상상한다. 만약 그 사실을 그 아이에게 진작 털어놨더라면, 그런 어리석은 선택은 애초에 없지 않았을까? ······아니다. 어쩌면 그런 말 자체를 전혀 알아듣지 못했을 수도 있다. 함께 혁명을 모색하던 동지들조차 고개를 갸우뚱하거나 비판을 퍼붓던 난해하고도 무자비한 사상이 아닌가. 이렇게 체념하고 마는 것은, 그것이 그 아이에게 죄책감을 가지지 않는 해선의 유일한 방법이었기 때문이다.

요즘 해선은 아직까지 국내에서는 한 번도 번역된 적이 없는 『소년혁명』의 원서를 홀로 번역하고 있다.

아마도 '소년'의 사랑이라는 것은 훗날 자유인이 되는 꿈, 그것이었는지도 모른다. 그런데 먼 훗날 결국 이렇게 되고 만 것이다. 이런 것을 우리는 '슬픔'이라고 부르며 인생을 되돌아본다. 친구여, 되돌아보지 마라. 불태워버리기 전에, 불타버리고말 것이다.

해선이 어제 잠들기 직전까지 손보던 문장이었다. 그녀는 이 책을 출판하려는 게 아니었다. 그저 마음에 들었고, 자신의 혼란을 수습하는 데에 도움이 된다고 판단했기에 염불 외듯, 독약을 핥듯 조금씩 번역해나가고 있을 뿐이었다. 중도 정당의 창당 캠프에 역시 위장 취업하면서 해선은 『소년혁명』에 나오는 "대중을 너무나 잘 아는 정치 기술자가 반성하는 지성이 부족해 패배에 익숙해지면 그는 웃기지 못하는 광대가 되거나 아무런 요술도 부리지 못하는 동네 양아치 같은 악마가 돼버린다"는 구절에도 절절히 공감했다. 20세기가 저물어가면서, '혁명'은 주판이나 타이피스트처럼 사라진 단어가 되었다. 해선은 자신이 북한으로 망명해 무시만 당하다가 대동강 변에서 낚시나 하며 늙어버린 적군파의 일원처럼 여겨졌다. 중동으로 넘어갔던 적군파들은 서구의 공항에서 총질이라도 실컷 해본 다음 죽기라도 했지. 강해선은 벌써 쉰두 살이었다. 지하에 남아 이 지루한 투쟁으로 연명하기에는 이미 오래전에 한바탕 사생결단을 결행했어야 할 나이라고 그녀는 자책했고, 그것은 괴로움보다는 우울이었다. 조직은 적에 의해 노출돼 분쇄된 것이 아니라 천박과 유행에게 농락당하다가 스스로 와해됐다. 칸트는 태양의 표면에서 유황불이 끊임없이 타오른 나머지 산소 부족으로 태양이 꺼져버릴까 노심초사했다고 한다. 뉴턴은 실험실에서 금을 만들어보려다 숱하게 밤을 지새웠다고 한다. 그것이 해선이 읽은 칸트와 뉴턴이었다. 불세출의 업적과 명성을 누리던 철학자와 과학자조차 저런 어리석음에 갇혀 있었다는 사실은 인간에 대한 실망이 아니라 그 시대의 한계다. 우리의 혁명은 도대체 어떤 한계에 갇혔던 것일까? 강해선은 후회하진 않았다. 죽음으로도 돌이킬 수 없었기 때문이다. 친구여, 되돌아보지 마라. 불태워버리기 전에, 불타버리고 말 것이다.

그녀의 책상 앞 회벽에는 번개 전(電) 자가 붙어 있었다. 언젠가 거리의 서예가에게 단돈 만 원을 주고 부탁해 받은 글자였다. 왜인지 모르겠으나 그것만 보면 해선은 한 마리 독이 잔뜩 오른 전갈이 떠올랐다. 말하다, 거듭하다 신(申) 자는 번개 전(電)의 본래 자이다. 자형(字形)은 번갯불이 구름 사이를 가르는 모습이다. 옛사람들은, 번개가 번쩍이는 것은 신(神)이 자신의 존재를 드러내는 것이라고 여겼기 때문에, 신(申)을 신(神)의 뜻으로 썼다. 해서 후에 보이다, 알리다 시(示)를 덧붙여 신(神) 자를 짓고, 비 우(雨)를 붙여 전(電) 자를 완성한 것이다. 해선은 혁명(革命)을 기획할 때 혁명이라는 단어보다 항상 번개 전(電) 자가 먼저 생각났다. 이것이 원인이었는지, 그녀의 혁명은 실패해도 실패한 게 아니라 단지 무한대로 유보 중이었다. 태초부터 신이 없으니 혁명이 나타날 리가 없고, 혁명이 거세된 지옥이야말로 진정한 지옥인 것이다. 딜레마. 신을 믿자니 혁명가가 못 되고, 신을 부정하자니 혁명이 안 되고. 당연히 문제의 핵심은 강해선 그녀 자신이었지만, 그것을 그녀는 자신의 인생이 천 년에 한 번씩 황당무계하게 탈바꿈하는 시대에 딱 걸려버린 탓으로 돌리고 있었다. 착각의 감옥. 전도몽상(顚倒夢想)의 수렁. 이것은 절대로 종식되지 않을 일상적인 난세였다. 영웅이 소용없는 난세. 비극에 대한 설명 자체가 성립 불가능한 난세. 『소년혁명』에는 이러한 대목도 있었다.

사람들은 뛰어난 이론은 완벽한 이론이라고 생각한다. 뛰어난 이론은 완벽한 이론이 아니라 장점과 오류가 분명한 이론이다. 또한 그 오류 속에서도 오래 지속되면서 수많은 변종들을 생산해내는 이론이다. 마르크스의 이론처럼. 카를 마르크스 박사의 바람과는 달리, 마르크스주의는 인간의 행복과는 별 상관이 없다. 마르크스주의는 마르크스주의 스스로 행복할 뿐이다. 지난날의 모든 것들이 재가 돼버린 뒤 그저 나만 남겨진 것 같은 내가 눈을 감으면, 당신과 나의 세상은 악의로 가득 차 있는 것이다.

이제 해선은 의수를 빼내 책상 위에 올려놓고는 『소년혁명』의 영문판을 펼친다. 누군가와 전보(電報)를 주고받던 과거는 얼마나 명확했던가.

　—부친 위독. 급 상경 바람.

　저런 글귀들이 짙푸른 잉크 자국으로 찍혀 있던 우체국의 투박한 카드들. 길을 걷다가 우연히 꽃집을 마주치게 되면, 어쭈 이거 봐라, 지옥에도 꽃집이 다 있네, 하고 강해선은 곧잘 혼잣말을 내뱉곤 하였더랬다. 잘려나간 왼손을 잘 거둬서 무덤이라도 만들었더라면 참 좋았을 텐데, 하는 상념에 시달렸던 시절. 타락했었던 거야, 타락, 하며 지금의 그녀는 피식 웃고 만다. 프리드리히 니체가 『선악의 저편』에서 "괴물과 싸우는 사람은 그 싸움 속에서 스스로도 괴물이 되지 않도록 조심해야 한다. 우리가 괴물의 심연을 오랫동안 들여다본다면, 그 심연 또한 우리를 들여다보게 될 것이다"라고 지껄였던 것은 이제 해선에게 멋쩍은 농담조차 되지 못하는 것이다. 다만 그녀는 증오에 인이 박인 오른손으로 영원히 모를 것만 같은 이방의 언어를 아득한 모국어로 옮겨 적는다. ……그런데, 그때, 어디선가 이상한 소리가 들렸다. ……새? ……창문을 열고 봄밤을 내다본다. 가장 춥고 혹독한 어둠의 끝에서 울고 있는 어떤 새소리가 별자리 너머로 울려 퍼지고 있었다. 불쑥, 그녀는 가슴이 터져 미칠 듯 비명을 지르고 싶었지만, 정말 그러고 나면, 자신이 불살라버려야 할 세상이 저 혼자 사라질 것만 같아, 사랑을 입으로 고백하는 벙어리마냥 우우거리고 있을 뿐이었다.

떠나는
그 순간부터
기억되는 일

그제는 난생처음 망고를 먹다가 앞니 하나가 부러졌다. 과일 속에 짐승의 뼈다귀가 박혀 있을 줄 감히 상상이나 했겠는가? 평안북도 정주(定州)가 고향인 스물세 살 청년 리신적은 목숨을 건 생고생 끝에 북한을 탈출해 서울에 정착한 지 어느덧 5년째이지만, 이렇듯 생활의 세세한 부분들 가운데서 자신이 아직도 대한민국 국민은커녕 21세기 현대인이 아니라는 콤플렉스를 가끔씩 절감하고는 깜짝깜짝 놀라는 거였다. 망고…… 대형마트 안을 거닐다가 우연히 발견한 그 예쁜 것을 충동적으로 다섯 개 사서 혼자 살고 있는 반지하방에 돌아오자마자 제일 큰 놈으로다가 칼로 껍질을 깎아낸 뒤 한입 베어 문 게 사달의 시작이었다. 너무너무 달고 맛있는 나머지 정신이 나간 채로 덥석덥석 깨물어 삼키다가 그만 빠악! 소리가 나고 만 것이다.

자괴와 우울…… 본시 남한 사람이라면 세 살 먹은 어린애일지라도 이와 같은 무지의 상태에 놓이지는 않았으려니와, 백 번을 양보해 만약 그렇다고 하더라도 이가 부러지는 일까지는 벌어지지 않았을 터이다. 북한에서 성장한 리신적은 여러모로 육신이 부실했으니, 치아라고 예외일 리 없었다. 탈북자 대안학교에 재능기부로 2주에 한 차례씩 문학 강의를 오는 소설가 이은파 선생에게 신적은 전화로 이렇게 물었다.

"선생님, 뭔 과일 안에 넓적하고 단단한 뼈가 다 있단 말입니까?"

"……바보야, 그건 뼈가 아니라 망고 씨야. 아이고."

그러며 이은파는 기막혀 했지만, 그 뒤끝에는 쓸쓸함이 배어 있었다. 신적은 노트북으로 인터넷에서 망고나무의 사진을 검색해보았다. 과연…… 망고는 열매가 귀엽지만, 거대하고 무서운 식물이었다.

갖은 아르바이트들에 눈코 뜰 새가 없는 리신적은 대학 진학을 앞두고 있었다. 그는 의학이나 공학을 전공하라는 주변의 강력한 권고를 간단히 무시하고 영문학을 선택했다. 언젠가 모 대학교 명예교수인 탈북자 대안학교 여 이사장님의 손에 이끌려 가 공신력 있는 기관에서 정식으로 치른 지력 테스트에서 리신적은 전 세계적으로도 최상위권의 점수를 받았더랬다. 하긴, 보는 시험 시험마다 족족 성적이 믿을 수 없이 탁월하기에 이게 대체 뭔 상황인가 싶어 정체를 확인코자 했던 것이지만.

"조선 오백 년간 과거 급제자가 가장 많이 나온 지방이 평안 북도 정주라더니……"

이사장님은 그렇게 말끝을 흐리며, 마치 본인 속으로 낳은 자식이 그런 것처럼 뿌듯해하였다. 그런데 참으로 안타까운 노 릇이지만…… 그 천재 탈북 청소년은 남한에 살게 된 3년 동안 에 세 차례나 자살을 기도했고, 그중 세번째—제 손목을 긋고 피 칠갑이 돼 임대아파트 거실에 쓰러져 있는 것—일 때 중고 서점에서 산 대입 수험서 몇 권 전해주겠다고 방문했다가 그를 발견하고는 119 구급차를 부른 이가 바로 이은파였다. 열린 미 닫이 창문 밖으로 푸른빛이 도는 초여름 날이었다. 병실 침대 위에서 의식이 회복됐을 때 신적은 이 악질 반동 소설가 선생 이 조금도 고맙지 않았다. 그런 그에게 이은파는 무슨 독백이 라도 하는 투로 이렇게 말했다.

"보르헤스라는 위대한 소설가가 있었다. 그에게 노벨문학상 이 돌아가지 않자, 전 세계적으로 항의가 일어났을 정도니까. 1899년생인데, 유전적 질병으로 거의 장님이었어. 근데 이 양 반이, 자신의 「1983년 8월 25일」이라는 단편소설에서 바로 그 날 자살할 거라고 공언을 한 거야."

"……"

"보르헤스가 8월 25일을 고른 것은 그의 생일이 8월 24일이 었기 때문이었을 거야. 생일보다는 하루를 더 산 다음 죽으려 고 했던 거겠지."

"……"

"……결국 자살을 안 했다."

"뭡니까? 장난이 심하잖습니까?"

"그러니까. 그래서 한 기자가, 왜 자살을 하지 않았느냐고 묻자, 그가 이렇게 대답했어."

"……"

"겁이 나서."

"……"

"그러고 나서, 1986년도에 죽었다. 거의 두 달 모자라는 삼 년 뒤에, 간암으로. 그 두 달 전쯤에는 결혼까지 해놓고."

"……뭔지, 잘 모르겠습니다."

"남의 인생 나도 잘 알지는 못해. 알고 싶지도 않고. 물론 네 인생에 대해서도 마찬가지지. 다만……"

"……"

"다만, 인간이란 어차피 가만히 의자에 앉아만 있어도 시간이 알아서 죽여주게 돼 있는 거다. 그걸 일부러 앞당길 필요는 없다는 얘기야."

"……"

"게다가, 네가 일부러 스스로 죽은 바로 그다음 날, 갑자기 지구가 멸망할 수도 있는 거 아니냐. 얼마나 재밌겠어? 그 좋은 구경을 왜 포기해?"

"……리 선생님."

"왜?"

"말씀하시는 게 꼭 정신병자 같습니다."

리신적이 영문학과에 지원한 것은 이은파의 영향이 컸다. 물론 그가 그것을 가장 반대한 사람이었지만 말이다. 하지만 이은파는 대안학교에서 행한 자신의 가르침에 대한 책임이 엄연했다.

"……너희가 이렇게 고향을 떠나 고생하는 것은 너희 탓이 아니다. 한반도의 현대사라는 거대한 흐름 속에서 남한은 자본주의와 자유민주주의를, 북한은 공산주의라고도 할 수 없는 샤머니즘적 신정(神政) 파시즘 체제가 들어선 탓이지. 역사 앞에서 개인은 아무 힘이 없다. 남한 사람들을 미워하지 마라. 섭섭하게 생각하지 마라. 남한 사람들도 산업화와 민주화를 이루기 위해 엄청난 고생과 희생을 감내한 거니까. 앞으로 통일 이후에 너희가 할 수 있는 어떤 일들을 찾아서 미리 해나가라. 해야 할 일이 없는 사람이 가장 불쌍한 거다. 신념은 고통 속에서도 인간을 강하게 만든다. 현대문학을 많이 읽어라. 그러면 남한 사람들, 아니 현대인들이 왜 이렇게 어처구니가 없는지 이해하게 될 것이다. 어려운 예술을 감상할 줄 알아야 이 미친 세상을 견디며 살아갈 수 있는 사람이 된다. 그저 재미있는 이야기만 들려주는 것은 현대문학이 아니다. 요즘 사람들이 그런 것들만 읽기 때문에 정작 자신이 누군지 모른 채 더욱더 깊은 혼란 속으로 빠져들고 있는 거다. 너희는 어쨌든 무조건 다 설명돼야만 하는 지옥에서 아무것도 이해가 안 되는 천국으로 온 거거든. 결국 둘 다 지옥은 지옥이지만, 수령님이 있는 것보다는 수령님이 없는 세상이 좋은 세상이다. 북한에 있지 않다고 해서 수령님이 없는 건 아니다. 그 빌어먹을 수령님은 온갖 모습으로 세상 도처에 깔려 있다. 수령님 없이 살아가는 법을 배워야 해. 해야 할 일만이 삶의 신(神)인 거야. 그게 정말 자유다. 인간이 가져야 할 유일한 이념이다."

신적은 그런 설교를 늘어놓고 있는 이은파가 정작 '문학'이라는 수령님을 모시고 있는 것은 아닌지 의심되었다. 그저 신적이 신뢰하는 것은, 비록 알 수는 없지만 분명히 느껴지는 이은파의 어둠이었을 뿐이다. 아랫목에 누워 있는 리신적은 부러진 앞니를 매만지며 이불을 가슴께까지 끌어올린 뒤 왼손 손등으로 두 눈을 가렸다. 그는 지쳐 있었다. 어젯밤 꿈에 또 아버지를 보았기 때문이다.

반지하방의 문 밖에서는 조금 전부터 고양이 한 마리가 애처롭게 울고 있었다. 북한의 수용소에서는 깡마른 쥐조차 귀하디귀한 단백질 덩어리였다. 그렇다면 고양이를 온전히 고양이로만 바라보게 된 자신은 이제 남한 사람이 다 된 게 아니냐고 신적은 농담 같은 쓴 웃음을 홀로 지었다. 사실 두 해 전 어느 봄날, 그는 배가 고파 산에서 도시로 내려와 사살당한 멧돼지의 고기를 아는 경찰을 통해 우연히 몇 근 얻어 구워 먹어본 적이 있었다. 그런데 뭐가 잘못된 건지, 디스토마에 걸려버렸다. 한

의사는 흰 민들레 씨앗과 전갈(全蠍)을 말려 갈아 만든 약을 지어주었다. 며칠을 더 고생하다가 결국 보건소에 가서 양약을 받아 먹고는 겨우 나았지만, 그때 고열에 시달리는 내내, 하나밖에 없는 아들의 왼손을 놓치고 압록강 물살에 휩쓸려 순식간에 사라지던 아버지가 꿈에 나타났다. 리신적은 아버지가 싫었다. 이유는 간단했다. 다시는 만날 수 없는 아버지이지만, 보고픔보다 보아서 생기는 괴로움이 훨씬 더 컸기 때문이다. 완전한 이별의 마지막 순간은 그래서 중요하다.

……고양이는 울음을 그치지 않고 있다. ……생각해보니, 2년 전 그날 손목을 그었던 그 칼로 그제 망고 껍질을 깎았던 거네…… 신적이 문을 열자, 역시나 종종 찾아오는 외눈박이 검은 도둑고양이다. 참으로 이상한 녀석이다. 신적이 다가가서 만져도 꺼리거나 도망치는 법이 없다. 오히려 이렇듯 오랜 친구 같다. 함부로 버려졌으되 다만 살아남았을 뿐인 늠름한 존재에게 도둑이라는 이름을 무참히 달아버리는 인간은 온 우주의 강도다. 대체 어느 악마가 저 아름다운 눈동자와 똑같은 다른 하나를 파내버린 것일까? 리신적은 애잔한 분노를 삭이며 녀석을 안아 들고 문을 닫은 뒤 머리끝까지 이불을 뒤집어썼다. 역사니 이념이니 신념이니 알 바 없을 동물의 몸에는 칼바람이 묻어 있어 북극처럼 차가웠다. 신적은 자신의 일생에게 그러듯 녀석을 꼭 끌어안았다. 어둠이다. 그러나 장님이라고 한들 아무것도 보지 못하진 않을 것이다. 마음에도 눈이 있기 때문이다.

두 눈을 질끈 감고 두터운 이불까지 뒤집어써도 신적에게는 아버지의 마지막 눈동자가 다시금 떠올랐다. 하지만 이것은 이겨낼 일, 절대로 굴복하지 않겠노라 되뇌고 다짐했다.

책상 위에 놓인 망고 네 개가 어둠의 궁륭에 파묻혀 서로를 보듬은 채 의지하고 있는 두 동물을 가만히 내려다보고 있었다. 밤의 창문에는 고통의 재 같은 첫눈이 내리고 있었다. 달콤한 열매 속에 짐승의 뼈가 숨어 있는 거대한 망고나무 같은 세계였다.

옛사람

1

이것은 그가 내게 일방적으로 선물한 어른으로서의 재회기(再會記)이다. 아직은 소년일 수밖에 없던 그와 나의 간절한 소망. 우리는 마지막 단어가 열려 있는 어른이 되고 싶었다. 가령, 인생의 머리맡에 고통·실연·핍박·처참·비정·슬픔·배신·후회·굴욕·이별·허무·증오·질투·원망·상실·외로움·저주 따위의 낱말들이 차례로 늘어선다 하여도, 그 끝자리만큼은 늘 희망의 어휘로 마감되길 원했던 것이다. 나는 굳이 그토록 어려운 방식을 택해 내 앞에 다시 나타난 그의 속셈을 한동안 궁금해하기도 하였다. 그러나 이제 나는, 말 못하고 얼굴 없는 태풍조차도 자신을 확인시키기 위해 가끔씩 하얀 돼지 떼를 빨간 기와지붕 위에 올려놓는다는 것을 누구보다 잘 안다.

내가 약속을 어겼는데도 그는 나를 찾아왔다. 나는 매일 밤 화려하거나 퀴퀴한 술집 구석에서, 때로는 이름밖에는 모르는 사람들과 히히덕거리며 엄연한 추억들을 무참히 사라지게 하였으나, 그는 지니기 싫었지만 간직해야 했던 괴로운 비밀, 저 뜯기고 해어진 슬픔의 수의(壽衣)를 고이 접어 내 더러운 주소로 보냈다. 아무것도 남지 않았다고 믿게 되었을 때, 그는 길모퉁이의 작고 누추한 방을 향해 차례로 불 켜지는 저녁 가로등처럼 내게로 돌아왔다.

나는 그를 부인하기도 전에 나를 먼저 잊고 살았다. 어리석게도 일찍이 내가, 곧 불어 닥칠 내 가슴 아픈 사랑을 한번도 마중 나가지 못했듯이. 그는 나의 마지막 단어를 열어주었다. 환하고, 아프게. 그리고 다시 홀연 떠나버렸다. 1999년의 어느 봄날이었다.

2

언젠가 나는 혜화동 마로니에 소극장 부근의 골목에서 가수 김광석과 마주쳤더랬다. 아니다. 그저 내 쪽에서 보아버렸다고 해야 정확한 표현일 터이다. 아무튼 김광석은 햇살에 이마를 찌푸리며 나를 무심히 스쳐 지나갔다. 그날 밤, 나는 이유 없이 우울하고 가슴이 답답해 잠을 이룰 수가 없었다. 그리고 며칠 뒤, 가수 김광석은 목을 매달아 자살했다. 이런 식의 경험은 인연에 미달하는 우연과 능력이 될 수 없는 과대망상 사이 어디쯤에서 발생한다.

산부인과 의사 우철기, 고등학교 수학 선생 전민수, 그리고 노동운동 관련 시국사범으로 감옥에 2년 남짓 갇혀 있다가 집행유예로 풀려난 지 얼마 안 되었던 나 조근상. 고등학교 동창생인 이렇게 우리 셋은 마포의 한 돼지갈비 집에서 모락모락 소주잔을 돌리고 있었다.

그런데 그 자리에서 철기와 나는 민수로부터 뜻밖이다 못해 해괴한 얘기를 들었다. 녀석의 주장인 즉슨, 모든 비디오 대여점의 한두 벽면쯤은 메우고 있게 마련인 국산 에로물에 정호가 주인공으로 나오더라는 것이다.

아무리 멋대로 굴러가는 게 인생이라지만, 기억에 남아 있는 정호의 옛 모습을 돌이켜보건대, 민수의 사뭇 진지한 말투를 철기와 나는 곧이곧대로 받아들일 수 없었다. 친구들 사이에서 정호에 관한 소식이 완전히 두절된 지는 벌써 20년 가까이 되어가고 있었다.

철기가 말했다.

"그땐 우리가 아직 어린애들이었는데, 네가 본 그 남자가 꼭 정호라고 확신할 수 있겠어?"

내가 말했다.

"맞아. 담임 그만둔 뒤로 상상력이 너무 풍부해지신 거 같아.”

“이 새끼들이…… 나도 첨엔 설마설마 했어.”

“졸업앨범 뒤적여서 복기해보면 되겠네.”

“……”

“……”

무슨 묘안이라도 되는 양 철기가 내뱉은 이 말에 철기를 포함한 셋은 일순 묘한 침묵 속에 빠져들고 말았다. 그럴 만한 이유가 있었던 것이다.

어색해진 분위기라도 깨려는 듯, 급기야 민수는, 그렇다면 직접 확인해보라며 문제의 에로 비디오 영화 제목까지 일러주었다. 녀석은 자신이 실없는 사람으로 몰렸다고 여겼는지, 잠시 후회하는 기색을 내비쳤다. 하지만 철기가 부랴부랴 제 장모 험담을 쏟아내는 것을 계기로, 민수의 황당한 특종은 뒤따라 이어지는 술주정 추럼들 속에 파묻혀버렸다.

셋이서 기껏해야 소주 다섯 병에 일제히 혀가 꼬이다니. 다들 주량이 많이 줄었음을 안타까워하며 우리는 자정 즈음에 헛헛하게 헤어졌다. 철기는 새로 생긴 여대생 애인을 사랑해주러 신촌 쪽으로 가고, 집이 부천인 민수는 교장 선생에게 올려야 하는 골치 아픈 보고서가 있다는, 뭐 그런 식이었다.

나만이 여러 대의 빈 택시들을 그냥 보내며 도로변에 우두커니 남았다. 아주 오래전 그날, 억울함에 일그러졌던 정호의 필체가 갑자기 떠올랐다.

―나는 결백하다.

오직 내게만 호소하던 그 목메인 짧은 문장. 나는 나의 옛사랑이 너무도 가슴 아파, 그때까지 그래왔듯, 내게 불편한 모든 것들을 다 외면하기로 다시금 다짐했다.

그러나 다짐하고 노력한다고 해서 인생이 제 뜻대로 굴러간다고 믿는 것은 유치한 오만임을 알게 되기까진 그리 오래 걸리지 않았다. 죄가 덮어지고 있다면, 그것은 고작 우연인 것이다.

처음엔 감동으로 다가오던 시간적 여유가 이미 무료함으로 변한 터였다. 하여 철기와 민수를 만난 지 보름 뒤쯤 나는 사장이 사촌 형인 작은 광고회사에 첫 출근을 했다. 가까운 사이니만큼 더욱 예의를 갖추고 싶었다. 나는 무난한 양복과 넥타이 차림으로 집을 나섰다. 오랜만에 어딘가에 소속된다는 기분이 싫지 않았다. 그런데 아직도 할부가 십구 개월이나 남은 자동차 문에 키를 갖다 대려는 순간…… 나는 그것을 보고야 말았다. 우, 그것! 그것을 과연 어떻게 묘사할 수 있을까. 보랏빛이 감도는 털뭉치 모양의 그것은 크게 째진 눈으로 함박 웃으며 높지도 낮지도 않은 허공을 럭비공처럼 탕탕 튀어 아파트 경비실 뒤편 공원으로 사라지고 있었다.

요정(妖精). 나는 그것을 요정이라고 생각하였다. 왜냐하면 그것은 일단 요정이라고 생각하지 않으면 아무것도 아닌 무엇이었기 때문이다.

나는 요정을 확인하려고 달려갔다. 하지만 거기에서 발견한 것은 요정이 아니라 한 사내였다.

그는 냉정해 보이는 히말라야시다 곁에서 맨손체조를 하고 있었다.

그는 정호였다.

3

외투 안에서 독한 술병과 낡은 회중시계와 피 묻은 손수건이 떨어질 것 같은 사람. 탐 웨이츠는 젊은 시절 해변가를 방황하며 홀로 음악을 터득했다. 그의 사상적 기반은 비트 작가인 잭 크로악과 찰스 부코스키이다. 영화배우로서도 심심치 않게 모습을 드러냈는데 대부분 주정뱅이 라디오 디제이 아니면 인생 낙오자로 열연하였다. 결국엔 자신의 일상을 흉내 내는 것과 마찬가지였을 테니 그다지 칭찬할 바가 아닐는지도 모른다.

내가 탐 웨이츠를 듣고 있었던 건 불안해서였다. 혼란스러웠다. 왜 불안한가? 무엇으로 인해 혼란스러운가? 솔직히 말하자면, 그건 두려움이었다. 나만이 알고 있는 나에 관한 두려움.

나는 민수가 말했던 그 에로 비디오 영화를 보았다.

까지고 가슴 큰 여자 재수생들만 십여 명 다니는 놀라운 미술학원이 있다. 그녀들은 그곳에서 단 하나뿐인 남자 강사와 번갈아가며 여러 장소에서 갖가지 자세로 섹스를 한다. 이상이 간단하고도 전부인 내용이었다.

민수의 눈썰미는 옳았다. 거기에는 정말로 정호가 있었다. 어른이 된 정호. 그 미술 강사는 요정이 숨어버린 자리에서 히말라야시다와 함께 나를 퀭하게 응시하던 바로 그 정호였다. 녀석은 크레디트에서 강혜성이라는 연예계형 가명을 쓰고 있었다.

강혜성. 하! 박정호가 강혜성!

그 또래의 단짝들이 으레 그러하듯 정호와 나 역시 엉뚱한 언행과 상상을 자주 일삼고 공유하였더랬다. 이를테면 천사들은 변성기를 겪지 않은 소년의 목소리를 지녔으리라는 믿음 같은 것들…… 우리는 시적이었고 또한 종교적이었다.

정호와 나는 1학년에 이어서 2학년으로 올라가서도 서로의 옆자리에 앉았다. 정호가 상위권의 학업 성적과 온화한 성품을 유지했던 것에 반해 나는 매사가 불만으로 가득 찬 중간이 최선인 아이였다.

되바라지게도 나는 감히 모순투성이의 교육 제도를 부정하고 이 나라의 야만스러운 정치 상황에 이를 갈아댔다. 나이에 어울리지 않는 분노를 품고 산다는 것. 그건 정말이지 하루하루가 더럽게 피곤한 일이었다. 돌이켜보건대 당시 나는 타고난 예민함과 고집에다가 크게 세 가지로 요약될 수 있는, 다음과 같은 자극들이 보태어져 세상을 경멸하는 병을 얻은 게 아니었나 싶다.

우선, 내 아버지는 군부 독재정권에 의해 강제로 퇴직당한 신문기자였다. 그는 고전음악을 듣거나 책을 읽는 것 외에는 어떠한 일도 하지 않으며 하나뿐인 아들의 사춘기를 최대한 우울하게 만들고 있었고, 아버지의 아내이자 내 어머니인 여인은 내가 태어나기 전부터 그랬듯 촌지를 구태여 사양하지 않는 초등학교 속물 평교사였다. 이것이 내가 추측하는 나를 얼치기 청소년 투사로 길러낸 첫번째 자극이다.

다음으로, 우리 반에는 하늘의 새도 떨어뜨린다는 여당 정치인의 늦둥이가 있었다. 사람들은 녀석의 아버지가 유력한 차기 대권주자라고들 수군거렸다. 코가 커다란 그가 자신의 육군사관학교 동기인 대통령과 함께 커다란 체육관에서 무슨 행사인가를 마친 이튿날, 늦둥이는 곧바로 교장에 의해 학생회장으로 추대되었으며 선생들은 물론 교정 화단의 잡초들조차 녀석에게 알랑거리기 시작했다. 으, 지옥이 따로 없었다. 나는 어서 대학교에 진학해 운동권이 되기를 갈망했으며, 아주 과격한 궁리를 할 적에만 마음이 편안해지는 지경에 이르렀다.

그리고 세번째, 그때까지 나 스스로도 정확히 알지 못하는 나에 대한 어떤 의문이 있었다. 그 의문은 스물세 살이 되어서야 겨우 명확해졌고, 그것을 어쩔 수 없이 받아들이는 지금의 내가 되기까지는 훨씬 더 많은 시간이 필요하였다.

……방과 후 우리는 운동장 스탠드에 앉아 있었다.

고추잠자리들이 햇살과 코스모스들 틈에서 수시로 몸을 감췄다 나타나기를 반복하고 있었다. 정호는 성경과 불경, 그리고 그리스 신화에 대한 관심이 남달랐다. 녀석은 평소 과묵한 편이었으나 그런 이야기를 할 때만큼은 우스개까지 섞어가며 뛰어난 말솜씨를 구사하곤 하였다.

의심하는 도마에게 예수가 손바닥의 못 자국을 직접 만져보게 하던 것, 무의미하고 극단적인 고행을 버리고 수자타라는 여인이 건네준 우유를 마시는 싯다르타, 자살한 나르시스의 핏속에서 한 떨기 수선화가 피어나는 장면 등을 묘사하며 빛으로 차오르던 정호의 눈동자를 나는 결코 잊을 수 없다.

나는 정호에게 애를 써도 나아지지 않는 내 학업 성적을 한탄하였다. 또 장차 꿈이 신문기자이며 그러려면 아무 대학교라도 신문방송학과를 가야겠는데 지금 같아선 어림없는 희망임을 길고 지루하게 늘어놓는 중이었다. 나는 신문기자가 되려면 반드시 신문방송학과를 졸업해야 한다고 믿던 터였다. 과거 신문기자였던 내 아버지가 정치학과 출신이었는데도 말이다. 어쨌든 그때의 내 그런 무지한 소견은 아버지와 나 사이에 대화가 얼마나 부재했던가를 단적으로 보여준다.

"넌?"

"응?"

"너는 뭘 전공하고 싶은데?"

나로선 별 뜻 없이 던진 질문이었다. 그러나 정호의 대답은 충격, 그대로였다.

"나 육사 갈 건데."

"어?"

"육군사관학교."

"농담이지?"

"농담은."

"말도 안 돼. 왜 하필 군인이지?"

"정치하려구. 왕이 되려구."

"뭐?"

"미희 아버지가 대령인데 장군 사위를 보고 싶다고 그랬다네. 하하."

"누구?"

나는 그때 정호가 미희라는 여자아이와 연애를 시작했다는 사실을 처음으로 알게 되었다. 정호는 운동장의 공 차는 녀석들 속으로 뛰어들어 갔다. 나는 멀어지는 그의 뒷모습이 내 뒷모습처럼 낯설었다. 질투. 처음에는 그것이 어떤 감정인지조차 판단이 잘 서질 않았다. 칼은 무언가를 찌르거나 베고 났을 때 존재가 확연히 드러난다. 그러기 전에는 찔리거나 베이는 대상만이 확연할 뿐인 것이다. 질투. 죄를 저지르고 나서야 확연해진 그것은, 질투가 맞았다.

"동물원의 원숭이들이 왜 말을 안 한다고 생각하냐?"

"동물원, 뭐?"

"동물원 원숭이들이 어째서 말을 쓰지 않느냐고."

"원숭이가 어떻게 말을 해?"

"아냐. 원숭이들도 말을 할 줄은 알아. 근데 일부러 입을 다물고 있는 거라구."

"……뭣 때문에?"

"사람들이 그 사실을 알게 되면 일 시킬까 봐서. 하하."

"재밌네. ……그런가?"

"근상이 너, 웬 몸이 그렇게 불었냐?"

"스트레스 많이 받아서 그렇지 뭐. 빼야지."

"뚱뚱한 거 정말 위험한 거야. 당뇨 걸리기도 쉽고. 그래서 재수 없음 눈도 멀어. ……네 생각 참 많이 나더라."

"……그랬어?"

"뭐 한다고?"

나는 거짓말을 하기로 결심했다. 아주 오래전에도 녀석에게 그랬듯이.

"한동안 놀다가, 그저께부터 광고회사에 다녀. 전에도 다른 광고회사에 오래 있었고. 아무리 뺑이를 쳐도 결국은 그 바닥을 못 벗어나더군. 카피라이터야. 발기 불능과 흰머리밖에는 남는 게 없는 직업이지."

"난 얼마 전에 영화사 차렸다."

"……나, 네 영화 봤다."

"내가 감독한 거, 아님 내가 직접 나오는 거?"

"네가 직접 나오는 거."

"그래?"

"응."

"웃었겠구나."

"……좀 그랬어."

"좀 그러지 말지 그랬니. 어째, 추하더냐?"

"그건 아니지만."

"나는 정직하다."

"엉?"

"나는 정직하다고. 적어도 자신을 속이거나 감추진 않아. 정직하지 않은 건 세상이지. 포르노를 찍는 나는 정직해."

나는 위스키가 담긴 작은 술잔을 꼭 거머쥐었다. 한 길 사람의 쓸쓸한 심경을 감추려는 것이었다. 담배 맛이 달았다. 정호는 보랏빛이 감도는 칵테일을 마시고 있었다.

"그거 이름이 뭐냐?"

"이거? Encounter an old friend."

"색이 참 묘하네."

먼저 전화를 건 쪽은 정호였다. 나는 내가 자주 찾는 재즈 바를 약속 장소로 정하였다.

……교련 수업조차도 혐오하던 나였다. 내색하지는 않았지만 나는 더 이상 정호의 눈을 똑바로 쳐다보기가 버거웠다. 그가 정말로 그런 뜻을 품고 있는 속물이라면 나는 정호가 아닌 정호와 사귀고 있던 셈이었다. 역겨운 경계심이 울컥울컥 치미는 순간순간마다 나는 차라리 그가 헛소리나 일삼는 싱거운 녀석이었으면 했다. 하지만 세상에서 내가 가장 잘 알고 있는 그는 절대 그렇지가 않았다. 나는 정호의 옆얼굴을 향해 속으로 되뇌곤 하였다. 내가 왜 이러지? 내가 왜……

그렇게 몇 주가 흘렀을까. 조회 시간에 담임 선생은 정호가 당분간 결석할 것이라고 공지하였다. 그제야 나는 한번도 그의 집에 놀러가보지 못했다는 사실을 상기했다. 막상 따지자니 나뿐이 아니었다. 다른 모든 친구들도 마찬가지였던 것이다. 신기한 정도는 아니더라도 흔치 않은 경우인 것만은 분명했다. 담임 선생에게서 정호의 집 주소를 알아낸 나는 성남 방면으로 향하는 버스에 올랐다.

"……정호, 너 어디 상가에 다녀오는 길이냐?"

"왜?"

"검은 양복에 흰 와이셔츠, 검은 넥타이. 안 그래?"

"이상해?"

"그건 아니고."

"나 원래 이러고 다녀. 검은색은 섹시하거든."

다 무너져가는 3층짜리 연립주택의 1층. 귀공자 타입의 정호와는 도무지 어울리지 않는 집이었다. 나는 과연 맞게 찾아왔는지를 재차 확인해야 했다.

철문은 슬리퍼가 끼워진 채로 열려 있었다. 나는 신발장에 기대어 정호를 불렀다. 북향의 넓지 않은 창이 놓인 거실은 을씨년스러웠으며 오래 돌보는 손길이 없었음이 삐뚤게 걸린 금 간 액자처럼 또렷했다.

"정호야, 정호 있어요? 저영호야."

내가 입을 다물자 실내는 아까보다 더 메마른 정적에 사로잡혔다.

너무 뚱뚱해서 몸을 잘 가누지 못하는 그는, 아주 고통스러운 표정으로 벽을 짚고 나타났다. 순간, 역한 환자 냄새가 내 코를 쓸고 지나갔다.

"……누구요?"

찰나에 백년을 늙어버린 것 같은 그 남자의 머리카락과 두 눈동자는 온통 백색이었다.

어느새 나는 달달 떨며 골목을 뛰쳐나오고 있었다.

"주말에 민수랑 철기 볼 텐데 너도 괜찮지?"

"네가 어떻게 걔들이랑?"

"민수가 용케 영화사로 전화했더라구. 내가 우연히 너 만났다니까 놀라더라."

"굉장히 바쁠 텐데."

"누가? 민수가?"

"민수도 그렇고 철기도. 모였었거든. 한 보름 됐나?"

"알아. 그랬다며. 그 자리에서 내 얘기도 나왔다며?"

"민수 일본 출장인데?"

"아냐. 올 거야. 너네 늘 모이는 그 고깃집 있다고, 마포에. 민수가 위치까지 자세히 설명해주더라."

"그랬구나."

"벤츠네."

"이 바닥은 차가 후지면 일을 못해."

"운전 괜찮겠어?"

"기껏 칵테일 두 잔 가지고 뭘."

나는 지쳐 있었다. 일종의 쇼크였을 것이다. 정호의 전혀 예상치 못했던 모습. 그 뻔뻔함에 가까운 당당함에.

벤츠의 시동이 걸렸다. 그런데,

"근상아."

"……"

"조근상!"

"……응? 왜?"

"놀라긴."

"뭐?"

"괜찮아. 다 잊었어."

"뭐라구?"

"나는 다 잊었다고. 그러니까 더 이상은 괴로워하지 마."

"뭐?"

"간다."

어둡게 코팅 처리된 차창이 정호의 형형한 눈빛을, 좁고 매끈한 이마를 천천히 가리고 있었다.

늦둥이의 돈이 없어졌다. 담임 선생은 학생 신분에 삼십만 원씩이나 지갑에 넣고 다닌 놈을 결코 꾸중하지 않았다. 학교는 발칵 뒤집혔다. 대머리 교감은 학급마다 돌아다니면서 아이들을 책상 위에 무릎 꿇리고 소지품 검사를 하느라 야단이었다. 정호의 가방에서 문제의 국민은행 발행 십만 원권 자기앞수표 세 장이 나왔다. 정호는 조용히 교무실로 끌려갔다. 그는 종례 시간이 되어도 돌아오지 않았다.

다음 날, 나는 정호의 물건들이 그대로인 것을 보았다. 그리고 내 책상 서랍 속에는 이런 문장이 적힌 쪽지 한 장이 남겨져 있었다.

—나는 결백하다.

그는 징계를 거부하고 학교를 떠났다. 우등생이자 모범생으로서의 경력도 모함에 말려들었음을 주장하는 정호에게 힘을 실어주진 못했던 것 같다. 당연했다. 학교 측에서는 아무라도 그저 죄인이 필요했을 테니까.

그날 이후로 간혹 정호를 어디어디에서 보았다는 말이 돌긴 했어도 막상 당사자로 나서서 사실로 확인해주는 사람은 없었다. 계절이 고작 두 차례쯤 바뀌자 정호는 풍문으로조차도 우리에게서 아예 사라져버렸다.

이듬해 봄, 겨우 지옥을 무사히(?) 빠져나온 나는 이상한 집념을 발휘했다. 재수 끝에 기어코 꽤 괜찮은 대학교의 신문방송학과에 입학했던 것이다. 그러나 훗날 나는 신문기자가 아니라 내가 그토록 혐오하던 국회의원이 되었다. 그것도 집권 보수 여당의.

아버지는 췌장암으로 굳이 투병이랄 것도 없는 짧은 기간을 앓다가 유명을 달리하였다. 불효막심한 일이지만 나는 스무 살에 이르러서야, 아버지가 상당히 저명한 반정부 인사였음을 주위로부터 듣고는 무척 놀랐다. 그러나 어디까지나 아버진 나에게 지루한 고전음악이었고 과묵하기 그지없는 골초였으며 무의미한 다독가(多讀家)이자 화초 키우기를 좋아하는 실패한 가장일 뿐이었다.

어머니 소식도 빼놓아선 도리가 아니겠다. 그녀는 과부가 되었다는 것 외에는 달라진 바가 전혀 없는, 지금도 여전히 촌지를 구태여 사양하지 않는 초등학교 평교사이다. 끔찍하지만, 내 눈에는 오직 그녀만이 일관되게 살아가고 있는 것처럼 보인다. 부정적이든 긍정적이든, 혹은 굉장하건 아무것도 아니건 간에.

요는 이거다. 인생은 장난이라는 흔한 푸념을 가끔 생각할 적에, 나는 감히 그 말이 맞는지 틀리는지는 모르겠지만, 심각한 사람들을 보면 꼭 개구쟁이 꼬마가 수류탄을 들고 장난치는 것만 같아 불안하다.

서둘러 평심으로 돌아가야 했다. 나는 퇴근 뒤 사우나에서 땀을 흥건히 빼내고는 늘 가는 재즈 바로 발걸음을 옮겼다.

외계인임을 자처하던 선 라(Sun Ra)가 매캐한 공간을 장악하고 있었다. 토성이 그려진 원피스를 입고 아케스트라—방주(方舟)를 뜻하는 아크(ark)와 오케스트라(orchestra)를 합성한 단어—를 지휘하던 그의 괴상한 모습이 떠올랐다. 선 라의 독자적 레이블인 사탄 레코드도.

나는 바텐더와 눈인사를 나눴다.

"어제 내 친구가 마신 칵테일이 뭐였죠? 보랏빛 나던 거, 그거 한번 줘봐요."

"친구분요?"

"어제 내 친구가, 올드 프렌드, 뭐 어쩌구 하던 거."

"어제 오셨던 건 맞는데요, 이제껏 누구와 함께 오신 적 없었는데."

"네?"

"줄곧 제가 여기 앞에 있었는데요, 평소처럼 혼자 그 자리에서 위스키 드셨잖아요."

바텐더는 내가 보관시켰다는 반쯤 비워진 조니워커 블랙 한 병을 꺼내 왔다.

"새 걸 따서 이만큼을 어제 다 드신 거예요. 혼자."

어지러웠다. 머릿속이 정육면체의 퍼즐로 변한 것 같았다. 나는 민수에게 전화를 걸었다.

"너 정호 만나기로 했지?"

"정호?"

"그래. 박정호."

"……우리 고등학교 때……"

"……"

"……정호, 그 박정호 말하는 거냐?"

"그래. 정호한테 연락해서 철기랑 나랑 함께 보기로, 그렇게 정했다며?"

"무슨 소린지 하나도 모르겠다. 뭐야? 너."

"네가, 아휴, 그러니까, 정호가 영화에 나왔다고 그랬잖아!"

"이 자식이 미쳤나? 그날 갑자기 정호 얘기 꺼낸 건 너잖아. 걔가 화물트럭 몰다가 지난달에 경부고속도로에서 추돌사고로 죽었다면서 헤롱헤롱댄 게 누군데. ……근데, 걔가 무슨 영화에 나와? 어떻게? 죽었다며?"

"……"

"야, 근상아, ……여보세요? 근상아? 너 왜 그래? 괜찮아?"

나는 곧장 비디오 대여점으로 달려갔다.

강. 혜. 성.

우선 나는 비디오테이프 케이스에서 강혜성이라는 이름을

찾았다. 강혜성. 다행히(?) 강혜성은 예전 그 자리에 그대로 있었다.

나는 허겁지겁 집으로 돌아와 그 에로 비디오 영화의 화면들을 검색했다. 물론 그 허접한 영상물 안에는 강혜성이 존재했다. 강혜성은 유치한 앵글 안에서 여자들을 섭렵하느라 여전히 바빴다. 그래, 그런 건 모두 이전 그대로였다. 그는 강혜성이기는 했다. 그러나 더 이상 내 어릴 적 친구 박정호는 아니었다. 그는 내가 모르는, 알 필요도 없는 어떤 사내였다.

나는 리모컨을 이마에 눌러대고 눈을 감았다. 캄캄한 곳에서 당뇨병을 앓고 있는 뚱뚱한 정호 아버지의 하얀 눈동자가 나를 물끄러미 바라보고 있었다.

—괜찮아. 다 잊었어.

—뭐라구?

—나는 다 잊었다구. 그러니까 더 이상은 괴로워하지 마.

나는 내가 그때나 지금이나 누가 그에게 누명을 씌웠는지 알고 있는 유일한 사람임을 서서히 자각하고 있었다.

4

나는 탐 웨이츠를 들으며 샤워를 한다. 장미에게 선인장이 되기를 권하는 이 천진무도한 음유시인은 사랑하는 사람을 한

236

순간의 비틀어진 감정으로 돌이킬 수 없이 미워해봤느냐고 내게 묻는다. 미지근한 물줄기에 씻겨나가는 한 얼굴이 말없이 대답한다. 그건 아주 부끄럽고 힘겨운 경험이었다고. 사랑하는 사람에 대해서라면 속속들이 전부 알고 있어야 한다고 믿을 만큼 어리고 약했던 그 얼굴. 그때 그는 그 무자비한 섭섭함이 사랑 때문인지도 몰랐을 것이다.

둘러멘 가방 안으로 카디건을 쑤셔 넣은 나는 청바지에 체크무늬 티셔츠 차림으로 집을 나선다.

그리고 아직도 할부가 십구 개월이나 남은 자동차 앞에서 또다시 그것을 본다. 보랏빛이 감도는 털뭉치 요정은 크게 째진 눈으로 함박 웃으며 높지도 낮지도 않은 허공을 럭비공마냥 통통 튀어 아파트 경비실 뒤편 공원으로 사라진다.

나는 그곳을 향해 걸어간다.

그를 만난다.

냉정한 히말라야시다 가지 끝에서 잠시 흔들리다 어디론가 불어가는 그는, 나의 옛사람, 가을바람이었다.

죽음의 유혹에서 다시 삶으로

— 이응준의 『소년을 위한 사랑의 해석』과 '죽음 충동'의 의미

장경렬

(문학평론가,
서울대학교 영어영문학과 교수)

1. 작품 안으로 들어가며

이응준의 연작소설집 『소년을 위한 사랑의 해석』은 모두 아홉 편의 작품으로 이루어져 있다. 일반적으로 연작소설이 그러하듯, 이들 작품은 독립된 이야기인 동시에 몇몇 작중인물을 고리로 하여 서로 연결되어 있기도 하다. 예컨대, 첫째 이야기인 「북극인 김철」에서 자살을 시도했다가 구조된 사람은 여섯째 이야기인 「그들은 저 북극부엉이에게 아무것도 해준 것이 없다」에서 은상길이라는 이름으로 재등장하며, 둘째 이야기인

「소년은 어떻게 미로가 되는가」의 작중화자인 이은파는 여덟째 이야기인 「떠나는 그 순간부터 기억되는 일」에 등장하는 리신적의 문학 선생이다. 또한, 소설 속에 중복 등장하는 인물 가운데 하나인 오재도 형사의 추적에 따르면, 이은파의 새어머니는 셋째 이야기인 「북쪽 침상에 눕다」의 작중화자인 남승건의 친어머니다. 한편, 넷째 이야기인 「소년을 위한 사랑의 해석」의 한승영은 다섯째 이야기인 「그림자를 위해 기도하라」에 등장하는 정이섭의 '먼 친구'다. 그리고 아홉째이자 마지막 이야기인 「옛사람」의 작중화자인 조근상은 「소년을 위한 사랑의 해석」에서 한승영과 우연히 한방에 머물게 된 전직 국회의원이다. 유일하게 다른 연작과 인물을 공유하고 있지 않은 것이 있다면, 일곱째 이야기인 「전갈(Scorpion)의 전문(電文)」이다. 하지만 이 이야기의 중심인물인 강해선은 「그림자를 위해 기도하라」에서 정이섭이 먹이를 주던 '외눈박이 고양이'를 애초에 치료해 준 사람이다. 바로 이 고양이는 「떠나는 그 순간부터 기억되는 일」에서도 다시 모습을 드러낸다.

요컨대, 작가는 시공간을 공유하는 일군의 사람을 향해 시선을 보내되, 그 각도를 달리하고 있다. 물론 대상을 향한 작가의 시선이 조건 없이 열려 있는 것은 아니다. 즉, 작가는 대상을 향해 시선을 열어놓되, 그의 시선은 의도적이고 선별적이다. 이와 관련하여, 작가의 시선이 대체로 작가 자신의 실제 나이와 유사한 사십 대의 인물들을 향하고 있고, 그것도 자살 충동이나 이와 유사한 심리적 압박감에 시달리는 사람들이나 그들 주변 사람들의 삶과 의식을 향하고 있음에 유의하기 바란다. 아무튼, 이렇게 해서 설정된 소설의 전체적인 분위기는 어둡고 우울하다. 자살 충동이나 이와 유사한 심리적 압박감에 시달리는 사람들의 이야기인데, 어찌 그 분위기가 어둡고 우울하지 않을 수 있겠는가. 하지만 그것이 전부일까. 우리가 읽기에, 단순히 우울하고 어두운 이야기를 전하는 데 작가의 의도가 있는 것처럼 보이지는 않는다. 이에 관해서는 후에 다시 언급하기로 하자.

아무튼, 『소년을 위한 사랑의 해석』은 시작부터 자살에 관한 이야기로 시작되는데, 「북극인 김철」에서 김철은 '자살의 명소'인 '한강철교'에서 강물로 뛰어든 사람을 구조하고 사라지지만, 사실은 그도 자살을 계획하고 그곳에 간 것이었다. 그렇게 해서 자살에 이르지 못한 그는 마침내 여객선에서 바다 한가운데로 뛰어들어 서서히 죽음을 맞이한다. 이응준의 이번 연작소설집에서 바다로 뛰어들어 죽음을 맞이하는 사람은 그만이 아니다. 「소년은 어떻게 미로가 되는가」의 작중화자인 이은파의 아버지도 유람선 갑판에서 실종된 것으로 알려져 있는데, 그역시 김철과 마찬가지로 바다로 뛰어들어 생을 마감한 것으로 추정된다.

자살의 이야기는 계속 이어진다. 이은파의 진술에 따르면, 그와 "피 한 방울 섞이지 않은 외삼촌"(p. 37)이 어느 날 갑작스럽게 아파트 베란다에서 뛰어내려 생을 마감했다는 것이다. 뿐만 아니라, 이은파의 짝사랑이자 첫사랑이었던 친구의 누나도 "닭 5천여 마리가 한꺼번에 불에 타 죽는 지옥도를 목도하고는" 미쳐서, "저수지에 몸을 던졌다가 이틀 뒤에 시체로 떠올랐다"(p. 62)는 것이다. 그리고 이은파를 자신의 친자식처럼 정성스럽게 키우고 돌봐왔던 그의 새어머니도 "항암 치료를 거부한 채 마지막 나날들을 보내"(p. 58)다가 죽음을 맞이하는데, 그녀의 선택 역시 소극적인 의미에서일지언정 자살을 암시하는 것일 수도 있으리라.

이뿐만이 아니다. 「북쪽 침상에 눕다」의 작중화자 남승건도 심각한 '자살 충동'에 시달린다. 아울러, 모래폭풍 속으로 걸어 들어간 그의 아버지의 죽음도 자살로 추정되며, 남승건의 애인인 허소정의 전 남편인 박규성조차 남승건에게 "자살을 예고하는 음성메시지"(p. 94)를 되풀이해 남긴다. 이 이야기의 뒤에 가서 남승건은 그를 찾아온 박규성에게 자신이 집으로 돌아오지 않을 것임을 말하고 나가 숲 속의 '쓸쓸한 첨탑'으로 오르는데, 이 이야기 역시 그가 자살을 선택할 것이라는 암시를 주기도 한다. 이어지는 「소년을 위한 사랑의 해석」의 중심 인물인 한승영은 "자살 심리와는 또 다른 자학의 경지"(p. 118)에 묶여 있는 인물이다. 또한 태풍 때문에 발이 묶여 그와 우연히 한방에서 지내게 된 조근상도 '자살 쇼'를 의심케 하는 그런 인물이다.

다섯째 이야기 「그림자를 위해 기도하라」에도 자살 모티프가 예외 없이 등장한다. 누군가의 자살에 대한 소문과 추측이 이야기의 일부를 이루는 이 작품에서 작가는 작중인물 정이섭의 생각을 통해 "우리 각자는 남모르게 자살 중인지도 모른다"(p.182)는 메시지를 전하기도 한다. 이어지는「그들은 저 북극부엉이에게 아무것도 해준 것이 없다」는 앞서 말했듯 자살을 기도했다가 구조된 은상길의 이야기다. 자살과는 직접 관계가 없는 이야기인 「전갈의 전문」에서도 "죄책감을 이기지 못"해서 '음독자살' 한 "스물두 살 청년"(p.199)이 잠깐 언급된다. 한편, 「떠나는 그 순간부터 기억되는 일」은 "세 차례나 자살을 기도"한 리신적이라는 이름의 "천재 탈북 청소년"(p.209)의 이야기다. 역시 자살과는 직접 관계가 없는 이야기이자 연작소설집의 마지막을 장식하는「옛사람」에서도 '가수 김광석'의 자살이 스치듯 언급된다.

이처럼 소설 전체를 덮고 있는 것이 '자살'의 그림자다. 그 때문에 이응준의 이번 연작소설집 자체가 이 주제에 대한 다면적인 관찰 보고서로 읽히기도 한다. 아마도 우리 문단에서 이같은 유형의 작품집을 찾아보기란 쉽지 않을 것이다. 이유는 무엇일까. 추측건대, '자살'이라는 말 자체가 우리 사회에서 금기어(禁忌語)이기 때문 아닐까. 따지고 보면, 사랑·선·삶·행복·소망·평화와 같은 긍정적 의미의 말뿐만 아니라, 미움·악·죽음·불행·탐욕·전쟁과 같은 부정적 의미의 말까지 금기어로 취급하는 사회는 없을 것이다. 하지만 '자살'과 같은 말에 대한 거부감은 어느 사회에서나 예외가 없어 보인다. 그 때문 인지 몰라도, 문학에서조차 이 문제를 적극적으로 다룬 작품은 어느 사회에서도 많지 않아 보인다. 그런 측면에서 볼 때, 이응 준의 『소년을 위한 사랑의 해석』은 예외적인 작품집이 아닐 수 없다.

2. 작품 안에서

철학적 · 심리학적 관점에서 볼 때 자살은 '죽음 충동(death drive)'의 발현 양상 가운데 대표적인 예로 이해될 수 있거니 와, 자살을 포함한 '죽음 충동'은 인간의 본성을 이해하는 데 필수적인 개념일 수 있다. 그럼에도 이에 대한 본격적인 탐 구의 역사는 길어 보이지 않는다. 아마도 이 문제에 대한 진 지한 탐구를 시작한 철학자는 아르투어 쇼펜하우어(Arthur Schopenhauer)일 것이다. 그에 의하면, 삶을 향한 의지는 행복 보다 고통을 가져다주기 때문에 부정적이고 부도덕한 것이다. 이처럼 부정적이고 부도덕한 의지를 뛰어넘고자 할 때 문제되 는 것이 '죽음 충동'이라는 것이 그의 논리다. 이 같은 개념을 심리학에 도입한 사람이 지그문트 프로이트(Sigmund Freud) 로, 그는 사람들에게 상흔(傷痕, trauma)으로 남아 있거나 슬프고 불쾌했던 일을 되풀이해 떠올리거나 정신적으로 다시 체험하고자 하는 기묘한 경향이 있음을 주목한다. 그리고 이에 대한 설명을 위해 『쾌락 원리의 저편(*Jenseits des Lustprinzips*)』에서 "사물의 원래 상태로 복원하려는 유기체 내부의 충동"이라는 개념을 정립한다. 말하자면, 유기적 생명체로 존재하기 이전의 무기적 상태로 되돌아가려는 자멸적(自滅的)인 의지가 인간 내부에 존재한다는 것이다. 이것이 바로 '죽음 충동'과 관련하여 프로이트가 정립한 개념의 요체다.

현실적으로 이 같은 '죽음 충동'은 자살을 포함한 인간의 온갖 파괴 본능을 이해하고 설명하는 데 도움이 될 수 있다. 하지만 그것이 철학적으로나 심리학적으로 논리화가 가능한 인간의 의지이자 본능임을 이해한다고 해서 그것으로 충분한가. 이해한다고 해서 곧 우리의 당면 문제가 해결되는 것은 아니다. 명백히 '죽음 충동'이 기존 사회 체제와 질서를 유지하는 데 부정적인 영향을 미치는 것은 사실이다. 그 때문에, 다시 말하지만, 이해하는 차원에서 논의를 끝내기란 어렵다. 따지고 보면, '이해'는 곧 '있는 그대로 수용'일 수 없거니와, 이해는 보다 나은 상황을 이끌기 위한 예비 단계에 불과한 것일 뿐이다. 하지만 이해가 선행되지 않는다면 상황 개선도 어렵지 않겠는가. 이처럼 이해를 위해서든 또는 상황 개선을 위해서든 우리가 자살과 같은 '죽음 충동'의 한 양상에 관심을 기울이지 않을 수 없음은 우리나라가 세계적으로 자살률이 가장 높은 국가 가운데 하나이기 때문이다.

물론 자살에는 여러 가지 원인이 있을 것이다. 이응준의 연작소설집에 나오는 몇몇 사례가 보여주듯, 자살이든 자살 충동이든 이는 명백히 삶에 대한 좌절과 분노에 기인한 것일 수 있다. 하지만 「소년은 어떻게 미로가 되는가」의 작중화자인 이은파가 말하는 외삼촌의 경우가 그러하듯, 뚜렷한 이유가 짚이지 않을 때도 있다. 이를 어찌 이해해야 할까. 쇼펜하우어나 프로이트를 들먹이며, 인간의 본능으로 치부하고 넘어가야 할까. 그럴 수는 없거니와, 무엇보다 자살과 관련하여 인간 내면에 대한 진지하고 섬세한 탐구와 이해가 앞서야 할 것이다. 이응준의 『소년을 위한 사랑의 해석』이 소중한 이유는 여기에 있다.

인간의 내면에 대한 진지하고 섬세한 탐구 작업이라고 할 수 있는 이응준의 이번 연작소설집의 작품 하나하나가 모두 개별적 분석과 이해의 대상이 될 수 있을 것이다. 하지만 주어진 지면을 고려하여 특히 문제적인 작품으로 판단되는 「북극인 김철」과 「소년은 어떻게 미로가 되는가」, 그리고 이번의 연작소설집에 제목을 제공한 「소년을 위한 사랑의 해석」만을 문제 삼기로 하자. 우리가 특히 이 세 작품을 주목하고자 하는 이유가 있다면, 「북극인 김철」은 자살에 이르는 한 인간의 복잡한 내면 심리에 대한 섬세하고 애정 어린 탐구라는 점에서, 「소년은 어떻게 미로가 되는가」는 겉으로는 이유가 짚이지 않는 어느 한 사람의 자살 및 주변 사람들의 고통에 초점이 맞춰진 이야기라는 점에서, 「소년을 위한 사랑의 해석」은 이유가 무엇이든 자살 충동에 이끌린 사람들이 이를 극복해가는 과정의 이야기라는 점에서, 저마다 각별하게 의미 있는 작품으로 판단되기 때문이다.

우리가 「북극인 김철」에서 무엇보다 주목하지 않을 수 없는 것은 이야기의 중심인물인 김철—또는 '북극인 김철'—이 보이는 기묘한 행동이다. 이야기가 전하는 바에 따르면, 앞서 언급했듯 김철 역시 투신자살을 위해 '한강철교'에 갔던 것으로 보인다. 하지만 "구두와 양말을 도로변에 가지런히 벗어둔 회색 양복 차람의 삐쩍 마른 한 중년 사내"가 강물 한가운데로 뛰어들자 그는 "꺼버린 촛불처럼 난간에서" 뛰어내려 "혼절한 회색 양복 남자를 안은 채 헤엄쳐 강을 건"넌다. "방금까지 파란 강물 아래 어둠 속에서 편안히 죽고 싶었으나 일면식도 없는 누군가를 예기치 않은 마음 때문에 살리느라 차마 괴로워 눈을 감지 못"(pp.12~14)한 것이다. 자살하러 갔다가 자살하려는 사람을 살리느라고 자살에 실패한 것이다. 과연 이것이 "재미있다고 재잘"거릴 일에 지나지 않는 것일까. 그렇다면, 김철의 이 같은 엉뚱한 행동이 의미하는 바는 무엇일까. 이 물음에 대한 작가의 답은 무엇일까.

작가는 그런 행동을 한 김철을 "[사람]들이 알 수 있는 김철"이 아니라 "북극인 김철"(p.15)임을 힘주어 말한다. '북극인 김철'이라니? 우선 "(사람)들이 알 수 있는 김철"은 누구인가. 그는 "체대에 다닐 당시까지 국가 대표 철인 3종 경기 선수"였고 "매우 따뜻하고 답답할 정도로 정직했던 사람"이다. 그런 그이지만, 그는 또한 현재 오재도 형사가 "2년 남짓 뒤쫓고" 있는 마흔다섯 살의 '살인범'이자, 제삼자의 눈으로 보면 '정신병자'다. 그는 "삼 대째 이어오는 국내 유일의 종자 회사"를 '다국적 종자 기업'에게 빼앗긴 사람인데, 아내와 아내의 내연남을 망치로 때려 살해했다. 심지어 자신이 "데리고 있던 상무"이자 "종자 회사가 망하는 데에 결정적인 역할을 했던" 사람도 망치로 때려 살해했다. 한편, 그에게는 "일본 이모 댁에 맡겨놓았던 열 살 고명딸"이 있었는데, "해일에 마을과 함께 떠내려가 시신조차 찾을 수 없게 돼버렸다." 그런 김철의 정황을 놓고 작가는 이렇게 정리한다. "억울한 사업 실패, 석연치 않은 이혼, 가장 소중한 존재의 죽음, 상처받은 자의 광기 어린 살인, 괴물이 돼버린 선한 사마리아인…… 뭐, 빤한 스토리만큼이나 세상은 부조리했다"(pp. 17~20).

요컨대, 사람들의 시선에 그는 "괴물이 돼버린 선한 사마리아인"이다. 하지만 그의 내면에는 또 하나의 그가 존재한다. 그것은 다름 아닌 '북극인 김철'이다. 다시 묻건대, '북극인 김철'이라니? 그는 "얼음이 다 녹아버려 바다에 떠 있다가 지쳐 가라앉으며 익사하는 북극곰"(p. 16)과 같은 존재이자 "초봄 동물원의 따뜻한 햇살 안에서 미쳐버린 북극곰"(p. 22)과 같은 존재라는 점에서, "천국처럼 하얀 북극"을 그리워하는 '북극인'이다. 어찌 보면, 북극의 얼음이 녹아 가라앉을 수밖에 없는 북극곰이나 북극에서 강제로 끌려나와 미칠 수밖에 없는 북극곰과도 같은 존재가 다름 아닌 김철인 것이다. 다시 말해, 사람들을 살해하고 자신마저 죽이고자 하는 이른바 '죽음 충동' 또는 '파괴 본능'에 지배당하게 된 인간이기에 앞서 그 반대편에 놓이는 그 무엇—즉, 삶을 향한 의지와 희망—을 타의에 의해 빼앗기고 잃어버린 존재다. 그런 그이기는 하나, 그는 여전히 딸을 그리워하고 사랑한다. 심지어 그는 북극곰뿐만 아니라 배가 고파 "인간의 골목"으로 내려와 "인간의 마당과 주방"을 뒤지다가 죽임을 당한 멧돼지를 '혈육'처럼 느낀다. 그런 그이기에, 자살하러 갔다가 인간에게 버림받고 자살을 하려는 누군가를 얼떨결에 구조하는 일은 그에게 본능적이고 자연스러운 것일 수 있다. 하지만 그런 그를 이해할 수 있는 사람은 흔치 않다. 혹시 "자기도 모르는 사이 오재도 형사는 김철에게 연민이 생겼다"(p.19)면, 모르긴 해도 작중화자를 빼면 그를 이해할 수 있는 몇 안 되는 사람 가운데 하나가 오재도 아닐지?

하기야 어찌 인간이 천사의 속성을 완전히 결여한 괴물이나 악마일 수 있겠는가. 또한 '삶 충동'을 결여한 채 '죽음 충동'에만 이끌리는 인간이 어디 있을 수 있겠는가. 어찌 보면, 천사와 악마, '삶 충동'과 '죽음 충동'은 본래 인간의 내부에 '하나'로 존재하는 그 무엇이 아닐지? 다만 그 모습을 드러낼 때 너무나 다르기에 다른 각도에서 바라보고 다른 시각에서 이해해야 하는 것처럼 보이는 것은 아닐지? 작가가 「그들은 저 북극부엉이에게 아무것도 해준 것이 없다」에서 말하듯, 그것은 물과 얼음 사이의 관계와 같은 것일 수도 있으리라.

> 물과 얼음은 본래 동일한 존재이지만, 다른 상황 속에서 상태가 다르기에 다른 존재로서 존재한다. 물을 얼음으로 냉각시키거나 얼음을 물로 녹이기 전에 물과 얼음에게 똑같은 질문을 던져서는 안 된다는 것이다. 물은 얼음이 되기 전에는 자신이 얼음이 될 수 있다는 사실을 인지하지 못하고 얼음은 물로 되돌아간들 얼음이었다는 전생을 기억하지 못한다. 물에게는 물에 대한 질문을, 얼음에게는 얼음에 대한 질문을 던져야 한다. 물은 물이고 얼음은 얼음인 것. 삶과 죽음이 엄연히 서로에게 그러하듯. (「그들은 저 북극부엉이에게 아무것도 해준 것이 없다」, p.188)

문제는 "물에게는 물에 대한 질문을, 얼음에게는 얼음에 대한 질문을 던져야 한다"는 작중화자—즉, 작가와 동일시될 수도 있지만 작가와는 별개의 입장과 생각을 지닌 '암시적 작가(implied author)'—가 펼쳐 보이는 주장은 일종의 반어(反語, irony)일 수 있다는 데 있다. 사람들이 김철에게서 '김철'만을 볼 뿐 '북극인 김철'을 보지 못하는 것은 바로 이 같은 주장에

얽매어 있기 때문 아닐까. 어찌 보면, 「북극인 김철」에서 '북극인 김철'을 향한 작중화자의 시선은 「그들은 저 북극부엉이에게 아무것도 해준 것이 없다」의 작중화자와 달리 "물과 얼음에게 똑같은 질문을 던져서는 안 된다"라는 명제를 스스로 거부하고 있는 것으로 판단된다. 하기야 "물과 얼음에게 똑같은 질문을 던져서는 안 된다"는 이른바 '상식적인 논리'에 이의를 제기하는 것이 곧 문학이 아닐까.

아무튼, 「북극인 김철」의 이야기는 김철이 바다에 뛰어드는 것으로 마무리된다. 바다에 뛰어든 '북극인 김철'은 "물안개가 피어오르는 저쪽에서" 다가오는 '북극곰'과 마주한다. 그것도 "배가 고파 사람들 마을에서 쓰레기통을 뒤지다가 전기에 감전"되어 "손목부터" 잘려나간 '북극곰'과. 그처럼 훼손된 '북극인'과 만나 인사를 나눈 '북극인 김철'은 "바지 호주머니를 뒤적여 물 밖으로" "투명하고 작은 유리병"을 꺼내 뚜껑을 연다. 이윽고 "하얀 민들레 꽃씨들이 자우룩이 솟아올라 환하게 피어나더니 비가 부슬부슬 내리는 바다 위를 날아다니기 시작"한다. 작가의 시적인 정경 묘사는 여기서 그치지 않는다. "북극인 김철은 바닷속으로 들어"가, "어둠에 몸과 영혼을 맡긴 채 천천히 눈을 감〔는〕다"(pp.30~32). 이렇게 해서 '북극인 김철'은 세상과 "완전한 이별"을 한다. 이와 같은 시적인 묘사로 인해 작가 이응준이 펼쳐 보이는 '북극인 김철'의 이야기는 결코 단순히 부조리한 세상의 "뻔한 스토리"로 읽히지 않는다. 좌절한 어느 한 인간의 고통과 분노에 대한 깊고 따뜻한 이해와 연민과 애정의 마음, 그것이야말로 「북극인 김철」을 통해 작가가 우리에게 가 읽을 수 있는 작가의 마음이리라.

  김철의 자살은 좌절과 상처와 분노로 인해 '선한 사마리아인'에서 '괴물'이 될 수밖에 없었던 한 인간 내부의 '죽음 충동'에 기인한 것이라고 볼 수 있다. 하기야 수많은 경우 자살에는 이처럼 외적 요인이 있게 마련이다. 하지만 「소년은 어떻게 미로가 되는가」의 작중화자 이은파의 "피 한 방울 섞이지 않은 외삼촌" 문장규의 자살에는 뚜렷한 외적 요인이 따로 있었던 것처럼 보이지 않는다. 이은파로서도 문장규가 "자살한 까닭은커녕 그의 자살 자체를 순순히 받아들일 수가 없"을 정도다. "화창한 늦봄 정오 무렵"에 "하얀 수건들만을 따로 모아서 건조대에 널"고 있던 마흔 살의 문장규가 "자신의 고급 고층 아파트 25층 베란다"에서 "훌쩍 뛰어내"린 것이었다. 왜 그런 것일까. 이은파에 따르면, "그는 단 한 방울의 술도 마신 상태가 아니었으며 마약을 비롯한 그 어떤 향정신성 물질의 흔적도 부검 소견에 기재되지 않았다." 아울러, "공적·사적 생활과 병원 진료 기록, 정치 성향과 재정 상태 등에서 그의 이성과 감정과 육체 중 그 어느 것 하나라도 요동치게 만들 만한 요인 따윈 일절 발견할 수 없었노라고 사후 수사는 결론 내려졌다"(pp. 36~39). 게다가, 그는 '유능한 변호사'에다가 '대단한 미인'을 "정해진 애인"으로 두고 있었다.

그런 그가 왜 갑작스럽게 자살을 택한 것일까. 이은파의 말을 빌리자면, "그의 자살은 순도가 매우 높은 미스터리"(p. 39)가 아닐 수 없다. 바로 이 미스터리와 마주하여 우리는 프로이트가 말한 "사물의 원래 상태로 복원하려는 유기체 내부의 충동"을 들먹일 수 있으리라. 그렇다면, 유기체에서 무기체로 돌아가려는 자멸적 본능을 운위하는 것으로 만족해야 할까. 과연 이처럼 너무도 추상적이고 포괄적인 일반화―즉, '지당한 말씀'이긴 하지만, 구체적으로 아무런 설명력도 갖지 못하는 개념적 일반화―에 만족해야 할 것인가. 만족하지 않겠다고 해도, 어찌 그 이상의 해명이 가능하겠는가. 심지어 당사자인 이은파 자신도 "갈고리 모양의 의문부호"나 다름없는 "절대자" 또는 "신이라는 수수께끼"(pp. 36~37)를 들먹일 정도로 답답해하는 마당에.

의문에 대한 해답은 전혀 엉뚱한 데서 찾을 수도 있다. 이와 관련하여, 외삼촌의 옛 애인인 박현아와 만난 자리에서 이은파가 떠올리는 외삼촌의 말을 주목하기 바란다. 이은파에 의하면, 인간으로서의 '문장규'가 아닌 작가로서의 '문규'가 그에게 다음과 같이 말한 적이 있다는 것이다. (이은파의 설명에 따르면, "'문규'는 문장규의 작가명이다.")

탐미주의 예술가가 멋진 작품을 만들어내려면 절대적으로 필요

한 자부심이라는 게 있다. 때로 그것이 주변을 좀 피곤하게 하
거나 괴롭힐지라도 당장은 그야말로 어쩔 수가 없지. 인격을 함
양할 시간에 작품을 잘못 만들어내는 것보다는 욕을 처먹을지
라도 아름다운 작품을 토해내는 것이 예술가에게는 남는 장사
이고 이 세계에도 훨씬 기여하는 일 아니겠어? 욕을 처먹는 장
인이나 욕을 해대는 사람들이나 피차 어차피 죽으면 다 썩어 문
드러지니까. 욕을 처먹는다고 죽는 것도 아니요 욕을 한다고 죽
는 것도 아니다. 그러나 잘못 만든 작품은 이 세계에 두고두고
남아 사기를 치고 수백만 명의 영혼들을 썩어 문드러지게 만들
잖아. (「소년은 어떻게 미로가 되는가」, p.50)

"탐미주의 예술가가 멋진 작품을 만들어내려면 절대적으로 필
요한 자부심이라는 게 있다"니? 또한 "인격을 함양할 시간에
작품을 잘못 만들어내는 것보다는 욕을 처먹을지라도 아름다
운 작품을 토해내는 것이 예술가에게는 남는 장사이고 이 세계
에도 훨씬 기여하는 일"이라니? 윤리와 사회 규범에 초연한 것
이 예술가의 자부심일 수 있다는 암시가 읽히지 않는가. 그런
자부심을 앞세우는 예술가가 죽어서 다 썩어 문드러지기 전에
완성해야 할 '멋진 작품' 또는 '아름다운 작품'이란 과연 어떤
것일까. 논리의 극단화일지 모르지만, 자살에 의한 죽음은 작
가로서의 '문규'와 인간으로서의 '문장규'가 공모(共謀)하여 완
성하고자 했던 궁극의 '아름다운 작품' 또는 '멋진 작품'이 아니

었을지? 다시 말해, 죽음을 끌어들임으로써 삶을 영원한 것으로 만드는 것이 그에게는 궁극의 예술 행위가 아니었을지? 물론 비유적인 말이기에 축자적(逐字的)인 의미 읽기가 바람직한 것은 아니지만, 그는 "가장 이상적인 예술은 전염병, 페스트"라고 말하지 않았던가. 이렇게 말할 수 있는 "매혹적인 악마 문규"(pp. 52~53)라면, 어찌 그런 시도가 가당치 않은 것일 수 있겠는가.

이은파가 전하는 바에 따르면, 문장규는 "마흔 살이었지만 워낙 스타일이 나이스한 미남형이었기 때문에 아무리 많이 봐도 얼추 삼십 대 중반 정도로밖에는 보이질 않았"을 뿐만 아니라 "세련된 시니컬함에 솔직한 유머 감각"을 지닌 "예술가"(pp. 40~41)였다고 한다. 여기서 오스카 와일드(Oscar Wilde)가 그린 인물인 도리언 그레이, 영원한 젊음을 갈망했던 도리언 그레이를 떠올린다면, 이는 지나친 연상일까. 아무튼, 젊음이 완숙의 경지에 이르렀을 때 문장규가 스스로 택한 죽음의 길은 그 자체가 '아름다운 작품' 또는 '멋진 작품'의 완성을 위한 것은 아니었을지? 병사(病死)나 자연사(自然死)를 피해, 한창의 시기에 돌연히 죽음에 이르는 것이 그에게 삶에 대한 미학적 완성은 아니었을지?

따지고 보면, 자살을 택한 미시마 유키오(三島由紀夫)나 가와바타 야스나리(川端康成)와 같은 탐미주의 작가들이 존재하는 일본의 문단과 달리, 자살에 대한 탐미주의적인 미화(美化)

의 경향은 우리 문단에서 낯선 것이다. 작가 이은파가 외삼촌의 자살 이유를 끝내 이해하지 못하겠다고 거듭 말하는 것은 이 같은 우리 문단의 상황을 암시하는 것일 수도 있지 않을까.

이에 대한 답이 무엇이든, 문장규의 자살은 이렇게 설명할 수도 있겠다. 이은파의 말대로 그와 박현아가 이어가고 있는 것은 문장규 연출의 '부조리극'—즉, "제작자는 비겁하게 숨어 있는 신이고, 어리석은 배우인 그녀와 나를 지도하고 있는 것은 죽어버린 문장규"(p.54)인 그런 '부조리극'—일 수도 있거니와, 바로 이 '부조리극'을 완성하기 위해 문장규는 자살을 선택한 것이 아닐지? 그는 '부조리극'을 무대에 올리는 연출자로서의 역할에 충실하고자 했던 것은 아닐지?

하지만 그것이 그가 택할 수 있던 유일한 방법이었을까. 그리고 그것이 옳은 방법이었을까. 그럴 수는 없다고 하자. 그럼에도 여전히 그처럼 "순도가 높은 미스터리"와도 같은 자살이 우리 주변에 아주 없는 것은 아니지 않는가. 여기서 다시 이야기 속으로 돌아가자면, 스스로 죽음을 불러들여 삶을 미학적으로 완성하고자 하는 사람들의 명단에는 "바다 위 호화 유람선 위에서 뛰어[내린]" 이은파의 "무책임한 몽상가"(p.57)였던 아버지도, "마치 자살하는 것처럼 [모래폭풍] 안으로 저벅저벅 걸어 들어[간]"(p.83) 남승건의 아버지도, 심지어 항암 치료를 거부한 채 스스로 죽음의 길을 택한 이은파의 새어머니도 이름을 올려야 하는 것은 아닐지? 이은파의 새어머니가 택한 죽음의 길을 놓고, 어떤 이는 건강이 쇠약해져 추한 모습을 보이고 싶지 않았던 것이 그의 자살 이유 가운데 하나로 언급되는 가와바타 야스나리를 떠올릴 수도 있으리라.

아무튼, 문장규의 자살이 삶에 대한 미학적 완성이든 뭐든, 어찌 그에 대한 원망이나 비난이 없을 수 있으랴. "욕을 처먹는" 것은 지극히 당연한 일일 수밖에 없다. 오랜 세월 후 이은파와 만난 자리에서 문장규의 옛 애인 박현아가 "혼자서 홀린 듯 늘어놓〔는〕" 말에서 확인할 수 있듯, "분명히 나를 사랑하고 있었는데, 분명히. 그런데 어떻게 그럴 수가…… 절대 용서할 수 없어"(p.55). 문제는 박현아의 원망이나 비난이 '사랑'에서 비롯된 것이라는 데 있다. 어찌 보면, 문장규 연출의 '부조리극'의 부조리함을 더욱 도드라지게 하는 것이 바로 이 사랑이다. 사랑했음에도 불구하고 그처럼 버려두고 떠나다니? 이는 박현아의 원망과 비난일 뿐만 아니라 이은파의 것이기도 한데, "문장규, 피 한 방울 섞이지 않은 나의 외삼촌이자 나의 연인"(p.63)이라는 그의 고백이 전하듯 그도 문장규를 사랑했던 사람이기 때문이다.

이은파는 "어려서부터 내가 문장규처럼 변해갈까 봐 내심 두려워했던 것 같다"고 말하기도 하는데, '상대처럼 변해가는 것'은 곧 상대를 사랑한다는 증거—그것도 거의 맹목적으로 사랑한다는 증거—일 것이다. 그가 이제 문장규가 자살할 때의 나이에 이른 지금—즉, "그가 죽어버린 지 10년이 넘어가는 지금"—까지도 "그런 공포에서 벗어나지 못하고 있는지도 모른다"(p.42)는 것은 아직도 그를 사랑하고 그리워함에 따른 습관과 상처 때문이 아닐까. 마치 그처럼 세월이 흐른 후에도 박현아가 "문장규가 술에 취하면 거의 어김없이 흥얼거리곤 하던" 노래를 읊조리는 것은 "일부러 하는 행동이 아니라 그녀의 뼈 아픈 습관, 그리움의 상처"(p.51)이듯. 이처럼 여전히 상처에서 벗어나지 못할 만큼 이은파도 문장규를 사랑했다. 또한 문장규 역시 상대를 사랑했다는 확신은 박현아의 것일 뿐만 아니라 이은파의 것이기도 하다. "은파는 확신하고 있었다. 문규가 사랑했던 여인은 박현아였는지 모르겠으나, 문장규와 문규가 함께 사랑했던 사람은 바로 자신이었다는 것을." 이은파의 내면 진술은 이렇게 이어진다. "정말 연인에게서 용서할 수 없는 배신을 당한 것은 그녀가 아니라 거대한 짐승의 발자국 화석 위에 덩그러니 누워 함박눈으로 강림하는 신을 맞이하던 그 소년의 영혼이었다는 것을"(p.66).

요컨대, 배신을 당한 사람은 박현아뿐만 아니라 이은파이기도 하다. "늘 외로운 소년"이었던 이은파, "가족이 살고 있던 지방 도시에 있는 어느 조그만 산 중턱의 평지에서" 발견한 "거대한 짐승의 발자국 화석"(p.55) 위에 드러누워 외로움을 달래던 이은파 역시 배신의 상처에서 벗어나지 못하고 있다. 사실 「소년은 어떻게 미로가 되는가」는 사랑하는 누군가의 자살에 관한 이야기일 뿐만 아니라, 오랜 세월 후에도 그것이 가져다 준 상처에서 벗어나지 못하는 사람—프로이트 식으로 말하자면, '상흔'으로 남아 있거나 슬프고 괴로운 일 안에 자신을 가두는 사람—의 이야기이기도 하다. 하지만 그것이 전부는 아니다. 이 작품은 상처 또는 상흔에서 벗어나기 위해 몸부림치는 사람에 관한 이야기이기도 하다. 아니, 상처 또는 상흔에서 벗어나야 한다는 당위의 이야기를 담고 있는 것이 「소년은 어떻게 미로가 되는가」이기도 하다. 작품의 마지막에 이르러 작가는 이은 파가 그와 같은 상흔 또는 상처에서 벗어나고 있음을 암시하고 있는데, 다소 길지만 다음을 인용하지 않을 수 없다.

> 은파는 꿈을 꾸었다. [⋯] [꿈속의] 소년은 아무 소리도 없이 눈물을 흘리고 있었지만, 그것은 앞으로의 인생이 두려워서가 아니었다. 보이지 않는 어떤 따뜻한 손길 하나가 소년의 머리를 쓰다듬는 것을 느끼고 있기 때문이었다. 소년은 과거형 안에 갇힐 수는 없었다. 소년은 사랑에 좌절한 인간이라는 서글픈 괴물이 되기도 싫었다. 소년은 도저히 알 수 없는 질문들 때문에 오히려 빛나는 자신의 인생을, 사랑보다 위대한 그 질문들을 악령으로 만들어버릴 수는 없었다. 소년은 자신의 미로 안에 누워 있었으나, 고개를 왼편으로 돌리니 저기 멀리 사막의 아침 위에서 붉은 꽃 한 송이가 고요한 바람에 조금씩 흔들리는 것이 죽을 만큼 슬프지만 너무 아름다웠다. 비로소 소년은 거대한 짐승의 발자국 화석 밖으로 벗어나 세상이라는 미로 속으로, 자신의

어두운 가슴 밖으로 걸어 나가기 시작했다. (「소년은 어떻게 미로가 되는가」, pp. 67~69)

지극히 시적인 문체의 서술로 이루어진 이은파의 꿈 이야기는 따로 설명을 요구하지 않을 정도로 그 의미가 자명하다. 하지만 「소년은 어떻게 미로가 되는가」에서 되풀이 언급되는 "거대한 짐승의 발자국 화석"이 의미하는 바는 짚고 넘어가야 할 것이다. 범박하게 말해, 이는 움푹 파인 공간이라는 점에서 '나만의 은신처'를 의미할 수 있다. 아니, 어머니의 품과 같은 곳, "육친의 어머니"에게서 "버림을 받은" 이은파로서는 되돌아갈 수 없는 어머니의 품을 대신할 수 있는 그런 곳을 암시할 수 있다. 하기야 어린아이들뿐만 아니라 어른들도 슬프거나 괴로울 때 숨어드는 '자기만의 공간'이 있지 않은가. 아무튼, "거대한 짐승의 발자국 화석"이라는 특정한 이미지는 좀더 구체적인 의미 확인을 요구하거니와, 무엇보다 여기서 우리는 공룡과 같은 동물을 떠올릴 수 있다. 즉, 한 아이가 들어가 누울 정도로 커다란 공룡이 남긴 발자국이 화석이 되어 남아 있다고 가정하자. 그런 발자국 화석이 의미하는 바는 무엇일까.

이 지점에서 우리는 프로이트의 심리학과 관련하여 앞서 논의한 바를 다시 떠올릴 수 있는데, 화석이란 유기물이 무기화되었음을 의미하는 것이다. 무기화된 유기물의 흔적이라는 점에서, 이는 곧 유기체가 원래의 상태인 무기물의 상태로 환원

된 것이 아닌가. 그곳을 이은파가 되풀이해서 찾거나 마음속에 떠올리는 것을 우리는 프로이트가 말한 '죽음 충동'과 연결할 수도 있으리라. 다시 말해, 의식하든 의식하지 못하든 이은파는 이 같은 프로이트적 충동에 이끌린 것은 아닐지? (「소년을 위한 사랑의 해석」에서 한승영은 마닐라에서 '창녀'와 함께 찾은 "마리화나 연기로 자욱"한 호텔 객실에서 "거대한 짐승의 발자국 화석" 위에 누워 있다는 착각에 빠져드는데, 여기에도 동일한 설명이 가능할 것이다.) 요컨대, "거대한 짐승의 발자국 화석" 위로 올라감은 곧 '죽음 충동'에 자신을 내맡기는 것으로 이해할 수도 있다. 만일 이 같은 의미 읽기가 가능하다면, 소년이 "거대한 짐승의 발자국 화석 밖으로 벗어나 세상이라는 미로 속으로, 자신의 어두운 가슴 밖으로 걸어 나가기 시작했다"(p.69)는 시적 서술은 이은파를 오랜 세월 유혹하던 '죽음 충동'으로부터 그가 이제 벗어나게 되었음을 의미하는 것일 수도 있으리라. 이응준의 이번 연작소설집 『소년을 위한 사랑의 해석』의 전체적인 분위기는 어둡고 우울하지만, 작가가 이번 작품집을 통해 우리에게 전하고자 하는 바는 그것이 전부가 아니라는 우리의 판단은 무엇보다 이에 근거한 것이다.

『소년을 위한 사랑의 해석』에는 앞서 언급했듯 태풍으로 인해 여행지에서 발이 묶인 두 사람이 등장한다. 한 사람은 자신을 "일개 번역쟁이"로 지칭하는 동시에 "십여 년간 봉직하고 있던 불문학과 전임교수 자리를 사직하고는 홀로 〔이번〕 여행을 떠"(p.134)난 한승영이며, 다른 한 사람은 "참신한 스타 국회의원"이었지만 "어느 날 갑자기" "총선 공천을 스스로 반납하고 정계에서 사라져"(p.130)버린 이른바 '전직 의원님'인 '오십대 초반'의 조근상이다. 작품의 주된 내용은 이 두 사람이 주고받는 대화 및 나이가 어린 쪽으로 판단되는 한승영이 이어가는 내면의 생각, 그리고 주어진 상황에 대한 두 사람의 반응으로 이루어져 있다.

이 작품에서 먼저 우리가 주목하고자 하는 것은 한승영이 "완벽한 적막과 어둠에 갇혀버렸으면" 하는 심리 상태—즉, "자살 심리와는 또 다른 자학의 경지"(p.118)—에 내몰려 있다는 점이다. 그런 심리 상태가 그를 이번 여행으로 이끌었는지도 모른다. 하지만 그가 무엇 때문에 "자살 심리와는 또 다른 자학의 경지"에서 벗어나지 못하는 것일까. 작품에는 이 물음에 대한 구체적인 답이 없다. 다만 한승영은 "자신이 사랑에 대한 능력을 아예 잃어버렸음을 서서히 깨달아갔다"고 밝히고 있거니와, "고통 말고는 다른 것일 수 없는 〔이 같은〕 과정"(pp.134~35)에 대한 그의 고백에 비춰 우리는 그 정황을 추정할 수 있을 뿐이다. 한편, 한승영의 입장에서 볼 때, 조근상은 "왜 저토록 냉소와 자기모멸의 노예가 돼 필리핀의 외딴섬에 틀어박혀 있는지 도무지 납득이 가질 않"(p.130)는 인물이다. 그는 또한 "감색 플라스틱 약병"에 담긴 '파라티온'을 소지

하고 있는데, 앞서 잠깐 언급했듯 한승영에게 "유치찬란한 자살 쇼라도 벌이려는 것인가"(p.127)라는 의문을 갖게 하는 인물이기도 하다. 한승영 자신도 "망가진 인생"으로 인해 괴로워하고 있는 마당에, 조근상과 같은 "어처구니없는 인간"과의 만남이 어찌 편한 것일 수 있겠는가. 그와의 만남은 한승영에게 "찌질하고 성가신 악연"(p.127)일 뿐이다.

둘 사이의 관계에 전기(轉機)가 찾아오는 것은 어느 날 밤 한승영이 잠에서 깨어나 보니 조근상이 약병과 함께 사라진 다음이다. 한승영은 "우비를 쓴 채 손전등을 들고서 호텔 밖으로" 그를 찾아 나섰다가, "비에 흠뻑 젖"은 채 "자신의 얼굴에 손전등 불빛이 머물거나 말거나 바다만을 바라보고"(p.141) 있는 그와 만난다. 조소와 야유와 비난을 퍼붓는 한승영에게 조근상은 예기치 않게 자신의 비밀을 토로한다. 그는 자신의 국회의원 자리를 노리는 친구로부터 "동성애자라는 사실을 교묘한 방법으로 폭로하겠다"는 협박을 받은 적이 있다. "형제보다 더 가깝다고 믿었던 벗으로부터 자신의 정체성을 약점 잡혀 배신당한" 것이었다. 엎친 데 덮친 격으로, "이러한 위기 속에서 떳떳하게 맞서 싸우지 못하고 대중 몰래 방황을 일삼는 자신에게 절망하여 사랑하는 사람이 떠나버렸다"는 것이다. 한승영은 조근상의 고백을 접하고는 "몇 글자만 떼어내면 그것은 다름 아닌 자신의 고백이어야 함"에 "가슴 한구석이 서늘해"(pp.143~44)진다. 이어지는 두 사람의 대화에서 한승영의 대꾸는 조근상을 향한 것일 뿐만 아니라 자기 자신을 향한 것이기도 하리라.

> "나 말이야, 너무 멀리 온 거 아닐까?"
>
> "……돌아가면 됩니다. 다시 시작하면 됩니다."
>
> 태풍이 있으니 별이 보일 리 없었다. 그러나 한 남자가 한 남자에게 비밀을 이야기했다.
>
> "의원님, 돌아갑시다."
>
> "……"
>
> "돌아갈 수 있습니다." (「소년을 위한 사랑의 해석」, p.144)

이렇게 말하며 한승영은 "조근상의 어깨에 손을 얹〔는〕다." "눈송이가 닿으면 녹아버리는 낙담한 인간의 어깨에" 손을 얹자, "젖어 있"는 눈으로 조근상이 한승영을 쳐다본다. 그런 그의 모습에서 한승영은 "소년, 두 주먹을 단단히 쥐고 그렁그렁 눈물이 맺혀 지붕 위에 피뢰침처럼 서 있는 한 소년"(p.144)을 본다. 이는 이야기의 시작 부분뿐만 아니라 중간에서 한승영이 떠올리는 환영(幻影)으로, 한승영 자신의 모습인 동시에 그가 바다 한가운데 "둥둥 떠 있"을 때 건져 올린 "한 송이 흰 민들레꽃"—한승영의 묘사에 따르면, "뭔가 너무나 작고 애잔한 것"(pp.115~16)—의 모습이기도 하다. "한 송이 흰 민들레꽃"이라니? 「북극인 김철」에서 '북극인 김철'이 바다에 흩뿌린 "하얀 민들레 꽃씨"가 꽃으로 피어난 것일까. 환상의 세계에서나 가능할 법한 그런 식의 상상은 접기로 하자. 다만 '북극인 김철'의 "민들레 꽃씨"나 한승영의 "민들레꽃"은 사랑과 삶의 의지를 지시하는 그 무엇일 수 있으리라는 추정만을 덧붙이기로 하자. 하지만 그렇게 소박한 추정만으로 끝낼 수는 없다. 이는 사랑과 삶의 의지를 암시하되, 아직 제자리를 찾지 못한 채 바다와 같은 막막한 공간을 표류하는 사랑과 삶의 의지가 아닐지? 이러한 해석과 함께할 때, "두 주먹을 단단히 쥐고 그렁그렁 눈물이 맺혀 지붕 위에 피뢰침처럼 서 있는 한 소년"의 모습은 자연스럽게 바다 위를 떠도는 "민들레 꽃씨" 또는 "민들레꽃"과 '하나'로 모아질 수도 있으리라. 그리고 한승영이 조근상의 모습에서 그런 소년을 보았다고 함은 비록 표류 중이긴 하나 사랑과 삶의 의지가 아직 죽지 않았음을 보았다는 것으로 읽을 수도 있으리라.

바닷가에서 돌아오는 길에 두 사람은 마을 소년들과 "윗옷을 벗은" 채 "내리는 비를 그대로 맞으면서 삼십 분 남짓 격렬한 농구를 끝마"친다. 그리고 "한승영과 조근상은 파뿌리가 되어 콘크리트 바닥에 대자로 누워버렸고, 소년들은 뭐가 그렇게들 우스운지 한참을 깔깔거[린]다." 곧이어, 두 사람도 "대체 뭐가 그렇게들 우스운지 한참을 깔깔거[린]다"(p. 145). 우리는 여기서 이제 이 두 사람이 삶과 사랑을 다시 시작하고 삶과 사랑으로 다시 돌아갈 수 있게 되었다는 암시를 읽을 수도 있으리라.

마치 한승영과 조근상의 마음에서 태풍이 걷히듯, "그토록 휘몰아치며 영원히 떠나지 않을 것만 같던 태풍이 애초에 없었던 듯" 걷힌다. 잠자리에서 깨어난 한승영은 조근상이 그의 "가장 어두웠던 과거의 요점을 새로운 친구에게 우정의 징표로 맡기고 혼자 떠난"(pp.147~48)것을 확인한다. 곧이어 "우정의 징표"인 약병 속 파라티온을 좌변기 속에 버리고 한승영도 섬을 떠날 채비를 하는데, 그런 그의 생각을 전하는 작가는 서술은 밝고 환하다.

> "이별은 사랑보다 영적으로 훨씬 충만한 상태이다. 〔…〕 이별이 아무리 지독한 괴로움이라 하더라도 사랑이 이별을 왜곡하고 모함할 수는 없다. 사랑이 때로는 감옥이 되듯 이별이 늘 아픔의 가치만을 가지고 있는 것은 아니다. 이별은 사람을 진정으로 사랑하게 한다"라고 했던 그 사랑의 말. 소년, 두 주먹을 단단히 쥐고 그렁그렁 눈물이 맺혀 지붕 위에 피뢰침처럼 서 있는 한 소년, 그런 익숙한 환영 따윈 이제 승영의 상대가 못 되었다. 그리고 곧 그 소년은 태풍이 사라진 그 길을 따라, 그 섬에서 떠날 거였다. 소년은 더 이상 소년이 아니었다. 살아 있다면 당연히 시체가 아니다. 삶이란 죽음이 꾸고 있는 꿈이 아니다. 우리는 각자 처음부터 끝까지 혼자이지만 고독은 대자유의 또 다른 이름이다. (「소년을 위한 사랑의 해석」, p.149)

우리가 짧은 글 안에 이처럼 여전히 한 번 더 긴 인용에 기대고자 함은 '자살에 대한 다면적인 관찰 보고서'와도 같은 이응준의 『소년을 위한 사랑의 해석』이 결코 자살에 관한 우울한 이야기 모음집이 아님을 힘주어 밝히고 싶기 때문이다. 어찌 보면, 자살 충동에 이끌리는 사람들에 대한 깊고 애정 어린 관찰과 이해의 이야기이기도 하지만, 그 충동에서 벗어나는 사람들에 대한 여전히 깊고 애정 어린 관찰과 이해의 이야기라는 점에서 이응준의 이번 연작소설집이 갖는 의미를 찾아야 할 것이다.

3. 작품 밖으로 나가며

이응준의 연작소설집 『소년을 위한 사랑의 해석』의 원고와 처음 만날 때부터 내 마음에 떠올라 계속 자리를 지키던 두 편의 시가 있다. 하나는 조병화의 「철학교수 강 박사의 죽음」으로, "철학교수 강 박사"가 시인에게 말을 건네는 형식으로 된 이 시에서 강 박사는 퇴직 후 퇴직금을 일시불로 받아 쓸 만큼 쓰고 나서 목선 한 척, 장작 한 더미, 기름 한 통, 술 한 병을 사겠다고 말한다. 이어지는 강 박사의 계획은 다음과 같다.

이렇게 해서 / 어느 날 나의 철학으로 견디던 끝날 / 썰물에 배를 밀고 바다 한가운데로 / 술을 마시며 나갈 겁니다 // 그리고 술에 취해서 정신이 몽롱할 때 / 기름 뿌린 장작더미에 불을 지를 겁니다. // 그리고 배와 더불어 하늘로 하늘로 / 활 활 불이 되어 날아오를 겁니다.

자신의 '철학'으로 견딜 만큼 견디다가 더 이상 버틸 수 없을 때, 바다로 나가 그 한가운데서 자신을 불태움으로써 스스로 삶을 마감하겠다니? 만물의 근원인 바다로 나가 원상(原狀)으로 되돌아가겠다는 메시지가 또렷이 읽히지 않은가. 사실 이 시의 시적 화자인 철학교수 강 박사는 극작가이자 시인으로 활동하기도 했던 '강월도(姜月道)'라는 이름의 실존 인물이다. 추측건대, 강 박사가 이 시에 등장하는 극적인 죽음의 시나리오를 들먹였을 때, 시인을 포함하여 누구도 그가 공연한 호기를 부리는 것이라고 믿었을 것이다. 그런데 그런 그가 2002년 부산에서 제주로 향하는 여객선에서 바다로 뛰어들어 66세의 나이로 생을 마감했다. 비록 시에 담긴 극적인 죽음의 시나리오를 그대로 실행에 옮기지는 않았지만, 그는 바다 한가운데서 자신의 생을 마감한 것이다. 마치 이응준의 『소년을 위한 사랑의 해석』에서 '북극인 김철'과 이은파의 아버지가 그러했듯.

또 한 편의 시는 카브리 해의 섬나라 자메이카의 여성 시인 헤더 로이즈(Heather Royes)의 「테오필러스 존스는 벌거벗은 채 킹 스트리트를 따라 걸어 내려갔다」("Theophilus Jones Walks Naked Down King Street")라는 시다.

시월 십팔 일 월요일에 / 테오필러스 존스는 벗어 젖혔다. / 아스팔트처럼 새까맣고 넝마 같은 자신의 팬츠를, / 그리고 벌거벗은 채 킹 스트리트를 따라 걸어 내려갔다. / 그날은 공휴일이었지— / 그래서 다만 몇 사람만이 보았지, / 의기양양한 그의 활보를, / 갈색 털이 덮인 그의 억센 몸을, / 앞에서 털럭거리는 그의 성기를. / 테오필러스 존스는 오래전부터 / 이렇게 하고 싶었다.

그가 "아스팔트처럼 새까맣고 넝마 같은 자신의 팬츠를" 벗어 던짐은 인습, 관습, 문명의 옷을 벗어던짐을 암시하는 것이리라. 당연히 그가 알몸으로 거리를 활보하자 '미친놈'이라고 외치며 그를 따라가는 아이들도 있다. 하지만 아이들은 곧 흥미를 잃고 뒤돌아선다. 한편, 바닷가에 있던 대부분의 사람들은 자기 일에 열중하여 그런 그를 보지도 못한다. 곧이어 테오필러스 존스는 바다로 걸어 들어가 더 이상 걷기가 힘들어지자 헤엄을 쳐 바다 한가운데로 향한다. 이윽고 "헤엄을 멈추고는 / 햇볕을 즐기며 잠시 떠 있다가" "몸에 힘을 빼고는 / 바닷물이 그의 몸을 / 삼키도록 내버려" 둔다. 이는 곧 문명과 문화에서 벗어나 원초적인 근원의 세계로 돌아가려는 사람의 상징적 몸짓이 아닐까. 여기서 우리는 프로이트가 말한 바 있는 "사물의 원래 상태로 복원하려는 유기체 내부의 충동"을 다시금 들먹일 수도 있으리라. 아무튼, 시인은 테오필러스 존스가 죽음에 이르는 과정과 그 이후를 다음과 같이 묘사한다.

> 테오필러스 존스의 몸은 가라앉았다. / 천천히. / 굽혀진 그의 다리가 천천히 가라앉고, 천천히 / 그의 머리 위에 얹은 팔이 가라앉고 / 천천히 타래진 그의 머리가 가라앉았다. 천천히. / 마침내 그의 몸은 보이지 않게 되었다. / 오렌지 껍질 몇 개가, 낡은 주석 깡통 하나가, / 그리고 바닷물에 흠뻑 젖은 담배 상자 하나가 / 그가 침몰한 자리 위를 떠돌고 있었다. / 그러는 동안 바로 그 근처에서 / 느린 해류 위에서 작은 물고기를 찾아 헤매던 / 물총새 한 마리가 몸을 틀어 / 내려앉았다. / 햇빛에 반짝이는 바다 위, 물보라 이는 바다 위로.

여기서 읽을 수 있는 시인의 메시지는 무엇일까. 바다는 그의 죽음에 눈 하나 깜짝이지 않는다. 쓰레기가 떠도는 바다 위에는 여전히 쓰레기가 떠돌고, 바닷새들은 여전히 먹이를 찾아 헤맬 뿐이다. 요컨대, 바다는 말이 없다. 일본 작가 엔도 슈사쿠(遠藤周作)가 나가사키의 소토메(外海)라는 지역의 바닷가 비석에 새겨 놓은 것처럼. "인간은 이토록 슬픈데, 주여, 바다는 너무도 푸릅니다." 세상도 그러하다. '미친놈'이라고 외치면서 잠시 따라오는 아이들도 있지만, 대부분의 사람은 자기 일에 바빠서 테오필러스 존스에게 눈길조차 돌리지 않는다. 바다가 너무도 푸를 뿐 침묵하고 있듯, 인간 세상도 무심하기는 마찬가지다. 그것이 인간 세상일까. 되묻건대, 그것이 정녕코 인간사일까.

작가 이응준의 시선에 그것이 인간사의 전부는 아니다. 이 세상에는 누군가가 강물에 뛰어들어 자살을 시도하자 한순간 자신이 의도한 바가 무엇인지를 잊은 채 곧바로 강물로 뛰어들어 그를 구하는 사람도 있고, 자살의 유혹에서 벗어나도록 누군가를 위로하고 보듬어 안는 사람도 있다. 또한 가까운 사람의 자살로 인해 오랜 세월 고통스러워하는 사람도 있지만, 마침내 고통에서 벗어나 새로운 삶을 향해 나아가는 사람도 있다. 그것이 바로 이응준의 시선에 비친 세상이다. 이응준의 연작소설집에 담긴 이 같은 인간 세계와 마주하는 동안, 문득 '강박사'의 자살 소식을 접하고 시인 조병화가 감당했어야 할 충격이 짚이기도 한다. 다시 말하건대, 시인은 그가 그런 극적인 죽음의 시나리오를 실천에 옮기리라고는 꿈에도 생각지 못했을 것이다. 만에 하나라도 그럴 낌새를 알아차렸다면, 어찌 그런 방식의 죽음에 이르도록 그를 내버려두었겠는가. 이응준의 『소년을 위한 사랑의 해석』이 우리에게 소중한 이유는 여기에도 있다. 작가 이응준은 꿈에도 생각지 못한 일이 현실이 될 수 있음을 문학적인 이야기를 통해 우리에게 일깨우고 있는 것이다. 문학이란 무언가에 대한 깨달음을 강요하지 않는 담론이기에, 작가는 우리가 직면해야 할 문제를 스스로 깨닫도록 우리를 이끌고 있는 것이다. 때로 작가의 시적인 묘사가 지나쳐 그 의미가 모호하거나 혼란스러운 경우가 더러 있지만, 그와 같은 모호함과 혼란스러움이 바로 현실 속 우리네 인간의 생각과 느낌이 아니겠는가. 이를 작가 이응준은 '있는 그대로' 드러내어 우리의 공감을 얻고자 한 것은 아닐지?

소행성에서의 글쓰기
—「작가의 말」을 대신하여

 지난밤 꿈속에서 나는 우리의 스무 살 무렵에, 그러니까 어느덧 아주 오래전에 세상을 떠나버린 내 그리운 친구를 만났다. 홀로 소년티를 못 벗은 그 시절의 모습 그대로인 그는 지금의 나이 들어버린 나를 아무 말 없이 쓸쓸한 눈빛으로 바라보았고, 나라도 뭔가 말을 건네고 싶었지만 이상하게 목소리가 나오질 않았다. 잠이 깨니 아침이라기에는 너무 늦은 시각, 나는 여전히 사바(娑婆)에 있고 다시금 그는 영원히 사라져 있을 뿐이었다. 그래서 나는 이렇게 깊은 밤까지 온종일 나 자신에 대한 생각을 가만히 하고 있는 중이다. 한낱 쓸쓸한 꿈이라며 치부할 수 있겠으나, 신기루가 사막의 것이듯, 존재하지 않는 것의 숨결처럼 나를 스쳐지나간 그것 또한 엄연한 내 삶의 일부분일 터이다. 나는 일부러 알 수 없는 말들을 늘어놓기 위해 문학을 시작하지는 않았지만, 알 수 없는 것들을 우연히 외면하려고 여태 문학을 하고 있는 것도 아니다. 어찌 이야기하지 않을 수 있겠는가. 인간 안에 도사리고 있던 것들이 인간 밖으로 튀어나와 인간을 움직여 세상을 전진시키거나 망친다. 사소한 추억의 괴로움이 지구의 끝과 끝을 가로지르는 기차보다 무거울 수도 있다는 뜻이다. 나와 둘이서 함께 작가가 되기를 소망했던 그 친구보다 벌써 두 배를 훌쩍 넘겨 살아버린 내가 오늘도 맨발로 책상 앞 의자에 앉아 번뇌에 턱을 괸 채 뭔가를 쓰고 있는 것처럼.

사랑을 한다고 해서 행복해지는 게 아닌 줄 알면서도 사람들은 다시금 사랑에 빠진다. 어리석어서가 아니고 두렵지 않아서가 아니다. 그것이 바로 인간이라는 짐승이 자신의 불행과 맞서 싸우는 가장 현명한 방식이기 때문이다. 사랑하면 그 사랑 때문에 두려워할 줄 알게 된다. 두려움이 없는 것은 용기가 아니고, 두려움이 없는 사람은 추한 사람이다. 연정(戀情)은 두려움을 먹고 마시며 자라나 인간애(人間愛)로까지 스스로를 감화한다. 누군가 내게 지금껏 문학을 하는 데에 두려움이 없었느냐고 묻는다면, 나는 그것에 관하여서는 "두려움이 없었다"가 아니라, "그게 두려움인지조차 몰랐었다"라고 대답할 수밖에는 없다. 만일 그렇게 사는 것이 내 일생의 숙제와 일치하지 않았던들 내가 어언 28년 남짓 정치와의 불화가 아니라 미학으로서의 불화로 인해 이토록 수모를 당하며 연명하고 있지는 않았을 것이다. 스무 살에 시인이 되었을 때 나는 마치 혼자 가장 높은 산 정상에 올라서서 속세가 돌아가는 광경과 그 원리를 환히 내려다보고 있는 듯한 기분이었다. 나만의 불찰은 아닐 것이다. 본시 인간은 그처럼 자신이 자신의 안개이자 늪이니까. 고백하건대, 나는 작가가 돼보지도 못한 채 죽어버린 내 친구가 부럽다. 천 년에 한 번쯤이나 도래할 무자비한 문명의 변화가 있었고, 나는 목숨같이 지키고 싶었던 문학이라는 나라를 잃은 채 광야를 유랑하는 심정이다. 이제 내 곁에는 아무도 없고 이해하기 힘든 시간만이 남아 있다. 나는 홀로 소년티를 못 벗은 그 시절의 모습 그대로인 그 친구가 어디 머나먼 우주 소행성에서 맨발로 책상 앞 의자에 앉아 작은 불빛에 턱을 괸 채 뭔가를 쓰고 있을 거라는 상상을 하곤 한다. 이 상상은 아름답지도 않고 슬프지도 않아 숨이 멎진 않는다. 그러나 이 상상은 내게 까닭 모를 힘을 준다.

소설이란 무엇인가. 문학은 나의 종교이므로 이것은 내게 교리문답과도 같다. 누군가 내게 다시 묻는다. 소설이란 무엇인가. 나는 대답한다. 소설이란 인간에 대한 이야기이고, 인간의 이야기란 결국 인간이 사랑하고 이별하는 이야기가 아닐까. 사랑을 하면서도 사랑이 뭔지 몰라 심지어 생명이 불태워지기도 하는, 그러나 그 아수라 같은 사랑을 끌어안고 노래하는 만큼은 분명히 성장하는 모든 인간들의 총칭을 '소년'이라는 이미지로 떠올리며 나는 여기 이 소설들을 한 줄 한 줄 적어 내려갔다. 천국에서조차 방황하고 이의를 제기하는 그 소년은 자신의 마음이 누구의 것인지 모른다. 그리고 그것은 우리들 가슴속에 감추어진 저마다의 모습이다. 설령 당신이 백 살 먹은 노인이라 할지언정 사랑에 대한 질문을 포기하지 않는 누군가라면, 그 소년은, 그러니까 당신의 소년은, 다름 아닌 당신이다.

이 책을 마무리하는 내내 나는, 내가 예술로서의 소설을 쓰는 한국문학의 마지막 세대라는 생각이 들었다. 뭐라 설명하기 힘든 참담함에도 불구하고, 현존하는 모든 글쓰기들의 미학적 최고봉이 소설이라는 것을 문예이론가로서 담담히 재확인하였다. 이는 한국 현대문학의 정통이 주법(奏法)이 유실된 옛 악기쯤으로 받아들여진다고 해서 변질되는 진실이 아니다.『소년을 위한 사랑의 해석』이 내 연작소설집으로는『밤의 첼로』이후 두번째이며, 내용적으로나 형식적으로나 그것과 이란성 쌍둥이인 작품임을 기록해둔다.

세상의 혼돈 앞에서는 말문이 막히고 글이 멈춘다. 그리고 그 혼돈을 견뎌내느라 날이 갈수록 강퍅해지고 잔인해지는 타인들 앞에서 역시나 그러한 나 자신을 목격한다. 만약 공부(工夫)와 공업(工業)이라는 것이 있다면, 그 둘은 공히 어떠한 악조건 속에서건 단 한 발자국이라도 그 반대편으로 걸어가려는 안간힘일 것이다. 누군가 내게 아직도 책 한 권이 세상을 바꿀 수 있느냐고 묻는다면 당연히 내 대답은 "그렇다"이다. 책 한 권이 모든 사람들을 진보시키진 못하더라도, 세상을 진보시킬 한 사람을 호명할 수는 있기 때문이다. 인류의 어느 분야에서건 책과 작가가 개입되어 있지 않은 혁명이란 없었다. 게다가 근본적으로 작가란, 오로지 세상을 바꾸기 위해서만 글을 쓰는 게 아니라 그저 써야 하기 때문에 쉬지 않고 쓰는 존재인 것이다. 시대의 환경과 대접에 따라 낙담할 바엔 애초에 손대지도 말았어야 할 일을 누군가는 죽는 그 순간까지 운명처럼 갈고 닦으면서 살아야 한다. 요컨대 그것이 장인(匠人)이 만들어내는 문화이며, 한 사람의 영혼이란 하나의 우주이기에, 한 사람을 감동시켰다면 이미 그것은 비좁은 세상 따위가 아니라 온 우주를 감동시킨 것 아니겠는가. 그저 나는 타인에게는 즐거우나 스스로에게만큼은 고통스러운 여러 형태의 문건들을 되도록 많이 남기고 싶을 뿐이다. 이제 내게 있어 문학은 나의 종교라는 감옥을 벗어나 인간의 사랑에 대한 신앙을 해석하는 도구가 되었다. 나는 내가 작가라는 사실이 자랑스럽지도 않지만 부끄럽지도 않다. 다만 작가라는 것은 뿔 달린 현대의 사제(司祭)임을 소중히 간수하며 나의 나머지 날들을 감당할 작정이다. 바로 그것이 내가, 우리의 스무 살 무렵에 작가가 되려는 소망을 이루지 못한 채 영원히 사라져버린 내 그리운 친구를 대신해 이 깊은 밤에도 맨발로 책상 앞 의자에 앉아 몽상에 턱을 괸 채 또 뭔가를 쓰려는 이유이기 때문이다. 외로움을 불평하지 마라. 소행성에서의 글쓰기가 아닌 문학이 대체 어디 있기나 했단 말인가. 빛이 눈을 멀게 한다. 어둠이 인간을 점등(點燈)한다. 사랑에 대해 질문하는 것은 인간과 세계에 대해 질문하는 것이다. 사랑은 그 자체로는 사랑일 뿐이겠으나, 죽음에게 농락당하거나 삶의 노예가 되지 않도록 우리를 지켜준다. 나는 비천하지만, 사랑을 믿는 사람이다. 이 책이 그 증거다.

2017년 5월
이응준

도움 받은 책들

강기희 옮김, 『대반열반경』, 민족사, 1994.

김대식, 『김대식의 빅퀘스천—우리 시대의 31가지 위대한 질문』, 동아시아, 2014.

메리 셸리, 오숙은 옮김, 『프랑켄슈타인』, 열린책들, 2011.

불교성전편찬회, 『불교성전』, 문예마당, 2014.

오나미 아츠시, 이창협 옮김, 『도해 근접무기』, AK Triva Book, 2010.

한상희, 『겨울날의 환상 속에서—차이코프스키의 생애와 여인관계 등 심층 분석서』, 좋은땅, 2012.

호르헤 루이스 보르헤스, 황병하 옮김, 『불한당들의 세계사』(보르헤스 전집1), 민음사, 1994.

호르헤 루이스 보르헤스, 황병하 옮김, 『픽션들』(보르헤스 전집2), 민음사, 1994.